DANIEL HÖRA

DAS SCHICKSAL DER STERNE

bloomoon

And it's something quite peculiar
Something shimmering and white
It leads you here despite your destination
Under the Milky Way tonight

»Under the Milky Way«
The Church

1

An einem Tag im Juli wurde Adib, mitten in Berlin, von einem schwarzen Loch verschluckt. Einfach so. Während sich die Welt draußen unbeirrt weiterdrehte, verschwammen zuerst die grauen Wände vor Adibs Augen, dann kam der Fußboden näher und schließlich krachte er auf den ausgetretenen Linoleumboden. Doch das merkte er schon nicht mehr. Sein Bewusstsein war mit Lichtgeschwindigkeit in das Zentrum der Dunkelheit gereist. Dorthin, wo nichts existierte außer dem Vergessen.

Seine Mutter Nuria stürzte sich mit einem Aufschrei auf den leblosen Körper und schüttelte ihn. Ein dünner Blutfaden schlängelte sich von der Stirn des Jungen hinab und tropfte auf den Boden. Adibs Bruder Tahir stand neben den beiden, unfähig zu reagieren. Nurias Aufschrei hatte den Hausmeister alarmiert, der ins Zimmer gestürmt kam, den leblosen Jungen dort liegen sah und davoneilte, um Hilfe zu holen.

Als Adib im Schneckentempo wieder zu sich kam, war es ihm, als würde eine sanfte Macht ihn zurück ins Licht ziehen. Er blinzelte, schlug die Augen auf, sah das vertraute Gesicht seiner Mutter und wusste, dass er in Sicherheit war.

Schritte näherten sich, eine Frau kniete plötzlich neben Adib und befühlte seinen Puls. Er lächelte schief, so wie man eben lächelt, wenn man gerade von einer anstrengenden Reise zurückkehrt. Die Frau lächelte und klebte ein Pflaster auf den Riss auf seiner Stirn.

Adib sah sich in dem kleinen Zimmer um: vier Etagenbetten, ein Tisch, vier Stühle, vier Metallschränke. Sonst nichts. Das also sollte seine neue Heimat werden.

Adib dachte zurück an seine alte, die er vermisste, wie ihm jetzt bewusst wurde. Doch gleichzeitig war er erleichtert, in Berlin zu sein, in dieser großen, strahlenden Stadt mit ihren breiten Straßen und ihrem goldenen Himmel, der durch die Fensterscheiben schimmerte. Adib dachte an die vergangenen Monate zurück, an die dunklen Straßen, die sie durchwandert, an das schäumende Meer, das sie mit dem kleinen Boot durchfahren hatten. Er dachte an die Polizisten mit den Gewehren und den vom Schreien heiseren Stimmen. Wie in einer Parade marschierten die zahllosen Uniformierten vor seinem geistigen Auge auf.

Sieben Monat waren sie unterwegs gewesen. Sieben Monate voller Angst. Angst, es nicht zu schaffen, zurückzumüssen. Angst, zu sterben oder verrückt zu werden. Angst, für immer in einem schwarzen Loch zu verschwinden. Adib lächelte.

»Es geht ihm gut«, sagte die Heimleiterin zu Adibs Mutter, die zwar die Worte nicht verstand, jedoch deren Sinn.

Tahir half ihm auf die Beine. Adib setzte sich auf einen Stuhl und sah aus dem Fenster. Er war fest entschlossen anzukommen, hier in diesem fremden Land.

2

Karl ging langsam, bedächtig, einen Fuß vor den anderen setzend.

Ein alter Knacker, der sich wie in Zeitlupe bewegte. Das war ihm unangenehm. Vor allem, wenn ihm die Leute auf der Straße mitleidige Blicke zuwarfen.

Früher war er mit schnellen Schritten durchs Leben gegangen. Wie auf der Flucht, hatte er manchmal gedacht, wie auf einer ewigen Flucht, und er hatte sich gezwungen, langsamer zu gehen, die Dinge gelassener zu betrachten. Doch nach einer kurzen Weile hatte er seinen Schritt wieder beschleunigt. War mit Lichtgeschwindigkeit durch all die Stationen seines Lebens gehastet. Jetzt ging es eben zwangsläufig langsamer. Hin und wieder blieb er stehen und wischte sich mit dem Ärmel über die Stirn. Die Sonne nervte ihn. Musste es im Mai schon so heiß sein? Er wartete auf die Kühle der Nacht, und überhaupt vermisste er ihre schützende Dunkelheit. Hier im Sonnenlicht war man so präsent, die Konturen waren zu klar umrissen. Ein leichtes Ziel, eine leichte Beute. Karl schüttelte den Kopf. Es war doch alles so lange her, und trotzdem schien es ihm, als sei es erst gestern gewesen.

Mist, dachte er. Einfach Mist. Da lebte man so lange, und alles, was blieb, waren Erinnerungen. Vor allem die schlechten. Karl schüttelte erneut den Kopf, um die Bilder zu vertreiben. Er dachte an Emmi. Er dachte an die Reisen, die sie zusammen unternommen hatten. Bis nach Thailand waren sie gekommen, damals in den Achtzigern, als dort noch niemand hinwollte. In Indien waren sie gewesen, in Ägypten, in Kanada. Und in …

Viehwaggons. Zack! Da waren sie. Tauchten einfach auf. Schoben sich wie ein Filter über seine anderen Erinnerungen. Über die schönen.

»Blödes Gedächtnis. Macht, was es will«, schimpfte er laut.

Eine Frau ging lächelnd an ihm vorbei, aber Karl beachtete sie nicht, wie er vieles um sich herum nicht mehr beachtete. Er spürte, dass er auf dem Weg war. Auf dem Weg zu Emmi. Vielleicht konnte man da drüben ja auch Reisen unternehmen, überlegte Karl. »Schwachsinn«, sagte er zu sich selbst. »Da drüben ist gar nichts. Feierabend! Der Tod ist tot.«

Es würde eine ewige Reise in die Dunkelheit werden. In die schützende. Obwohl er insgeheim hoffte, Emmi dort wiederzutreffen.

Am Kanal angekommen, setzte er sich auf die graffitiverschmierte Bank und holte sein Buch hervor. Er las ein paar Sätze, konnte sich aber nicht konzentrieren. In der Nähe stritt ein Entenpaar. Karl sah von seinem Buch auf, las noch einen Satz, drehte es um, las den Titel, drehte es wieder zurück und klappte es zu. Der Schweiß lief ihm in dicken Strömen über das Gesicht.

Irgendetwas stimmte hier nicht. Das Licht war ungewöhnlich grell. Als hätte jemand die Sonne durch ein Flutlicht ersetzt. Er schirmte mit einer Hand die Augen ab und klappte das Buch erneut auf.

Zu heiß zum Lesen, beschloss er, stand mit dem Buch in der Hand auf und wartete einen Augenblick, um das Gleichgewicht zu finden. Was war denn das für ein Stechen?, dachte Karl noch und fiel im selben Moment um.

3

Adib trank seinen Tee und las in einem der beiden Bücher, die seinen einzigen Besitz darstellten, abgesehen von zwei Hosen, einer Jacke, ein Paar Turnschuhen, drei T-Shirts sowie Unterwäsche und Strümpfen, die er sich in der Kleiderkammer des Heimes hatte aussuchen dürfen. Aber das waren nicht seine eigenen Sachen. Nur diese Bücher, die er während der ganzen langen Monate mit sich getragen hatte.

Tahir lärmte um ihn herum, Nuria lag auf dem unteren Bett und döste. Sie hatte einen Arm über die Augen gelegt. Ob sie wohl an Vater dachte? Manchmal in der Nacht hörte Adib sie leise schluchzen und den Namen ihres Mannes flüstern. Als ob sie ihn auf diese Weise beschwören könnte, zu ihr zurückzukommen. Doch wie sollte das funktionieren? Von dem Ort, an dem sein Vater war, war noch niemand wiedergekommen. Zumindest hatte Adib noch von keinem gehört, auch wenn die Geistlichen und irgendwelche Spinner etwas anderes behaupteten.

Sein Vater lag in der Erde verscharrt, und da würde er wohl

noch eine Weile bleiben, es sei denn, Gott, oder wer auch immer, entschloss sich, die Toten auferstehen zu lassen.

Der Gedanke, dass seine Mutter so litt, machte ihn wütend. Adib ballte die Fäuste. Manchmal würde er der Welt am liebsten ins Gesicht schreien, dass sie eine ungerechte Hure sei, die sich dem Meistbietenden hingebe. Dabei sollte sie lieber wie eine Mutter sein, sich kümmern und sorgen.

★

In den Tagen nach ihrer Ankunft rannten sie von einer Behörde zur anderen, beantworteten Fragen, unterschrieben Papiere, machten Deutschkurse und richteten sich, so gut es ging, in ihrem neuen Leben ein. Nuria fiel es schwerer als den beiden Jungs. Alles war zu fremd für sie. Sie war unsicher und wusste oft nicht, wie sie sich verhalten sollte.

Adib war meist nur zum Schlafen im Wohnheim. Er konnte die Leute dort nicht ertragen; lauter müde Gesichter, die auf ein besseres Leben warteten. Adib erkundete lieber seine Umgebung oder fuhr mit dem Bus durch die Stadt. Einfach nur dasitzen und gucken, das gefiel ihm.

Eine seiner Lieblingsstellen war an der Havel, gleich neben der Spandauer Altstadt. Dort war eine Bank, halb verdeckt von einer riesigen Weide. Auf der Bank war man regelrecht versteckt und sah doch alles, was um einen herum vorging. Auf dem Weg dorthin wunderte sich Adib wieder einmal über den Himmel. Heute war er blaugrün wie das Meer. Überhaupt war das Licht dieser Stadt anders, als er es sich vorgestellt hatte. Gold und Blau waren die beherrschenden Farben, nicht Tiefgrau, nicht Steingrau, nicht Eselgrau, nicht Schimmelgrau – überhaupt nicht Grau, von ein paar Häusern abgesehen. Viele Gebäude waren gelb oder ocker oder orange oder grün. Adib hatte nicht erwartet, dass es hier so bunt war. Und auch die Autos waren farbig und glänzten. In seiner Heimat hatte es nur schwarze oder weiße Autos gegeben und alle waren sie verbeult gewesen.

An der Havel herrschte ziemliche Aufregung. Ein Krankenwagen stand mitten auf dem Rasen, genau neben Adibs Lieblingsplatz. Leute hatten sich versammelt und sahen zu, wie Sanitäter gerade einen alten Mann auf ihre Trage hievten, zudeckten und zum Wagen trugen. Adib sah wirres graues Haar unter der Decke hervorquellen und eine spitze Nase. Der alte Mann bewegte sich nicht.

Als der Sanitätswagen abgefahren war und die Leute sich verstreut hatten, setzte sich Adib auf seine Bank und sah zwei streitenden Enten zu. Nach einer Weile merkte er, dass sein Blick immer wieder über einen Gegenstand streifte, der erst jetzt in sein Bewusstsein drang: ein Buch. Es war aufgeschlagen und lag mit den Seiten nach unten im Gras, halb verdeckt von einem Busch. Er griff danach und entzifferte den Titel: *Geheimnisse des Universums*. Auf dem Umschlag war ein Sternenhaufen abgebildet, durch den ein Lichtstrahl wie ein scharfes Messer schnitt.

Wie oft hatte er während der sieben Monate in den Himmel gestarrt? Wie oft hatten sie unter freiem Himmel schlafen müssen, und wie oft hatte sich Adib vorgestellt, dass die Sterne sie leiten, sie beschützen würden?

Ob das Buch dem alten Mann gehörte? Auf der Suche nach einem Namen blätterte er die ersten Seiten durch. Nichts! Erst hinten wurde er fündig: Karl Riedberger stand dort sowie eine Adresse. Er kramte seinen Stadtplan hervor: Die Straße war ganz in seiner Nähe, direkt in der Altstadt.

Das Haus war schon alt und bestand aus löchrigem gelbem Stein. Adib fuhr mit dem Finger die Klingelschilder ab, drückte auf den Namen und wartete. Als sich nichts tat, wollte er woanders klingeln, doch dazu kam es nicht. Eine ältere Frau, die ein grünes Kleid und rote Schuhe trug, kam heraus. Adib erinnerte sie an einen Papagei.

»Was willst du denn?«, fragte sie schroff.

Adib hielt das Buch hoch und sagte: »Karl Riedberger.«

Die Frau blickte ihn unter ihrem grauschwarzen Pony böse an und sagte: »Wenn du nicht verschwindest, hole ich die Polizei.«

Adib verstand sie nicht. »Das Buch«, sagte er und hielt es der Frau hin. Diese trat einen Schritt zurück, als hätte sie Angst vor ihm.

»Mann ist gefallen«, sagte Adib. »Doktor«, fügte er noch hinzu. Im Gesicht der Frau sah Adib widerstreitende Gefühle. Statt etwas zu sagen, holte sie ein Handy hervor, klappte es auf, drückte ein paar Knöpfe und hielt es sich ans Ohr. Nachdem sie eine Weile gelauscht hatte, klappte sie es wieder zu und sagte: »Geht nicht ran.« Sie sah in die Ferne, als würde sie nachdenken.

»Wo ist Karl denn?«, fragte sie nach einer Weile. Adib zeigte Richtung Kanal. »Ist ihm etwas passiert?«, fragte die Frau.

Er sagte noch einmal »Doktor« und hatte die Idee, der Frau den Ort zu zeigen, von wo sie den alten Mann abgeholt hatten. Er winkte ihr, ihm zu folgen. Die Frau zögerte, nach einer Weile ging sie jedoch hinter Adib her, wobei sie ihr Handy in der Hand behielt.

Am Kanal zeigte Adib ihr die Stelle, wo der alte Mann gelegen hatte. »Karl?«, fragte sie.

Er nickte und machte ihr vor, wie die Sanitäter den alten Mann auf die Trage gehievt hatten.

Als er das Geräusch der Sirene nachmachte, lächelte die Frau zum ersten Mal. Adib zeigte ihr, wo er das Buch gefunden hatte. Sie schlug es auf.

»Ich weiß nicht, was passiert ist«, sprach sie betont langsam, damit Adib sie verstehen konnte. »Aber ich werde das rausfinden.« Sie drehte das Buch um und besah sich den Umschlag. »Er mag diesen Weltraumkram«, sagte sie wie zu sich selbst, den Blick auf das Buch gerichtet. Als Adib, der sie nicht verstanden hatte, nachfragte, sah sie auf und sagte: »Karl wird sich sicherlich bei dir bedanken wollen, dass du ihm sein Buch gebracht hast. Vielleicht gibst du mir deine Adresse?«

Er nannte ihr seinen Namen, den des Heimes und die Straße. Die Frau klemmte sich nach einem kurzen Gruß das Buch unter den Arm und stapfte davon. Adib sah ihr noch eine Weile nach, vielleicht würde sie sich ja umdrehen und ihm winken. Doch sie lief einfach weiter.

4

Karl träumte: Er stand mit den anderen auf der Brücke und sah den Feuerschein. Er hörte den Geschützdonner, er roch den stechenden Qualm, der aus den Geschützrohren wallte und der wie dichter Nebel über den Bäumen aufstieg und in ihre Richtung wehte.

»Sie kommen!«, rief eine Frau panisch und rannte weg. Sie war die einzige. Die anderen Menschen um Karl herum blieben wie gebannt stehen und sahen auf das Aufblitzen der Geschütze nicht weit von der Stadt entfernt. In ein paar Stunden würden sie da sein.

Man konnte das Rasseln der Panzerketten schon hören, das Brummen der Motoren. Die Handvoll Soldaten, die ebenfalls auf der Brücke stand und dafür sorgen sollte, dass die Russen nicht rüberkamen, sah genauso ängstlich aus wie der Rest der Bevölkerung. In diesem Moment dankte Karl stumm seiner Mutter, die ihm verboten hatte, sich zum Volkssturm zu melden. »Du bist noch zu jung«, hatte sie gesagt und ihn dabei streng angesehen. Wenn sie diesen Blick aufsetzte, gab es keinen Widerspruch, das wusste Karl. Seine Mutter war eine harte Frau, die sich durchsetzen konnte. Auch mit handfesten Argumenten, wenn es sein musste.

Er hörte sie seinen Namen rufen und sah sich nach ihr um. Sie stand neben Karls Schwester Hannah und Frau Kerb von nebenan und winkte ihm, ihr zu folgen. Zu viert gingen sie zurück in die Stadt, zu ihrer Wohnung, wo sie anfingen zu packen.

Als es klingelte, schraken alle zusammen. Es war Herr Levke von unten. »Frau Riedberger«, sagte er, wobei er seine Hände knetete. »Frau Kerb hat mir erzählt, dass sie packen.«

»Und?«, fragte sie und wollte die Tür schließen, aber Herr Levke schob seinen Fuß dazwischen. »Das sollten Sie nicht tun. Sie kennen doch den Tatbestand der Wehrkraftzersetzung. Nach Paragraf fünf der Kriegssonderstrafrechtsordnung …«

»Jaja, Herr Levke.«

»Das ist Feigheit«, schimpfte er.

»Ich nenne es Vernunft, Herr Levke«, sagte Karls Mutter, gab ihm einen Stoß und schloss schnell die Tür.

»Ich werde das melden. Darauf steht die Todesstrafe«, rief er draußen auf dem Flur. Sie hörten seine Schritte die Treppe hinunterpoltern. Seine Mutter lehnte schwer atmend an der Tür, Karl sah, wie ihre Hände zitterten.

»Und wenn er die Gestapo holt?«, fragte er.

Sie sah ihn aufmunternd an. »Das traut er sich nicht«, sagte sie.

»Aber im letzten Jahr hat er sie auch geholt. Und dann haben sie Herrn Schweigert abgeholt, weißt du noch, Mutti?« Sie nickte langsam mit geschlossenen Augen.

»Ja, aber diesmal hat er gar keine Zeit, jemanden zu holen.« Sie sah ihren Sohn an. »Die Russen stehen vor Waldenburg, mein Junge. In ein paar Stunden wird hier nichts mehr so sein, wie es war.«

»Aber wenn er doch die Gestapo holt«, warf Karl ein.

»Ich schätze mal, dass die Gestapo gerade selber ihre Sachen packt.« Damit ließ sie ihn stehen und ging wieder ins Schlafzimmer, um weiterzupacken. Karl folgte ihr.

»Wir können doch nicht einfach abhauen«, sagte er. Seine Mutter drehte sich zu ihm um. Sie waren etwa gleich groß, der Fünfzehnjährige und seine Mutter.

»Du suchst jetzt deine HJ-Uniform raus und dann verbrennen wir sie.«

»Verbrennen?«, brachte Karl mühsam hervor. »Du kannst doch nicht meine Uniform verbrennen.«

Sie drehte Karl an der Schulter zu sich. »Wenn die uns mit dieser Uniform erwischen, dann geht es uns schlecht. Was glaubst du, was sie mit den Leuten machen, die dem Führer gedient haben?«

Er war geschockt. Obwohl ein Teil von ihm wusste, dass Mutter recht hatte, weigerte sich ein anderer Teil, das Unausweichliche zu akzeptieren. Man konnte doch seine Vergangenheit nicht einfach verbrennen und ein anderer werden.

»Ich weigere mich, das ist Verrat!«, schrie er und spürte im gleichen Moment die schwielige Hand seiner Mutter auf der linken Wange und das Brennen, das sich sofort wie ein Feuer ausbreitete und seine Augen tränen ließ.

»Karl«, sagte sie versöhnlich und versuchte ihn in den Arm zu nehmen. »Der Krieg ist verloren. Niemand wird uns retten. Das müssen wir jetzt selbst in die Hand nehmen.«

Karl entzog sich ihr und ging in sein Zimmer, wo er sich aufs Bett hockte. Vor ein paar Monaten noch war sein Leben ganz anders gewesen. Normaler. Alles hatte seinen Platz gehabt. Jetzt war alles in Unordnung geraten. Er wusste ja, dass Mutter recht hatte, aber er wollte widersprechen, mit Worten die Ordnung wiederherstellen. Karl fragte sich, wo sie nun hingehen sollten.

In Hamburg lebten Tante Elfriede und Onkel Walter. Doch die waren ausgebombt worden und lebten jetzt in einer Sammelunterkunft vor den Toren der Stadt. In Hannover wohnte Onkel Gernot mit seiner Tochter. Aber zu denen hatten sie kaum Kontakt.

Als es leise klopfte, rief Karl: »Herein.« Es war seine Mutter. Sie setzte sich neben ihn aufs Bett. Zusammen schwiegen sie eine Weile, bis sie sagte: »Es wird nicht mehr lange dauern. Wir müssen sehen, dass wir vorbereitet sind.« Karl nickte.

Doch es kam anders. Die Ausgänge der Stadt waren dicht. Niemand kam mehr raus. Und plötzlich brannte es an allen Ecken und Enden der Stadt. Karl sah die dunklen, rußigen Schwaden, die wie Schwärme grauschwarzer Vögel über den Himmel zogen. Er roch verbranntes Gummi, Holz, Öl, kokelndes Menschenfleisch, glühendes Metall. Er hörte das Rasseln der Kettenfahrzeuge auf dem Asphalt. Russische Soldaten waren plötzlich überall. Die fremde Sprache war in den Gassen zu hören und aus den geöffneten Fenstern der Häuser.

Wo kamen die plötzlich her?, fragte sich Karl.

Die Idee des Endsieges lag noch immer wie eine Schlammschicht in den Köpfen der Leute, und bei privaten Treffen hörte man sie verstohlen flüstern: »Ich habe gehört, dass der Führer noch ein Ass im Ärmel hat. Es wird nicht mehr lange dauern, dann werden diese Untermenschen wieder in ihre Höhlen zurückgejagt.«

Auch Karl klammerte sich an diesen Gedanken.

Eines Abends polterte es vor ihrer Tür, Gelächter war zu hören, dann hämmerte es, als schlüge jemand mit einem Gewehrkolben gegen das Holz. Mit einem Mal waren die Soldaten in der Wohnung, rissen Schränke auf, zerfetzten das Bettzeug auf der

Suche nach Schätzen, schrien die Mutter an, schubsten Karl und strichen der kleinen Hannah über den Kopf. Die drei hatten sich aneinandergedrängt, hielten sich fest. In diesem Moment hätte keine Macht der Welt sie voneinander lösen können.

Nachdem die Soldaten alles auf den Kopf gestellt hatten, zogen sie wieder ab. Gepolter im Treppenhaus. Von unten hörten sie Herrn Levke, der wie ein Tier schrie. Dann ein Klatschen, Schluchzen, Türenknallen, Stille. Die drei sahen sich an, Tränen in den Augen, sie zitterten.

In den nächsten Tagen blieben sie in der Wohnung und trennten sich kaum; sie schliefen in einem Bett, saßen beieinander, gingen gemeinsam von einem Zimmer ins andere; selbst aufs Klo, das eine Etage tiefer war, marschierten sie zu dritt. Dann standen zwei vor der Tür und passten auf, während der andere auf der Brille hockte.

Zum Glück hatten sie Gläser voll Eingemachtes, sodass sie nicht hungern mussten. Stundenlang hockten sie am Fenster und sahen hinaus. Auf der Straße spielten sich unbeschreibliche Szenen ab: Russische Soldaten schlugen einem Mann, den sie gerade durchsucht hatten, mit dem Gewehrkolben gegen den Kopf. Es klang wie ein Knall. Der Mann hielt sich die blutige Stirn und taumelte weg. Menschen versuchten, einen weiten Bogen um die Soldaten zu machen, aber die waren einfach überall und nahmen sich, was sie wollten. Immer wieder drang Geschrei zu ihrer Wohnung hoch. Männergeschrei, Frauengeschrei, Kindergeschrei. Manchmal alles durcheinander, begleitet von den barschen Anweisungen der Russen. Über die Gehwege verstreut lagen Kleidungsstücke, als wäre ihren Besitzern plötzlich ungewöhnlich heiß geworden und sie hätten sich ihrer entledigt.

Gegenüber der Wohnung war die Sparkasse. Obwohl die Russen seit drei Tagen dort ein und aus gingen und die Tresore längst leer sein mussten, stiegen sie immer wieder durch die eingeschlagene Tür, über die Glassplitter hinweg, und durchsuchten lärmend die Räume. So ging es auch in den Geschäften, deren Schaufenster die drei von ihrer Wohnung aus sehen konnten. Wenn die Russen nichts fanden, wüteten sie lautstark und zerschlugen den Rest des Mobiliars.

Am dritten Abend sahen sie vier Soldaten, die eine splitternackte Frau durch die Straßen hetzten. Die Mutter befahl Karl und Hannah, sich die Augen zuzuhalten, aber sie hörten die Schreie der misshandelten Frau, die schon bald nicht mehr menschlich klangen.

Am vierten Tag kamen erneut russische Soldaten in die Wohnung und nahmen alles mit, was ihre Vorgänger verschmäht hatten, selbst das angeschlagene Porzellan sowie Vaters kaputten Wecker.

Am sechsten Tag standen wieder Soldaten vor der Tür. »Alles weg«, sagte Karls Mutter müde und machte eine hilflose Geste. Doch diesmal waren die Soldaten nicht zum Plündern gekommen, sie überbrachten einen Befehl: Die Familie sollte die Wohnung am folgenden Tag verlassen, eine polnische Familie würde einziehen. Glücklicherweise standen die Koffer mit dem Nötigsten gepackt im Keller und warteten auf ihren Abtransport. Die Schlüssel sollten von den Türen abgezogen und zusammengebunden auf den Küchentisch gelegt werden. Auf einem Zettel sollten sie notieren, welcher Schlüssel zu welcher Tür passte.

»Die sind ziemlich gründlich«, kommentierte seine Mutter die Anweisung und lächelte Karl schief an. Er lächelte zurück, dabei war ihm eher zum Weinen zumute.

Es war die letzte Nacht in ihrer Wohnung. Karl sah sich in seinem Zimmer um. Da, wo der helle Fleck an der Tapete zu sehen war, hatte bis vor wenigen Tagen ein Foto von Erwin Rommel gehangen, Karls Idol. Sie hatten das Bild hinten im Hof vergraben, genau wie Karls Messer von der Hitlerjugend mit der Gravur *Blut und Ehre*. Ebenso würden Karls Bücher dort vermodern. Die Bücher von Hans Grimm, die Bücher über die Bauernkriege, die Ostkolonisation, die Siedlerromane. Karl hatte das für übertrieben gehalten, aber seine Mutter hatte darauf bestanden. Sie wollte jede Verbindung zum Nationalsozialismus auslöschen. Er spürte, dass das nicht funktionieren würde. Sie waren und blieben Deutsche, ob sie sich nun als Hitler-Gegner oder -Freunde bezeichneten. Man würde sie büßen lassen. Polnische und auch russische Soldaten machten da keine Unterschiede.

Für ein paar Tage kamen sie bei einer Kollegin von Karls Mutter unter. Dreizehn Menschen in zwei Zimmern, dazu die bettlägerige, weggetretene Großmutter, die unentwegt schrie und davon überzeugt war, dass Karl ihr verstorbener Mann sei. Sie versetzten Schmuck, Geschirr, Betttücher, Tischdecken – ihre letzten Wertsachen –, um damit schimmeliges Mehl und faulige Äpfel zu überteuerten Preisen zu kaufen. Nach ein paar Tagen bekamen sie Lebensmittelkarten, aber das Essen wurde nicht besser.

Weil er es in der Wohnung nicht aushielt, trieb Karl sich tagsüber in der Stadt herum, was seine Mutter gar nicht gern sah. Doch die Erwachsenen waren zu beschäftigt, das Überleben zu organisieren, und so waren die Kinder auf sich allein gestellt.

Karl traf meist seine Freunde Adi und Mantsche auf dem Alten Markt. Ringsum waren die Häuser zerbombt, und die Ruinen standen da wie Gespenster, nur noch eine Ahnung ihrer früheren Existenz.

Die Freunde sprachen möglichst wenig miteinander, und wenn, dann nur leise. Denn manchmal wurden die fremden Soldaten wütend, wenn sie die deutsche Sprache hörten.

»Man sagt, dass die Russen alle hübschen Frauen in ihre Unterkünfte holen, und dann …« Mantsche ließ den Rest des Satzes offen.

»Und dann?«, fragte Adi und sah Karl an.

»Dann küssen sie sie«, sagte Mantsche mit Nachdruck. Adi verzog angewidert den Mund. Karl blieb still, seine Mutter hatte ihm erklärt, was die Soldaten wirklich mit den Frauen taten, und er wollte sein Wissen nicht mit den Freunden teilen. »Is ja eklig«, murmelte Adi, und sie gingen weiter, bis sie plötzlich von einem Soldaten auf Russisch angesprochen wurden. Seine großen gelben Zähne bissen auf eine Zigarette, die wie ein qualmender Schornstein von seinen Lippen hing. Das Alter des Mannes war schwer zu schätzen. Er konnte sowohl Mitte zwanzig als auch wesentlich älter sein. Schuld waren die unzähligen Narben in seinem Gesicht. Wahrscheinlich hatten es die Pocken zerstört, mutmaßte Karl.

Der Soldat winkte ihnen, ihm zu folgen. Als die drei zögerten, zeigte er erst auf sein Gewehr, dann auf die Jungen. Er führte die drei zum Innenhof eines zerbombten Hauses und dort direkt zu einem verschütteten Kellereingang. Nur ein kleiner Spalt war offen geblieben. Aus dem Inneren des Kellers waren schwache Rufe zu hören. Eine Frau. Karl kniete sich hin, formte mit seinen Händen einen Trichter und rief hinein: »Hallo, wer ist da?«

»Hilfe«, kam es zurück. »Bitte, helft mir.« Dann ein Schluchzen. Sofort fingen Karl und seine Freunde mit bloßen Händen zu graben an. Mittlerweile waren andere Leute dazugekommen, um zu helfen. Sie bildeten eine Kette, schmissen Steine, Holz- und Metallteile auf die Seite, bis sie die Frau erreicht hatten. Bald bekamen sie einen Arm zu fassen, an dem sie vorsichtig zogen, bis ein blonder, verstaubter Haarschopf zum Vorschein kam. Sie buddelten weiter und bekamen einen zweiten Arm zu fassen. Sie zogen und zerrten, bis sie die halb ohnmächtige junge Frau aus dem Loch befreit hatten. Zu Karls Überraschung trug sie eine Ordenstracht. Selbst Nonnen erwischte es in dieser Zeit, dachte er.

Die Ordensschwester war überglücklich, obwohl ihre Hüfte und das linke Bein zerquetscht waren. »Danke«, rief sie immer wieder, und ihre rissigen Lippen verzogen sich zu einem Lächeln, als sie Karl und seinen Freunden die Hand reichte.

»Der Russe hat uns gezeigt, wo Sie sind«, meinte Karl und suchte ihn mit den Augen in der Menge, die sich inzwischen angesammelt hatte. Er war verschwunden. »Ohne ihn hätte Sie wahrscheinlich niemand entdeckt«, meinte Karl.

»Gott sei mit dir«, murmelte die Frau, als Helfer sie auf eine provisorische Trage legten.

Am Abend erzählte Karl immer wieder von seinem Erlebnis, und immer wieder sprach er von dem russischen Soldaten, der einfach verschwunden war.

»Was sollte er denn tun?«, fragte Hannah. »Sollte er euch applaudieren?« Karl gab ihr einen Klaps.

»Aber verstehst du nicht, er hätte sie einfach sterben lassen können. Sie war sein Feind. Warum hat er Hilfe geholt? Und warum ausgerechnet uns?«

»Er hat wohl gesehen, dass ihr ein bisschen Bewegung braucht«, ging die Mutter dazwischen.

Nach und nach zog so etwas wie Ordnung in die Stadt ein. Plünderungen waren jetzt strengstens verboten, und Karl sah, als er auf der Suche nach etwas Essbarem durch die Stadt strich, wie ein russischer Offizier einen einfachen russischen Soldaten per Kopfschuss hinrichtete. Auf der Straße, ohne Verhandlung, einfach so. Seine Kameraden hatten ihn zuvor mit gestohlenem Silberbesteck erwischt.

5

Als Adib an seinem ersten Schultag vor dem Gebäude stand, wunderte er sich sehr, denn es war niemand zu sehen: keine Schüler, keine Lehrer, überhaupt keine Menschen. Er wurde nervös. Hoffentlich hatte er nichts falsch gemacht. Immer wieder sah er auf die Uhr. Es war schon Viertel nach sechs. Stand er vielleicht am falschen Eingang? Er sah an der Fassade hoch. Das Haus war groß und beeindruckend. Ein bisschen sah es aus wie eine Burg. Aber so müssen Schulen in Deutschland wohl aussehen, überlegte Adib. Schließlich war Deutschland ein starkes Land. In seiner Heimat hatte die Schule aus zwei flachen Gebäuden bestanden, in die in Deutschland nicht mal jemand sein Auto stellen würde. In einem hatte der Unterricht stattgefunden, in dem anderen hatte der Lehrer mit seiner Familie gelebt, und dann gab es da noch das Gatter für die Tiere des Lehrers. Fünfzig Jungen hatten sich in den Schulraum gezwängt; wer zu spät kam, musste sich auf die Erde setzen, weil es nicht genug Stühle gab. Manch einer brachte sich eine Obstkiste mit, um darauf zu schreiben. Denn Tische gab es noch weniger.

In Gedanken versunken, bemerkte Adib den dicken Mann nicht, der ihn seit einer geraumen Weile ansah. »Was stierste denn immer die Schule an. Willste die hypnotisieren? Glaubste, die löst sich in Luft auf?«

Der Mann bemerkte, dass Adib ihn nicht verstanden hatte, und wiederholte seine Sätze.

Adib lächelte. »Ich suche die Schüler«, sagte er. Der Dicke sah auf seine Uhr und schüttelte demonstrativ den Kopf. »Haste Fieber?« Auch diese Frage musste er noch einmal langsamer wiederholen.

»Nein, ich bin gesund, vielen Dank«, sagte Adib. Der Dicke lachte, was wie ein Bellen klang, während sich sein ganzes Gesicht wie bei einer Knetfigur zusammenknautschte. Adib musste gegen seinen Willen mitlachen, weil er den Anblick so lustig fand.

»Biste einer von den neuen Ausländern?«, fragte der Dicke. Adib verstand die Frage nicht.

»Willste hier zur Schule gehen?«

Adib nickte und sagte höflich: »Ja.«

»Fängt erst in zwei Stunden an. Ich bin hier der Hausmeister und heiße Rainer mit ai.«

Adib deutete eine leichte Verbeugung an und sagte: »Ich bin sehr erfreut, Herr Mit-ai.«

Diese Höflichkeitsformel hatte er in seinem Deutsch-Wörterbuch gelesen, das er während seiner Flucht wie einen Schatz gehütet hatte.

Der Hausmeister knautschte wieder das Gesicht zusammen, während er sein abgehacktes kurzes Lachen ausstieß. »Nein, nur Rainer.« Adib stellte sich vor, dann lud ihn der Hausmeister in sein Büro ein, wo er dem Jungen einen Tee machte. Während Adib an dem heißen Getränk nippte, Rainer in einem Schrank kramte und er hin und wieder dessen Fragen beantwortete, sah er aus dem offenen Fenster. Er sah das Grün der Bäume, er roch deren Duft und er spürte die laue Morgenluft sanft hereinwehen. Die Sonne nahm langsam Anlauf und ließ einen heißen Tag erahnen.

Nach und nach trudelten seine Mitschüler ein. Sie strebten aus allen Himmelsrichtungen, in kleinen Grüppchen schwatzend oder allein, auf das Gebäude zu. Adib hielt es nicht mehr auf seinem Stuhl, er sprang auf und stellte sich ans Fenster. Wie gern hätte er jetzt unten vor dem Tor gestanden und sie begrüßt, aber er wollte nicht unhöflich sein, da Rainer ihm gerade von seinem Garten erzählte. »Dann hab ich die Hibiskus da trotzdem hingesetzt. Ich lass mir doch nicht im eigenen Garten …« Rainer unterbrach sich, als er Adibs leuchtende Augen sah.

»Ich bring dich jetzt erst mal ins Sekretariat.«

Kurze Zeit später fand Adib sich zusammen mit acht weiteren neuen Schülern in einem Klassenzimmer wieder. Sie kamen aus acht verschiedenen Nationen und sollten Deutsch lernen, um möglichst schnell in eine normale Klasse gehen zu können. In der Pause schlenderte er auf dem Hof umher, lächelte jeden an und stellte sich vor. »Bist du schwul?«, wurde er von zwei Jungen gefragt, die er freundlich angesehen hatte.

Er verstand die Frage nicht und lächelte weiter. »Idiot«, sagte einer der beiden, dann drehten sie sich um und ließen ihn stehen. Adib winkte Rainer, der gerade mit einer Schubkarre über den Hof ging. Nachdem es ihm nicht gelungen war, mit einem seiner Mitschüler ins Gespräch zu kommen, suchte er seine neuen Klassenkameraden. Er fand sie abseits des Schulhofs um eine Bank gruppiert. Sie verständigten sich mit Händen und Füßen und erzählten sich, wo sie herkamen.

Nach der Pause, als sie sich wieder in ihrem Klassenzimmer eingefunden hatten, erwartete sie eine Überraschung: Acht deutsche Schüler standen vor der Tafel aufgereiht. Sie sollten ihre Paten sein. Adib wurde einem Jungen namens Leno zugeteilt. Leno schien stolz auf seine Haare zu sein, denn er schüttelte sie immer wieder und fuhr sich mit den Fingern hindurch. Er begrüßte Adib mit zusammengepressten Zähnen und setzte sich mit ihm an einen Tisch.

»Ich sag's dir gleich, ich mach das nur, um in Sozialkunde mehr Punkte zu kriegen«, sagte Leno. »Der dämliche Habermann hat mich dazu gezwungen. Ich weiß sowieso nicht, was ihr hier wollt. Warum bist du nicht in deinem Land geblieben?«

»Wir mussten weg«, sagte Adib, der sich fragte, warum Leno böse auf ihn war.

»Und warum?«, fragte Leno gelangweilt.

»Bei uns Krieg«, antwortete Adib. »Nicht sicher dort.« Leno nickte abwesend, die Antwort schien ihn nicht sonderlich zu interessieren.

»Vater sagt, Deutschland schönes Land, Leute nett.«

Leno lachte böse. »Hat er recht, dein Alter. Alles toll hier. Wirst du schon merken. Mein Vater sagt übrigens, dass jeder da bleiben sollte, wo er hingehört. Dann gibt's keine Missverständnisse.« Adib sah ihn fragend an.

»Am besten nervst du mich nicht, dann nerve ich dich auch nicht«, sagte Leno abschließend.

Adib verstand nicht recht, was der Junge meinte, aber der Tonfall ließ keinen Zweifel zu: Leno wollte möglichst wenig mit ihm zu tun haben. Aus irgendwelchen Gründen, die sich Adib nicht erschlossen, war Leno schlecht gelaunt. Das färbte auf ihn ab und in der nächsten Stunde war er unaufmerksam und verlor sich in Erinnerungen.

Adib stand auf einem Hügel und beobachtete die fremdländischen Soldaten, die in ihren Panzerfahrzeugen unweit vorbeidröhnten, als eine vertraute Stimme nach ihm rief. Er drehte sich um und sah seine Mutter winken. Adib winkte zurück, doch ihr Winken wurde immer dringlicher. Etwas musste passiert sein. Hastig rutschte er hockend den Hügel herunter, klopfte sich den Staub ab und machte sich auf den Weg. Sein kleiner Bruder Tahir kam ihm bereits entgegengelaufen. »Vater, Vater«, rief Tahir. Adib fing an zu rennen. Sein Vater arbeitete für die deutschen Soldaten als Übersetzer. Mehrmals hatte es Todesdrohungen seitens der Taliban gegeben. Vater galt als Verräter, weil er den Ungläubigen half.

Adibs Mutter kam ebenfalls aus dem Haus gelaufen. Sie schrie und weinte. Als sie stolperte, blieb sie einfach liegen und hämmerte mit der Faust auf den Boden.

Vater war tot. Hingerichtet von den Taliban. Adib und seine Familie waren jetzt nicht mehr sicher im Ort. Sie überlegten, nach Kabul zum Onkel zu gehen, doch selbst dorthin reichte der Arm der Gotteskrieger. Es hieß, dass die Taliban bald wieder an der Macht sein würden. Und in einigen Regionen waren sie das sogar schon, obwohl es niemand zugeben wollte.

Da zur Trauer keine Zeit war, begruben sie den Vater in aller Eile und beratschlagten, wie es weitergehen sollte. Der Dorfälteste riet ihnen, das Land zu verlassen. Er hatte Angst um sein Dorf. Familien von Verrätern waren nicht sicher. Und allen, die ihnen geholfen hatten, ebenso wenig.

Doch eine Flucht war teuer. Die Familie verkaufte fast ihre gesamte Habe. Heimlich natürlich, damit so wenig Leute wie möglich davon Wind bekamen. Wem konnte man schon trauen heutzutage? Aber das Geld reichte hinten und vorne nicht. Sie gingen bei Verwandten auf Betteltour und liehen sich etwas bei Freunden, bis es schließlich reichte. Blieb noch die Frage nach dem Wohin. Europa, da waren sie sich schnell einig. Am besten nach Deutschland. Dort war es sicher und Vater hatte gute

Erfahrungen mit den Deutschen gemacht. Außerdem hatte er Adib ein paar deutsche Worte beigebracht: Danke, Bitte, Guten Tag, Gute Nacht! Die einzige deutsche Stadt, die sie kannten, war Berlin.

Bald war der letzte Tag angebrochen. Gemeinsam mit der Mutter und den beiden Brüdern sah Adib hinunter auf seine Stadt, die sich wie ein Kätzchen an den sandigen Boden schmiegte. Ihr Atem waberte in dicken Schwaden vor ihnen her. Der Januar war in diesem Jahr ungewöhnlich kalt, die Temperaturen fast am Gefrierpunkt. Das war ein Zeichen, dachte Adib.

6

Ein paar Tage später kamen die Polen nach Waldenburg. Endlose Trecks. Zwangsausgesiedelt aus dem Osten. Die Einwohnerschaft Waldenburgs sollte komplett ausgetauscht werden. Ein anderes Volk sollte in den Häusern wohnen, die Arbeitsplätze übernehmen, die Schulen. Eine andere Sprache würde in den Straßen erklingen. Sie würden andere Lieder singen, andere Geschichten erzählen.

Dann dauerte es nicht mehr lange: Sonderbefehl hieß es. Karl las etwas von Umsiedlung, Strafen, Waffengebrauch, Sammelplatz. Er konnte sich keinen Reim darauf machen, doch seine Mutter wusste Bescheid:

»Sie verjagen uns.«

Karl sah sie fragend an. »Die neuen Herren jagen uns aus der Stadt.« Sie lachte, als hätte jemand einen guten Witz gemacht. »Und niemand darf mehr als zwanzig Kilo Reisegepäck mitnehmen.« Sie lachte wieder.

Karl machte sich Sorgen, seine Mutter könnte den Verstand verlieren.

»Zwanzig Kilo!«, rief sie lachend. »Die haben uns doch schon alles abgenommen. Wir drei kommen nicht mal zusammen auf zwanzig Kilo. Alles weg.« Sie weinte und lachte gleichzeitig.

»Aber wo sollen wir denn hin?«, fragte Karl.

»Nach Berlin«, antwortete sie. »Wir gehen nach Berlin.«

»Warum ausgerechnet dahin?«, fragte Hannah. »Wir kennen doch da gar niemanden.«

»Eine alte Schulfreundin von mir lebt dort«, erklärte Mutter. »Vielleicht nimmt sie uns ja auf. Außerdem glaube ich, dass man in der Hauptstadt am besten dran ist. Die neuen Herren wollen ja auch essen und trinken, und da wird schon was für uns Deutsche abfallen.«

Um fünf Uhr in der Früh machten sie sich weisungsgemäß auf den Weg zum Sportplatz. Mit ihnen zogen Hunderte mit Sack und Pack. Viele mit Leiterwagen. Karl grüßte seinen Schulkameraden Kalle, seine Mutter nickte dessen Mutter zu.

Am Straßenrand standen Soldaten und auch polnische Einwohner des Städtchens. Menschen, mit denen sie bis vor ein paar Tagen noch friedlich zusammengelebt hatten. Jetzt schwangen einige von diesen Menschen Peitschen oder Gürtel, um die Deutschen zu verjagen. Karls Mutter wurde von einer Frau bespuckt und beschimpft. Sie zuckte kurz zusammen, ging dann jedoch ungerührt weiter. Karl wollte die Frau anschreien, doch seine zehnjährige Schwester, die er an der Hand hielt, zog ihn mit. Er merkte, dass sie zitterte, dass sie vor Angst kaum sprechen konnte. »Halt dich an mir fest, Hannah, dann passiert dir nichts.« Sie sah ihn an. »Wir sind wie Sterne in der Finsternis«, sagte er und zeigte zum Himmel. Hannahs Blick folgte seinem ausgestreckten Arm. »Man kann es von hier nicht sehen, aber im Weltraum gibt es Schwarze Löcher, und wenn ein Stern da reingerät, dann wird er verschluckt und sein Licht verlöscht.«

Hannah kniff die Augen zusammen, bis sich auf ihrer Stirn Falten bildeten. »Wir müssen aufpassen, dass uns niemand verschluckt. Wir müssen aufpassen, dass wir nicht zu nah an die gefräßigen Schwarzen Löcher rankommen.« Sie sah ihn ernst an und nickte. »Und wenn wir nicht aufpassen«, fuhr er fort, »dann werden wir selbst zu Schwarzen Löchern. Denn immer wenn ein Stern stirbt, passiert genau das.« Hannah sah sich um.

»Aber es sind so viele«, flüsterte sie und drückte seine Hand, dass es schmerzte.

Im Fluss trieben Tote. Sie gingen an ihrer Schule vorbei, deren Fenster eingeschlagen waren. Aus einem ragte ein Tisch, als hätte er versucht, sich durch einen Sprung retten zu wollen.

Immer wieder schlug ihnen aus brennenden Häusern beißender Qualm entgegen und sie mussten die Hände vor die Münder und Nasen legen. Eine Frau, die stolperte, wurde von johlenden Zuschauern getreten und wieder hochgejagt. Sie musste ihren Koffer zurücklassen und rannte, die Arme schützend über den Kopf gelegt, weiter. Sofort stritten sich ein paar Leute um den Inhalt. Als hätte eine Sturmglocke zum Kampf aufgerufen, prügelten jetzt auch andere Zuschauer auf den Zug ein. Sie schlugen mit Fäusten, mit Knüppeln, mit Steinen, sogar mit Schuhen auf Köpfe, Arme, Beine, Rücken, Schultern. Auch Karl, seine Mutter und Hannah bekamen etwas ab. Sie duckten sich und rannten untergehakt Richtung Sportplatz, das Geschrei ihrer Verfolger in den Ohren.

Am Sportplatz angekommen, nahm die polnische Miliz sich ihrer an und teilte sie in Gruppen ein. Das Ganze folgte für Karl keinem sichtbaren System. Eine Gruppe musste sich auf die rechte Seite der Aschenbahn stellen, eine andere auf die linke, um wiederum etwas nach rechts zu rücken, als eine dritte Gruppe direkt auf der Bahn Aufstellung nahm. Am Rand der

Aschenbahn lagen fünf Leichen, von denen eine vor sich hin kohlte. Ganz in der Nähe hatte sich eine Krähe niedergelassen.

Dann wurden die Gruppen wieder aufgelöst, mehrere Männer der Miliz gingen mit Listen umher und riefen Namen. Wer aufgerufen wurde, verschwand in den Umkleiden und erschien nicht wieder, so erging es auch Karls Freund Hermann und dessen Familie.

Dann wurden wieder Gruppen gebildet und auf die verschiedenen Seiten der Aschenbahn verteilt. Statt wie vorher drei, waren es jetzt sogar sieben Gruppen. Karl sah sehnsüchtig nach oben, hoffte, dass es regnen würde, denn in der Aufregung hatten sie vergessen, etwas zu trinken einzupacken. Es war ein ungewöhnlich heißer Sommer, sie standen seit Stunden in der Hitze, der Schweiß lief ihnen in breiten Strömen den Rücken herunter. Karls Augen brannten, seine Zunge war schwer, was hätte er jetzt für einen Schluck Wasser gegeben! So wie ihm ging es auch vielen anderen. Er sah ihre ausgetrockneten Mundwinkel, über die sie immer wieder mit geschwollenen Zungen leckten, die sehnsüchtigen Blicke zu den Wasserflaschen an den Gürteln ihrer Bewacher, er hörte die weinenden Kinder. Als eine Frau sich ein Herz fasste und einen Soldaten nach Wasser fragte, lachte er nur höhnisch und schubste sie weg.

Sie standen und warteten, als die Sonne ihren höchsten Stand erreichte, und sie standen noch immer, als die Sonne langsam sank. Hinsetzen durfte man sich nicht, und doch lagen einige im rötlichen Staub der Aschenbahn. Karl nahm an, dass sie tot wären. Das ist doch alles für die Katz, dachte er und fragte seine Mutter, warum sie nicht einfach wieder gehen würden, es ginge ja doch nicht weiter. Seine Mutter sah ihn entsetzt an, griff seinen Arm und sagte: »Wir können nirgendwo hin, wir haben keine Heimat mehr.« Das saß. Natürlich hatte Karl es schon vorher geahnt, aber die brutale Wahrheit war nicht so richtig zu ihm durchgedrungen. Sie hatte in irgendeinem Spiralarm seines Hirnes gewartet, um jetzt umso deutlicher hervorzubrechen. Hätte seine Mutter ihn nicht festgehalten, wäre er umgefallen.

»Ich brauche dich jetzt«, flüsterte sie, und ihre Stimme klang wie damals, als er noch klein war und sie ihm Mut machte, wenn er etwas noch nicht konnte. »Es tut mir leid, mein Junge, aber du musst stark sein.«

Am Abend verteilte man sie auf dem Rasen. Erschöpft ließen sie sich nieder. Zwei Tage lang kampierten sie dort, begleitet vom ständigen Stöhnen der Kranken, Verwundeten, Sterbenden. Sie hatten Frau Albwitz getroffen, die ihnen mit einem Kanten Brot und etwas hartem Käse aushalf. Kurz vor Mitternacht bekamen sie modriges Wasser, das ihre Bewacher in großen Kübeln aufstellten.

Niemand auf dem Rasen wagte es, sich weiter als zwei Meter von seinem Liegeplatz zu entfernen. Selbst ihre Notdurft verrichteten sie neben ihrem Schlafplatz, wie Jungtiere, die sich nicht allzu weit vom elterlichen Nest entfernten, um den Fressfeinden nicht in die Klauen zu fallen. Und so schwebte der scharfe Geruch von Urin wie eine unsichtbare Wolke ständig über ihnen.

In der ersten Nacht kamen junge Männer – Polen – und plünderten, was das Zeug hielt. Sie schleppten Kinderspielzeug, Uhren, Lebensmittel, Krawatten, Schuhe, Bücher, Zigaretten in großen Koffern davon. Wer sich wehrte oder auch nur protestierte, wurde verprügelt. Karl versuchte, seine kleine Familie zu schützen, indem er den einen Arm um die Mutter, den anderen um die Schwester legte, und zusammen saßen sie auf ihren Koffern und Taschen. Umsonst. Die jungen Männer zerrten sie von ihrer Habe weg und halfen ihren Aufforderungen mit Flüchen und Schlägen nach. Es hatte keinen Sinn, sich zu wehren.

Vier Tage verbrachten sie auf dem Sportplatz. Eingezwängt zwischen Hunderten, die in der gleichen Lage waren. Betäubt von den Gerüchen ungewaschener Körper, von Scheiße und Pisse.

Sie waren müde vom Bewachen ihres Besitzes. Sie wünschten sich Ruhe und einen sicheren Platz. Stattdessen befahl ihnen der neue Stadtkommandant, sich geschlossen zum Bahnhof zu begeben. Und so flossen die Menschen wie Treibgut einfach weiter.

Am Bahnhof wurden sie in kleine Gruppen unterteilt, und dann hieß es wieder: warten. Sie warteten, bis es dunkel wurde. Zwischendurch bekamen sie kalte Suppe und etwas Wasser. Das war alles, und in der Nacht standen sie noch immer und warteten.

Sie warteten bis zum Morgengrauen, dann fuhren die Züge ein; lange Reihen mit Viehwaggons, deren Türen offen standen und wie schwarze Löcher wirkten, die alles und jeden verschlucken würden, der ihnen zu nahe kam.

Ein Geschiebe und Gedränge entstand, jemand schlug Karl eine Reisetasche an den Hinterkopf, woraufhin er sich wütend umdrehte, in dem Chaos und der Dunkelheit den Übeltäter jedoch nicht ausmachen konnte. Er sah nach vorn zu den geöffneten Viehwaggons.

»Ich steige da nicht ein«, sagte er zu seiner Mutter. Sie sah ihn entsetzt an, unfähig zu antworten. »Ich weiß, dass der Sohn von Herberts zum Volkssturm gegangen ist, und ich weiß auch, wo sie sich treffen wollten.«

Seine Mutter, den Tränen nah, konnte ihre Wut auf das unvernünftige Kind kaum zurückhalten.

»Du steigst da sofort ein«, sagte sie scharf und drehte sich zu Hannah um, die sie hinter ihrem Rücken vermutete. Doch da stand eine Frau, die sie stumm ansah. Hastig blickte sie sich um. Keine Spur von Hannah. »Wo ist sie?«, fragte sie Karl, der ebenfalls mit wachsender Panik Ausschau hielt.

Immer mehr Waggons füllten sich mit der Menschenmasse und die ersten Türen wurden von den russischen Soldaten und ihren polnischen Helfern ratternd zugeworfen.

Je näher sie dem Waggon kamen, desto mehr nahm das Geschiebe zu und desto mehr Schwierigkeiten hatten sie, sich dem Druck entgegenzustemmen. »Hannah!«, riefen sie im Chor. Und immer wieder: »Hat irgendjemand ein Kind namens Hannah gesehen?« Hin und wieder bekamen sie sogar Antwort. »Vergiss sie«, rief einer. »Nimm ein anderes, gibt genug herrenlose Kinder hier.« Sie zwängten sich durch die Menge und riefen weiter.

Ein Mädchen antwortete: »Ich heiße Hannah.« Doch es war die falsche. Die richtige Hannah blieb verschwunden und sie ließen sich kraftlos vom Menschenstrom mitreißen. Karls Mutter weinte laut, sie wusste, was das bedeutete: Sie würde ihre Tochter wahrscheinlich nie wiedersehen.

Schließlich sprach sie einen Aufseher an, der auf ihre Frage keine Antwort gab, stattdessen ihre Papiere kontrollierte und sie anschließend zurückscheuchte zu Waggon 46, mit dem sie ihre Reise antreten sollten.

Hände zogen sie in den Wagen. Karls Mutter schlug um sich und rief immer wieder den Namen ihrer Tochter. Eine Frau redete leise auf sie ein, woraufhin sie sich etwas beruhigte. Karl war wie in Trance. Er hatte nicht den Eindruck, dass um ihn herum die Realität mit all ihren Schrecken tobte, er kam sich vor wie in einer Parallelwelt, die zwar der echten glich, aber doch in einem anderen, einem ihm fremden Universum existierte. In diesem Augenblick hörte er das metallische Grollen der Tür, dann rastete sie ins Schloss und es wurde finster, etwas elektrisches Licht fiel durch die schmalen Luftlöcher und malte unheimliche Schatten an die Wände. Schlagartig verstummte das aufgeregte Stimmengewirr. Eine seltsam angespannte, fast greifbare Stille herrschte. Mitten hinein schrie Karls Mutter nach ihrer Tochter. Immer wieder. »Hannah, Hannah!«, bis ihre Stimme brach.

7

Am Morgen der Flucht standen sie am Rand des Dorfes und warteten. Adib sah ihr Haus, das sie leise, wie Diebe, verlassen hatten, wobei sie nur das Nötigste mitnehmen durften. Er trug einen Rucksack wie auch Nuria, Farid und Tahir. Sie warteten auf das Auto, das sie zur iranischen Grenze bringen sollte. Von dort aus würde es mit einem anderen Auto weitergehen, so hatte man es ihnen erzählt.

Lange warteten sie, die Sonne war bereits am Sinken, und sie waren kurz davor, aufzugeben und zurückzugehen, als sie von ferne Motorengeräusch hörten. »Duckt euch«, sagte der Onkel, der die Flucht organisiert hatte. Sie drängten sich hinter einen Wermutbusch. Als das Auto, ein Toyota Pick-up, auf ihrer Höhe war, drückte der Fahrer dreimal die Hupe. Die Tür wurde aufgerissen, und ein Mann mit verschiedenen Soldatenstiefeln an den Füßen stürzte eilig heraus, nahm die Familie in Augenschein und winkte sie zu sich. Der Onkel verhandelte lautstark mit dem Mann, der immer wieder den Kopf schüttelte. Es ging um das Gepäck. Dem Mann war es zu viel, dass jedes Familienmitglied einen Rucksack trug. Nach endlosen Verhandlungen einigten sie sich auf insgesamt zwei Rucksäcke. Mutter und Onkel packten eifrig hin und her, packten wieder aus, überlegten, packten wieder ein und wieder aus, um am Ende nur weniges mitzunehmen, während der mit den verschiedenen Stiefeln zur Eile drängte. Zu Adibs Bedauern durfte er nur zwei Bücher mitnehmen, darunter sein Deutsch-Wörterbuch.

Endlich konnten sie auf der Ladefläche des Pick-ups Platz nehmen. Die beiden Männer und die verschleierte Frau, die bereits dort saßen, machten ihnen Platz. Wie sich herausstellte, handelte es sich bei ihnen um ein Ehepaar und den Bruder des Mannes.

Der Wagen holperte über sandige Pisten, fuhr im Zickzack über Schotterfelder, um den Minen auszuweichen. Die Passagiere wurden auf der Ladefläche hin und her geworfen. Auch als Adibs Mutter den Fahrer bat, etwas Rücksicht zu nehmen, fuhr er nicht langsamer. »Wir müssen vorwärtskommen, in der Nacht können wir nicht fahren, da würden sie unsere Lichter entdecken. Außerdem müssen wir so schnell wie möglich da sein«, hieß es immer wieder. Das »da sein« bezog sich auf einen kleinen Ort nahe der Grenze zum Iran, die sie zu Fuß überqueren sollten. Sie froren erbärmlich auf der zugigen Ladefläche.

★

Am Straßenrand lagen Tote oder Menschen, die bald tot sein würden. Sie hielten nicht an, um zu helfen, denn das konnte ihren eigenen Tod bedeuten. Gotteskrieger konnten auftauchen, Schmuggler, Diebe. Sie mussten in Bewegung bleiben, ihr Herz erkalten lassen, geradeaus sehen. In ihrer Not hatten sie nichts zu verschenken, am wenigsten Mitgefühl.

Immer wieder versuchten sie, Kontrollpunkte der Gotteskrieger zu umfahren. Schafften sie es nicht, zogen sich die Frauen rasch Burkas über, die der Fahrer ihres Wagens in einer Kiste auf der Ladefläche verstaut hatte. Die Taliban überprüften, ob die Bärte der Männer lang genug waren. Waren sie es nicht, setzte es Hiebe mit dem Stock. Adib hatte das Glück, dass ihm erst ein zarter Flaum auf den Wangen wuchs, so ließen ihn die Taliban meist in Ruhe. Einmal wollten sie den neunzehnjährigen Farid mitnehmen, doch Nuria klammerte sich an ihren Sohn und schrie wie eine Verrückte. Die Taliban gaben ihr ein paar Ohrfeigen, ließen sie dann aber doch ziehen.

Während der Fahrt las Adib in seinen Büchern, vor allem im Wörterbuch. Er nahm sich jeweils zehn deutsche Wörter vor, die er wieder und wieder leise vor sich hersagte, bis sie sich in sein Gehirn gebrannt hatten. Deutschland war das Sehnsuchtsland seines Vaters gewesen.

Neben der Kälte plagten sie Hunger und Durst. Ihre eigenen Vorräte waren bereits nach zwei Tagen aufgebraucht gewesen und ihre Fahrer versorgten sie nur widerwillig mit Brot und Käse. Das Wasser, das in einem Kanister auf der Ladefläche stand, fror in den Nächten ein. Sie lutschten Eisstücke, um den Durst zu bekämpfen.

Hin und wieder wechselten sie das Fahrzeug und damit die Fahrer. »Schneller, schneller«, trieben die sie an, wenn sie ihre Sachen nicht rechtzeitig verstauten.

In den Nächten verkrochen sich die Flüchtlinge in die Berge, um dort, dicht aneinandergedrängt wie eine Schafherde, der Kälte zu trotzen und zu schlafen, wobei Adib ständig hochschreckte, weil er etwas gehört hatte. In der Regel waren es Murmeltiere, die in der Dunkelheit umherhuschten und in ihrem Revier nach dem Rechten sahen.

Sie waren wochenlang unterwegs. Fuhren kreuz und quer. Mehr als einmal hatte Adib den Eindruck, dass sie wieder zurückfahren würden. Die Familie hatte Angst, dass die Schlepper sie vielleicht an der Nase herumführten, ihnen das Geld abnahmen und sie schließlich töteten.

Ab und an hielten sie in kleinen Orten. Dann mussten sie sich in Ställen oder leer stehenden Hütten verstecken. Manchmal blieben sie bis zu drei Tage an einem Ort. Dann wieder schliefen sie ein paar Tage in der Wüste. Wenn sie fragten, wann es weitergehen würde, bekamen sie immer nur zu hören: »Bald.«

Farid, der meinte, sich als Familienoberhaupt beweisen zu müssen, stritt immer wieder mit den Schleppern und zog doch den Kürzeren. Er schimpfte, tief in seiner Ehre gekränkt, und Mutter und Brüder schafften es nicht, ihn zu beruhigen.

Die Reise zerrte an ihren Nerven. Endlich erreichten sie einen kleinen Grenzort, der die Pforte in ein besseres Leben darstellte. Sie kamen spätabends an, stoppten auf dem Dorfplatz und wurden von den Fahrern angeschrien, sofort auszusteigen. Auf ihre Fragen, wo sie denn schlafen sollten, bekamen sie nur ein paar hingebellte Antworten. Verdattert standen sie in der Dunkelheit mitten auf dem Platz und kamen sich verloren vor, als habe man sie auf einem fernen Planeten ausgesetzt. Über ihnen die Unendlichkeit des Alls.

Sie sahen sich an, wobei sie in der Finsternis gerade mal die leuchtenden Zähne ihrer Mitreisenden ausmachen konnten. Auf der Suche nach einer Unterkunft irrten sie durch die Gassen des Städtchens. Die Türen waren bereits verschlossen, niemand war zu sehen, und anzuklopfen trauten sie sich nicht. Erst im Morgengrauen konnten sie auf Hilfe hoffen, dann sollten sie ihre Führer treffen, die sie über die Berge bringen würden.

Sie schliefen trotz des eisigen Windes abseits des Dorfes in einer Senke, nur das Hundegebell zeigte ihnen an, dass sie nicht allein waren unter dem weit aufgespannten Sternenschirm. Adib hatte die Arme unter dem Kopf verschränkt und blickte in den Himmel. Er entdeckte den Medusanebel und freute sich, etwas Vertrautes zu sehen. Zwischen den blinkenden Sternen klafften dunkle Löcher. Beim Einschlafen stellte Adib sich vor, wie aus diesen Löchern muränenartige Biester schossen und die Sterne zwischen ihren nadelspitzen Zähnen zerbissen. Wahrscheinlich würden sie Licht bluten, war sein letzter Gedanke, bevor er in den Schlaf glitt.

8

Karl erwachte und wusste nicht, wo er sich befand. Er nahm nur Schemen wahr, in seinem Ohr summte und brummte es, und erst nach einer Weile merkte Karl, dass es Stimmen waren, die wie ein Tinnitus in seinen Gehörgängen randalierten.

Menschen standen um ihn herum und redeten auf ihn ein. Die Schemen nahmen Konturen an, die Stimmen wurden deutlicher. »Wie fühlen Sie sich?«, hörte er jemanden fragen.

»Beschissen«, wollte Karl sagen, aber es kam nur »blrwlbllrsss« heraus. Er versuchte sich zu räuspern, doch es ging nicht. Es ging überhaupt nichts mehr. Auch als er seiner Hand den Befehl gab, sich zu heben, den Sprecher am Kragen zu packen, um ihn näher heranzuziehen, versagte diese den Dienst. »Sie hatten einen Schlaganfall«, hörte er wieder die Stimme, und diesmal war Karl sich sicher, dass sie zu einer Frau gehörte.

Gleichzeitig hörte Karl es rumpeln in seinem Kopf, als würde das Wort Schlaganfall eine Lawine auslösen. Seine Gedanken purzelten wild durcheinander. Er fragte sich gerade, ob ein

Schlaganfall etwas Schlimmes war, als die Ärztin sagte: »Es war nur ein leichter Schlag, aber Sie müssen noch eine Weile bei uns bleiben. Wir werden ein paar Tests machen und dann schicken wir Sie in die Reha.« Reha, wieder so ein Wort, das Karl zwar bekannt vorkam, aber mit dem er im Moment nichts anfangen konnte. Wie er es auch drehte und wendete, es bekam keinen Sinn.

»Wossesslgsassst«, sagte er, wobei er eigentlich meinte: Wann kann ich hier raus? Karl merkte, dass seine Worte nicht verstanden worden waren. Er drehte beschämt den Kopf zur Seite und sah aus dem Fenster. Etwas Grünes strich mit seinen langen Dingern an der Scheibe entlang, und Karl brauchte eine Weile, um auf das Wort zu kommen. Es war ein Baum, dessen Zweige im Wind über die Scheibe wischten. »Baum«, sagte er laut und die Ärztin nickte.

»Ich lasse Sie jetzt allein«, sagte die Frau, strich über seinen Arm und verschwand. Jetzt trat eine andere Frau an sein Bett und stellte sich als Schwester Sowieso vor. Meine Schwester?, überlegte Karl. Das konnte sie nicht sein, die hatte er anders in Erinnerung, auch wenn er sie seit sieben Jahren nicht gesehen, sondern nur mit ihr telefoniert hatte.

»Hannah?«, fragte er, doch die Frau lachte, schüttelte den Kopf und sagte: »Ich heiße Nazmet.«

Sie ordnete sein Kissen, wechselte die Pinkelflasche und verschwand mit einem aufmunternden Gruß. Dann war Karl allein. Er versuchte, den Oberkörper aufzurichten, was ihm auch für kurze Zeit gelang, bevor er hinunterrutschte. So lag er eine Weile und versuchte sich zu erinnern, wie er in diese Situation gekommen war. In der Zwischenzeit kamen zwei Pfleger herein, die mit ihm sprachen wie mit einem Kleinkind, ihn auszogen und anschließend wuschen, wobei sie mit einem groben Waschlappen seine Haut schrubbten, bis sie rot leuchtete.

Karl protestierte, aber er bekam keinen verständlichen Satz zustande.

Als sie ihn gesäubert, sein Bett neu bezogen und ihr Werk ausgiebig bewundert hatten, verschwanden sie wieder. Schwatzend und lachend. Karl sah ihnen nach, dann weinte er.

Nach und nach kehrte Karls Sprachvermögen zurück, und er legte sich, je deutlicher die Worte aus ihm herausströmten, immer öfter mit Pflegern und Ärzten an, beschimpfte sie, nannte sie Geier und Hyänen. Die weinten ihm wohl keine Träne nach, als er nach zwei Wochen in die Reha gebracht wurde.

Dort möbelten sie Karl auf. Das Gefühl für seinen Körper, für seine Arme und Beine kehrte langsam zurück. Auch sein Sprachzentrum wurde trainiert, und er freute sich jeden Tag auf die kleine, quirlige Logopädin, die seinen boshaften Witz mochte und auch konterte.

»Sie waren also Beamter im Justizsenat?«, sagte sie während einer gemeinsamen Sitzung.

»Sesselfurter trifft es besser«, war seine Antwort. Er hatte Sesselfurzer sagen wollen, aber die Wörter spielten ihm manchmal noch immer einen Streich und kamen verquer aus seinem Mund.

Karl und die Logopädin spielten sich die Bälle zu, neckten sich, und wäre Karl nur etwa hundert Jahre jünger gewesen, er hätte ihr einen Heiratsantrag gemacht.

Zwischendurch bekam er Besuch von seiner Nachbarin Mildred, die ihm frische Wäsche brachte. Sie war die Einzige gewesen, die ihm nach Emmis Tod zur Seite gestanden hatte. Alle anderen Freunde waren tot oder hatten sich davongemacht, weil sie seiner Trauer nichts entgegenzusetzen hatten.

»Na, du Sorgenkind«, begrüßte sie ihn und zwinkerte ihm zu, bevor sie ihre Mitbringsel auspackte. Zu Karls Freude hatte sie nicht nur frische Wäsche für ihn mitgebracht, sondern auch sein Buch. *Geheimnisse des Universums.* Karl liebte dieses Buch. Als Jugendbuch war es leicht verständlich und beließ den Geheimnissen des Universums einen Rest dessen, was sie eben waren: Geheimnisse. Das spornte seine Fantasie an.

»Das hat ein ausländischer Junge gebracht, ich glaube, ein Türke«, sagte Mildred, als sie das Buch auf den Tisch legte.

»Aha«, sagte Karl und griff danach.

»Er hat es an der Havel gefunden, da, wo du umgefallen bist.« Karl blätterte in dem Buch. »Ich habe seine Adresse, falls du dich bei ihm bedanken willst«, sagte Mildred, worauf Karl nicht reagierte. »Er war eigentlich ganz nett.«

Karl sah auf. »Was, wer?«, fragte er.

»Der Junge, du solltest dich bei ihm bedanken. Auch wenn er Ausländer ist. Die erwarten das vielleicht gar nicht, aber trotzdem ist es nicht selbstverständlich heutzutage«, sagte Mildred.

»Mache ich«, sagte Karl, während er weiter im Buch blätterte.

Nach weiteren sechs Wochen wurde Karl entlassen. Ein Krankentransport brachte ihn bis zu seinem Haus, und als die Pfleger Karl anboten, ihn nach oben zu bringen, sagte er: »Sehe ich aus, als wäre das nötig?« Statt eines Trinkgelds knallte Karl den beiden jungen Männern die Haustür vor der Nase zu. »Idioten«, schimpfte er vor sich hin, während er langsam die Treppe hochstieg.

In seiner Wohnung war alles unverändert. Mildred hatte gelüftet, das Bett neu bezogen und den Kühlschrank gefüllt. Karl setzte sich ans Fenster und sah eine Weile unschlüssig hinaus. Er griff nach einem Foto von Emmi und sagte: »Fast hätte es geklappt, Liebes.«

Nachdem Karl ein wenig geschlafen hatte, tigerte er in der Wohnung umher. Er fühlte sich seltsam unentschlossen, als hätte man ihm etwas Vertrautes genommen und er müsste es erst finden, um sein altes Leben wiederaufnehmen zu können.

Sein Blick fiel auf einen Zettel, der auf dem Esstisch lag. In Mildreds Handschrift standen dort ein Name und eine Adresse. Das musste der Junge sein, der sein Buch gefunden hatte: *Adib*. Der Name klang arabisch, überlegte Karl. *Motardstraße 101a*, las er weiter. Wird das Flüchtlingsheim sein, dachte er sich.

Ganz unten auf dem Zettel fand er eine Anweisung von Mildred: *Besuche ihn!* »Jaja«, sagte Karl laut, trat auf den Balkon und ärgerte sich über seine vertrockneten Pflanzen. Den ganzen Sommer hatte er im Krankenhaus und in der Reha verschwendet und währenddessen waren seine Pflanzen eingegangen. Mildred war eine miserable Gärtnerin. Pflanzen und Tiere gingen einfach unter ihrem Radar durch.

Was wollte ich noch gleich?, fragte sich Karl, während er eine tote Aster zwischen seinen Fingern hin und her drehte. Ach ja, der Junge, fiel es ihm wieder ein.

Die Motardstraße war ein Stück von der Spandauer Altstadt entfernt, er würde den Bus nehmen müssen. Als Karl an der Haltestelle stand, war er sich noch immer nicht sicher, ob es eine gute Idee war, den Jungen zu besuchen, und er war kurz davor, wieder umzudrehen.

»Ist doch nur ein Buch«, sagte er lauter als beabsichtigt, woraufhin die Frau neben ihm von ihrem Buch aufsah und sagte: »Unterschätzen Sie Bücher nicht.« Sie lachte und widmete sich wieder ihrer Lektüre. In diesem Moment bog der Bus um die Ecke und Karl stieg ein. Während der Fahrt fragte er sich, ob er dem Jungen Geld geben sollte.

Die Adresse in der Motardstraße entpuppte sich tatsächlich als die des Flüchtlingsheims. Auch das noch, dachte Karl, und für einen Moment überfiel ihn die Erinnerung daran, wie er selber vor knapp siebzig Jahren nach Berlin gekommen und mit Mutter und Hannah in einer Notunterkunft für Vertriebene gelandet war. Sofort war alles wieder da: der Schweiß- und Uringeruch. Das bellende Husten der Kranken, das Weinen der Kinder, die Flüche der ehemaligen Soldaten, für nichts und wieder nichts in den Krieg gezogen zu sein. Die Bitterkeit, die Enttäuschung, die Angst, die sich in die Gesichter geätzt hatte. Dazu die Ablehnung der Einheimischen. Jäh wurde Karl aus seinen Erinnerungen gerissen, als der Pförtner ihn ansprach: »Wo wollense denn hin?« Karl erklärte dem Mann, was er wollte, und wurde ins Büro der Heimleiterin geschickt.

Hinter dem Drahtzaun standen mehrere Gebäude, die auf den ersten Blick wie normale Wohnhäuser aussahen, auf den zweiten jedoch Baracken waren, gefertigt aus Plattenbauteilen. Zwischen den Häusern lagen verkümmerte Rasenstreifen. Auf dem Hof spielten Kinder und fuhren Fahrrad, während die Erwachsenen in kleinen Gruppen zusammensaßen und schwatzten.

Niemand beachtete Karl, der sich suchend umsah, bis er das Schild *Heimleitung* an einem der Gebäude entdeckte. Er betrat das Verwaltungsgebäude, einen lang gestreckten Bau, der nach Desinfektionsmitteln roch. Die Heimleiterin, die ihr Büro im ersten Stock des Gebäudes hatte, war zu Karls Überraschung ziemlich jung. Sie sah ihn fragend, aber doch freundlich an. Karl wischte sich den Schweiß von der Stirn, die Treppe hatte ihn geschafft.

»Ich suche einen Jungen.« Er sah auf den Zettel, den Mildred ihm gegeben hatte. »Adib«, sagte er. »Ich suche einen Jungen mit diesem Namen.«

»Warum?«, wollte die junge Frau wissen. »Hat er etwas angestellt?«

»Nein, nein, er hat nichts geräkelt«, sagte Karl, woraufhin die Frau ihn mit hochgezogenen Brauen ansah.

»Er hat was nicht?«

Karl wiederholte seinen Satz, bis ihm auffiel, dass ein Wort darin fremd klang. Verdammter Schlaganfall, dachte er und versuchte, ruhig zu bleiben. Er schämte sich seiner Schwäche vor dieser jungen Frau. »Er hat etwas gefunden, das mir gehört, und es zurückgebracht, und ich wollte mich bedanken«, sagte er schnell, um die unangenehme Situation zu überspielen.

»Ich weiß nicht, ob Adib da ist«, sagte die Heimleiterin. »Aber wir können ja mal nachschauen.«

Am Fuß der Treppe angekommen, verspürte Karl einen leichten Schwindel. »Ist Ihnen nicht gut?«, fragte die Frau besorgt und legte ihm eine Hand auf den Unterarm.

»Alles in Ordnung«, wehrte Karl ab und ging entschlossenen Schrittes weiter. Sie betraten ein anderes Haus. Im langen Gang, von dem die einzelnen Zimmer abgingen, roch es nach Essen. Rissiges Linoleum bedeckte den Boden. Die Heimleiterin klopfte an eine Tür, die von einer etwa fünfzigjährigen Frau geöffnet wurde. »Das ist Adibs Mutter Nuria«, sagte sie und machte die beiden miteinander bekannt. Nuria bat sie herein.

Die ärmliche Einrichtung löste bei Karl Erinnerungen aus. Wie damals bei uns, dachte er.

»Bitte«, sagte Nuria und bot ihm einen von zwei Stühlen an. Ein Junge erschien, der sich als Adibs jüngerer Bruder Tahir entpuppte.

Die Mutter verschwand, um Tee zu kochen, was Karl etwas peinlich war, schließlich wollte er nur kurz dem Jungen danken und wieder verschwinden, und nun musste er sich mit der halben Familie herumplagen. Die Heimleiterin und der Junge unterhielten sich auf Deutsch und Englisch, vermischt mit ein paar arabischen Sprachbrocken. Karl sah sich um. Von den Pressspanwänden waren faustgroße Stücke heruntergerissen worden. Karl war, als hätte ihn jemand siebzig Jahre in die Vergangenheit zurückgeschleudert. Schon der Geruch machte ihn verrückt. Diese Mischung aus Bohnerwachs, verzweifelter Hoffnung und zerkochtem Essen. Am liebsten wäre er geflüchtet.

In diesem Moment erschien Adibs Mutter mit Tee und einem Teller mit Keksen und Rosinen. Karl roch unauffällig an der Tasse. »Kardamom«, sagte die Heimleiterin. »Das tut man in Afghanistan in den Tee.«

Karl nippte daran und versuchte, sich nicht anmerken zu lassen, wie sehr er Tee verabscheute. Und dann noch mit diesem fremdländischen Gewürz.

Endlich kam das Gespräch auf Adib. Er sei beim Tanzen, sagte die Mutter. Würde aber bald zurückkommen. Karl nahm noch einen Schluck und erhob sich. Er konnte nicht länger warten, musste auf der Stelle hier raus. Er nickte der Mutter zu, nestelte seine Brieftasche hervor, zog einen Fünfzig-Euro-Schein heraus und hielt ihn ihr hin. Ursprünglich hatte er zwanzig geben wollen, doch wollte er angesichts der Armut dieser Leute nicht geizig erscheinen. Karl war immer sparsam gewesen, aber Geiz, nein, den verabscheute er.

Nuria machte keine Anstalten, das Geld zu nehmen.

»Für Ihren Sohn«, sagte er betont laut und langsam, weil er dachte, sie würde ihn nicht verstehen. Die Frau hob die Schultern. »Für das Buch«, versuchte er es noch einmal, doch die Frau ignorierte ihn.

»Stecken Sie das Geld weg«, sagte die Heimleiterin. »Sie beleidigen sie.«

Karl steckte den Schein wieder ein. Dann standen sie sich noch einen Augenblick ratlos gegenüber. Adibs Mutter schien verärgert zu sein.

»Meinen herzlichen Dank an Ihren Sohn«, sagte Karl, der jetzt schnell wegwollte, und hielt Nuria die Hand hin, wobei er nicht wusste, ob eine Frau mit Kopftuch überhaupt einen fremden

Menschen berühren durfte. Doch sie reichte ihm ohne Umstände ihre Hand.

»Schade, dass Sie Adib nicht kennenlernen konnten, er ist wirklich ein außergewöhnlicher Junge«, sagte die Heimleiterin auf dem Weg zum Tor.

»Ein andermal«, brummte Karl. Er war heilfroh, wieder draußen zu sein. Als er ein paar Schritte gegangen war, hörte er hinter sich jemanden rufen, drehte sich um und entdeckte die Heimleiterin mit einem Jungen im Schlepptau. »Das ist Adib«, rief sie, als sei er taub.

Der Alte und der Junge musterten sich, bis Adib Karl die Hand reichte und in fast fehlerfreiem Deutsch sagte: »Freut mich, Sie kennenzulernen.«

Karl schüttelte die angebotene Hand und sagte: »Äh ja. Vielen Dank, dass du mein Buch zurückgebracht hast.« Er umschloss mit seiner Hand den 50-Euro-Schein in der Hosentasche, spielte ein wenig damit herum und zog sie schließlich leer wieder heraus. Er wollte den Jungen nicht kränken. Vielleicht konnte er der Sozialarbeiterin das Geld zukommen lassen. Die könnte damit Lebensmittel für die Familie kaufen oder etwas zum Anziehen.

Adib sah Karl fröhlich an, dann zeigte er in den Himmel. Karl sah nach oben. »Das Buch«, sagte Adib. »Sterne.« Karl nickte und wandte sich zum Gehen. »Gedanken Gottes«, sagte Adib und Karl drehte sich wieder um. »Was?«, fragte er.

»Sterne – Gedanken Gottes«, sagte Adib noch einmal.

9

Karl schreckte mitten in der Nacht hoch. Er war vor dem Fernseher eingeschlafen. Als er wenig später im Bett lag und die Bilder in seinem Kopf anfingen, ihm zu entgleiten, was ein sicheres Zeichen für den bevorstehenden Schlaf war, blitzte eine Erinnerung grell auf wie eine Warnlampe. Er sah sich wieder in dem Güterzug, eingezwängt zwischen lauter Menschen, ohne Platz zum Sitzen, geschweige denn zum Schlafen. Neben sich hörte er in der Dunkelheit das leise Wimmern seiner Mutter, die im Halbschlaf immer wieder den Namen ihrer Tochter nannte. Er drückte ihre Hand. Am liebsten hätte er geweint, doch das konnte er sich jetzt nicht erlauben.

Während der Fahrt starben ein paar Menschen. Da der Zug verriegelt war, konnten sie die Leichen nicht hinauswerfen. Und so reisten die Lebenden vorläufig mit den Toten und nahmen ihnen die Lebensmittel ab, für die diese ja doch keine Verwendung mehr hatten. In der Hitze des Tages fingen die Leichen an zu verwesen. Karl drückte seine Hand vor die Nase, um den leicht süßlichen Geruch nicht ertragen zu müssen.

Gegen Abend hielten sie an. Ausnahmsweise durften sie ihre Notdurft im Freien verrichten. Ihre Bewacher erlaubten ihnen außerdem, die Toten rauszuwerfen.

»Das ist gottlos«, rief ein Mann, der einen weißen Kragen und eine Uniformjacke wie ein Feldgeistlicher trug. »Wir müssen sie wenigstens begraben.«

Doch niemand hatte die Kraft, eine Schaufel in die Hand zu nehmen, und so wurden die Toten an Armen und Beinen gegriffen, herausgewuchtet und am Bahndamm wie Holz auf einen Haufen geschichtet.

Hunger und Durst plagten die Insassen des Zuges. Zwar bekamen sie zu essen und zu trinken, doch es war immer zu wenig und manchmal reichte die Nahrung auch nicht für alle. Wenn es regnete, hielten sie die offenen Hände durch die schmalen Luftschlitze, um etwas Flüssigkeit aufzufangen. Einmal, als die Sonne am Abend blutrot und voll am Himmel stand, fantasierte Karl von einem riesigen Apfel. Er sabberte, was ihm erst auffiel, als sein Hemdkragen tropfnass war.

Karls Mutter bekam von all dem kaum etwas mit. Sie lag zusammengekrümmt auf dem feuchten Strohboden des Waggons und rührte sich nicht. Karl setzte sich neben sie, nahm ihre Hand und sagte leise und beschwörend: »Wir werden Hannah wiederfinden, Mutti. Wir werden sie finden.« Immer wieder und wieder, wobei er seiner Mutter über den Kopf strich. Sie war nur noch ein Schattenwesen. Ihr Blick war stumpf, ihre Haare ein einziges Rattennest. Mehrmals hatte sie eingenässt, ihre Kleider stanken und waren steif vor getrocknetem Urin. Sie zitterte leicht, als sei ihr kalt.

Plötzlich durchfuhr Karl eine Erkenntnis wie ein kaltes Schwert: Seine Kindheit war unwiderruflich vorbei. Seine »goldene Kindheit«, wie Mutter sie genannt hatte. Jetzt war das Gold abgeblättert und das Eisen darunter kam zum Vorschein.

★

Seit drei Tagen waren sie bereits unterwegs. Eingepfercht in die Waggons. Einmal hielt der Zug stundenlang auf freier Strecke und sie durften aussteigen. Karl nutzte die Zeit, um Hannah zu suchen, doch er fand sie nicht. Er beschrieb zwei Frauen – sie sahen aus wie Mutter und Tochter – Hannahs Aussehen, erntete aber nur verständnislose Blicke. Denn die Vertriebenen beschäftigte in diesem Moment nur ein Thema: Wohin brachte man sie? Gerüchte machten die Runde.

»Sie bringen uns nach Sibirien«, sagte eine Frau.

»Quatsch«, sagte ein Mann. »Wir fahren doch die ganze Zeit nach Westen.« Einige widersprachen ihm.

Karl, der gerade vorbeiging, drehte sich um und sagte: »Er hat recht. Wir fahren nach Westen. Man sieht es an den Sternen.« Jetzt stürzten sich alle auf ihn.

»Wohin nach Westen?«, fragte eine Frau mit ausgeschlagenen Vorderzähnen. Karl zuckte die Achseln. Die Menschen scharrten sich um ihn, als wäre er eine Art Reiseleiter.

»Ich habe eine Schwester in Wolfenbüttel«, sagte eine Frau hoffnungsvoll.

Ein Mann unterbrach sie: »Die bringen uns höchstens auf den Friedhof.« Ein Raunen ging durch die Gruppe. »Diese Untermenschen werden uns ermorden. Uns alle. Auch die Kinder«, fuhr der Mann fort. »Die wollen Rache. Die denken doch, wir sind alle Nazis. Die machen da keinen Unterschied.«

Aus dem Raunen wurde wildes Stimmengewirr.

»Wie können Sie so etwas vor den Kindern sagen?«, fragte eine Frau, die einen riesigen Kropf hatte. Empört hielt sie dem etwa achtjährigen Kind an ihrer Seite die Ohren zu.

»Sie werden uns nicht ermorden«, sagte ein alter Mann. »Ich habe 1917 an der Ostfront gekämpft. Ich weiß, wozu die Slawen fähig sind.« Er spuckte aus, als hätte er auf etwas Bitteres gebissen. »Die bringen uns in Arbeitslager«, fuhr er fort. »Zum Totschuften.«

»Die Kinder auch?«, fragte die Frau mit dem Kropf.

Der Alte nickte bedächtig. »Hört bloß auf, ich kenn die Russen und auch die Polacken«, sagte er abschließend.

Die Meinungen gingen hin und her. »Sie bringen uns um«, sagte ein junges Mädchen, das bislang geschwiegen hatte.

»Sag doch nicht so was«, hieß es sofort aus der Menge.

»Ich habe gesehen, was sie mit meinem Onkel und seiner Familie angestellt haben«, sagte das Mädchen seltsam tonlos. »Sie haben sie mit den Zungen rund um den Esstisch festgenagelt«, redete es weiter, als würde es mit sich selbst sprechen.

»Hör doch auf«, mischte sich die Frau mit dem Kropf ein. »Du machst den Kindern Angst.«

Doch das Mädchen ließ sich nicht stoppen. »Das sind Tiere«, sagte es. »Tiere, die wie Menschen aussehen. Mit den Zungen an den Tisch genagelt … ganz blau …«

»Hör doch auf«, ließ die Frau mit dem Kropf wieder vernehmen.

Sie redeten sich die Köpfe heiß und kamen zu dem Schluss, dass das Mädchen verrückt sein müsse. So etwas Widerwärtiges würden selbst die Russen nicht tun.

Die Wachen trieben die Leute mit Knüppelschlägen zurück in ihre Waggons. Karl fand sich eingekeilt in einer Menge, der er nicht entfliehen konnte. Der Sog riss ihn in einen der Waggons, wo er um sich schlug, schrie und vor Wut spuckte. Umsonst. Er kam nicht dagegen an. Aber er musste doch zurück zu seiner Mutter. Sie konnte ihn doch nicht auch noch verlieren. Wer sollte sich denn um sie kümmern?

10

Adib fror erbärmlich. Es war mittlerweile Oktober, und die Kälte begann ihm in die Kleider zu kriechen. Es war eine andere Kälte, als er aus seiner Heimat gewohnt war. Diese hier war schneidender, bedrohlicher. Sie lauerte einem auf wie ein Raubtier, bevor sie einen ansprang.

In der Kleiderkammer des Heimes hatte Adib einen Anorak bekommen, der ihm viel zu groß war. Wenn er die Kapuze aufsetzte, sah es aus, als hätte die Jacke ihn gefressen und würde ihn langsam verschlucken.

In diesem Anorak saß Adib draußen auf einer Bank. Er hatte keine Lust reinzugehen, immer gab es Ärger mit den Tschetschenen. Sie führten sich auf, als hätten nur sie gelitten. Als wären sie so eine Art Adel unter den Flüchtlingen. Ständig und grundlos suchten sie Streit. Adib ließ sich das nicht gefallen. Beim nächsten Mal würde er zuschlagen.

Er wünschte, sein Vater wäre noch am Leben, dann wäre alles anders. Sie wären noch in Afghanistan. Vielleicht wären sie in eine andere Provinz gezogen. Irgendwohin, wo die Taliban keine Macht hatten. Doch jetzt saß er auf einer Bank in Berlin und starrte auf die von Wind und Wetter zerfressene Betonwand des Heimes. Adib gab sich einen Ruck. Sein Vater hätte nicht gewollt, dass er sich aufgab und in Selbstmitleid badete. Er, Adib, würde hier ankommen, koste es, was es wolle. Dafür hatte er die ganzen Strapazen nicht über sich ergehen lassen. Die Entbehrungen, das Leid, die Enttäuschungen, die ständigen Rückschläge, das Warten.

★

In dem kleinen Grenzort hatten sie tagelang festgesessen, weil niemand sie abholen kam. Sie riefen mehrmals am Tag die Schlepper an, abwechselnd mit ihren altersschwachen Handys, denen man dabei zusehen konnte, wie sie langsam den Geist aufgaben. Und jedes Mal wurden sie am Telefon vertröstet.

Ihre Vorräte schmolzen dahin und sie mussten bei den Dorfbewohnern um Essen betteln. Sie waren sich sicher, von den Fluchthelfern betrogen worden zu sein, und überlegten bereits, wie sie in ihre Heimatorte zurückkehren konnten, da tauchte eines Abends ein Jeep auf. Wortlos wurden sie auf die Rückbank gedrängt und der Jeep preschte los. Sie fuhren auf Schleichwegen über die Grenze in den Iran, wo sie bald in einem Dorf hielten. Dort blieben sie mehrere Tage. Sie wurden Tag und Nacht eingesperrt, damit niemand sie sah.

Schließlich setzten die Schlepper sie in einen Linienbus nach Teheran. Dort würden sie am Busbahnhof abgeholt werden, hieß es. Als sie nach stundenlanger Fahrt ausstiegen, war niemand da, um sie in Empfang zu nehmen. Dafür war überall Polizei.

Die Frauen banden sich Kopftücher um, wie ihnen von den Schleppern geraten worden war, um die Religionspolizei nicht auf sich aufmerksam zu machen.

Sie warteten mehrere Stunden, und als niemand auftauchte oder auf ihre Anrufe reagierte, beschloss das junge Ehepaar, mitsamt dem Schwager zu verschwinden. Sie hatten einen Bekannten in Teheran, den sie anriefen und der sie abholen kam.

Nuria entschied sich dafür abzuwarten. In einem Shop vor dem Bahnhof kaufte sie eine Karte für ihr Handy und versuchte erneut, die Fluchthelfer anzurufen. Umsonst.

Zwei Tage warteten sie auf dem Busbahnhof, schliefen hinter Büschen, immer in Angst vor der Polizei, bis der erlösende Anruf kam. Es habe Probleme gegeben, hieß es auf die Frage, warum sich niemand bei ihnen gemeldet habe. Die Behörden machten ihnen hin und wieder Ärger, entschuldigten sie sich.

Die Schlepper brachten sie in einem Haus in der Nähe des Flughafens unter. Ein paar Tage müssten sie sich noch gedulden, sagten sie. Sie würden noch auf ein paar Leute warten.

Die Unterkunft war morsch wie ein alter Zahn. Ständig musste man Angst haben, durch eines der alten Dielenbretter zu krachen. Wasser gab es nicht, das holten sie sich vom Flughafen, wo sie auch die Toiletten benutzten und sich wuschen. Sie stöberten in den Abfalleimern nach Essbarem. Angesichts der vielen gut gekleideten Menschen auf dem Flughafen, von denen manche Frauen wie Filmstars aussahen, fühlten sie sich wie menschlicher Müll, wie Ratten, die unter den angeekelten Blicken der Menschen vor sich hin vegetierten.

Einmal stand Adib vor dem Flughafengebäude und sah die Luft über dem Asphalt in der Hitze flirren. Er hatte den Eindruck, am Rand eines schwarzen Ozeans zu stehen. Irgendwo auf einem fremdem Planeten. Er befürchtete, das Meer könnte aufreißen und ein schreckliches, giftiges Ungeheuer rausspringen und ihn hineinziehen. Für einen Moment wünschte er sich fast, dass es so kommen würde, denn die Langeweile war unerträglich.

Adib lernte wie besessen Deutsch. Es war das Einzige hier draußen, das ihn ablenken konnte. Er nervte Nuria und seine Brüder, weil sie ihn ständig Vokabeln abfragen mussten.

Am fünften Tag luden die Schlepper eine ganze Wagenladung Flüchtlinge vor dem baufälligen Haus ab. Es waren bestimmt zwanzig.

Am Abend des darauffolgenden Tages wurden sie abgeholt. Man verteilte sie auf mehrere offene Kastenwagen. Die Flüchtlinge mussten sich auf die Ladeflächen kauern, dann ging es in halsbrecherischem Tempo los. Sie fuhren fast ohne Pausen, hielten nur kurz an, damit die Fahrer sich am Steuer abwechseln konnten. Gepinkelt wurde in Plastikflaschen, für größere Geschäfte hockte man sich auf die Strebe der Ladefläche und schob den Hintern raus. Dabei mussten die anderen einen festhalten, sonst konnte es passieren, dass man bei einem Schlagloch runterfiel und mit dem nackten Arsch auf der Schotterpiste landete. Viele verkniffen sich diese erniedrigende Prozedur.

Kurz vor der Grenze ging es zu Fuß weiter über die Berge in die Türkei. Die Schlepper hatten Pferde dabei, auf denen sie die kleinen Kinder und schwangeren Frauen reiten ließen. Die anderen liefen und liefen. Die Blasen an ihren Füßen waren bald so groß wie Männerfäuste. Doch darauf konnte niemand Rücksicht nehmen, und so marschierten sie weiter, kletterten wie die Bergziegen über Vorsprünge, Abhänge, Schluchten, Felsformationen, um endlich, nicht allzu weit entfernt, ein türkisches Dorf zu sehen.

Ihnen allen war festlich zumute, als wären sie auf einer Art Pilgerschaft und hätten einen wichtigen Abschnitt ihres Weges erreicht. Selbst die Kinder hörten auf zu quäken und blinzelten mit offenen Mündern über die Ebene.

Wind kam auf, und sie meinten, die Luft würde irgendwie anders riechen. Milder. Zwar war das noch nicht Europa, aber sie waren von dem Verspechen auf Zukunft, Sorglosigkeit, Wohlstand und Freiheit nicht mehr weit entfernt. In Europa würden sie alle Arbeit finden, Geld verdienen, würden nicht verfolgt, geschlagen, gefoltert, getötet werden, würden in Frieden leben können. In Europa könne jeder glücklich werden, hieß es. Dort bekäme jeder eine Wohnung und ein Auto.

Vorher aber hielten sie noch an einem Dorf, wo sie von den Frauen etwas zu essen vorgesetzt bekamen. Gekochtes Gemüse, Reis, Fladenbrot, das sie mit muffigem Wasser runterspülten. Als einer der Schlepper sich über den Geschmack des Wassers beschwerte, erzählten ihm die Frauen von dem Schaf, das im Brunnen ertrunken und verwest sei, bevor man es entdeckt hätte. Der Schlepper spuckte in hohem Bogen aus und fluchte. Die türkischen Frauen lachten und zwinkerten Adib und Tahir zu.

Mitten in der Nacht wurden die Flüchtlinge aus dem Schlaf gerissen und auf mehrere Jeeps verteilt. Diesmal ging es direkt nach Istanbul. Im Morgengrauen überquerten sie die Galatabrücke und fuhren über das Goldene Horn in den europäischen Teil der Stadt. Die aufgehende Sonne färbte das Wasser rötlich. Es sah aus wie auf dem Mars. Und genauso fremd war Adib zumute.

Das Haus, in dem sie endlich landeten und das für die nächste Zeit ihr Heim sein sollte, lag in der Nähe des Hafens. Der Wind wehte je nach Windrichtung eine Mischung aus Fisch- und Dieselgestank zu ihnen herüber. Das Haus war früher wohl mal ein Palast gewesen. Jetzt war es nur noch ein Gespenst.

Es wohnten noch andere Flüchtlinge dort. Adib zählte mindestens hundert Menschen. Wie sich herausstellte, kamen die meisten aus Syrien. »Wie lange seid ihr schon hier?«, wollte Adib wissen. »Ewig«, winkte der Mann ab, den er gefragt hatte. »Monate. Ich habe aufgehört, die Tage zu zählen.« Adib wurde mutlos. Die Ungewissheit zerfraß ihn, und er musste sich zwingen, an etwas Gutes zu denken.

Nachts schliefen alle in einem großen Raum, der früher vielleicht einmal als Tanzsaal gedient hatte. Von den Wänden blätterte die Farbe, die Dielen waren aufgequollen und bildeten ein wildes Gebirge aus Buckeln und Tälern. Wer Pech hatte und einen schlechten Platz erwischte, musste mit dem Kopf in einer Senke schlafen. Doch Hauptsache, man fand überhaupt einen Platz.

In der Dunkelheit geisterten die Scheinwerfer der Hafenkräne durch das Haus, strichen wie gelbe Finger über die Wände, als würden sie nach etwas suchen. Hin und wieder wurde das Haus erschüttert, wenn ein Container zu Boden krachte. Dann schrien die kleinen Kinder, bis ihre Mütter sie beruhigten. Ständig stand jemand auf und wanderte nervös hin und her. Manchmal schrie einer der Erwachsenen im Schlaf. Manchmal auch im wachen Zustand, bis die anderen zischten und versuchten, ihn zum Schweigen zu bringen.

Tagsüber durften sie das Haus nicht verlassen und das ständige Zusammensein mit den anderen zerrte an ihren Nerven. Dauernd gab es Streitereien, Prügeleien, Diebstähle.

Adib verlor die Lust an allem. Er magerte ab. Der erzwungene Stillstand ließ auch seine Gedanken stillstehen. Seine Bücher lagen nutzlos herum, und als eines Morgens eines fehlte, machte ihm das nichts aus. Er starrte tagsüber auf das Wasser, das träge wie Öl hin und her schwappte. Seinen Brüdern erging es ähnlich. Seine Mutter wusch und flickte ihre Wäsche und richtete mit den anderen Frauen das Essen her: Brot mit Tomaten und Käse. Trotz all der Hindernisse versuchten sie so etwas wie Normalität aufrechtzuerhalten. Aber es war wie ein Theaterstück ohne Zuschauer. Man spielte für sich selbst, um die Illusion zu wahren.

★

Nach zwanzig Tagen wurden sie alle im Morgengrauen geweckt. »Es geht los«, flüsterten die Leute. Hektik entstand. Jemand trat auf Adibs Finger, ein anderer haute ihm in dem Chaos seine Tasche gegen den Kopf. Im Nu waren alle auf den Beinen. Den Kindern wurde eingeschärft, ruhig zu sein. Aber die hielten sich nicht dran und schrien wie kleine angeschossene Tiere.

Im Hinterhof standen mehrere Kleinbusse mit verdunkelten Scheiben für sie bereit. Im Gedränge ging Adibs jüngerer Bruder Tahir verloren. Sie riefen seinen Namen, spähten in die Busse. Vielleicht war er ja irgendwo mit eingestiegen. Die Schlepper drängten zur Eile. Es gebe einen straffen Zeitplan und sie wollten doch nach Europa. »Na also, dann los, steigt ein. In einem der Busse wird der Junge schon sein.« Farid bestand darauf, in den anderen Bussen nach Tahir zu suchen, aber die Schlepper ließen nicht zu, dass sie deswegen die ganze Flucht gefährdeten. Betreten gab er nach. »Wir fahren alle zusammen«, sagte einer der Schlepper. »Ihr könnt ihn später suchen, wenn wir eine Rast machen.«

Aber das war anscheinend eine Lüge, denn als sie losgefahren waren, sah Adib, wie sich die Busse aus dem Konvoi lösten und in verschiedene Richtungen fuhren. Er sagte seiner Mutter nichts davon.

11

Karl saß am Bahnsteig und wartete. Er hielt eine Packung Erfrischungsstäbchen in den Händen. Zwar war er sich nicht sicher, ob ein fünfzehnjähriges Mädchen überhaupt noch Süßigkeiten aß, doch was sollte man sonst mitbringen?

Neben ihm tippelte Mildred aufgeregt hin und her. »Verspätung«, schnaufte sie, blieb stehen und sah Karl vorwurfsvoll an. »Fünfzehn Minuten, tss!« Sie nahm ihre Wanderung wieder auf, wobei sie leise vor sich hin schimpfte. In einigen Metern Entfernung blieb sie stehen und drehte sich zu Karl um. »Du hättest deine Sterne befragen sollen, ob der Zug pünktlich ist«, rief sie.

Karl seufzte. Wie oft schon hatte er versucht, Mildred den Unterschied zwischen Astrologie und Astronomie beizubringen. Sie wollte es einfach nicht kapieren. »Ich kann nicht in den Sternen lesen, das können nur Zauberer«, sagte er.

Mildred stutzte. »Und was ist mit deinem Horoskop? Was stand da drin?« Glücklicherweise kündete die Lautsprecherstimme in diesem Moment die Einfahrt des Zuges an, sodass Karl auf diesen Quatsch nicht mehr antworten musste.

Als der Zug zischend seine Türen öffnete, stellte er sich neben Mildred und hielt Ausschau. »Du weißt hoffentlich, wie sie aussieht?«, sagte Mildred. Karl nickte. Er würde Marie schon erkennen, schließlich hatte Hannah ihm in ihrer letzten E-Mail ein aktuelles Foto geschickt.

»Bist du Marie?«, fragte Mildred ein Mädchen, das gerade vorbeiging und einen Koffer hinter sich herzog. Das Mädchen schüttelte den Kopf.

»Karl?«, sagte plötzlich eine Stimme hinter ihnen. Karl drehte sich um, und da stand sie und sah ihn prüfend an. Sie hatte einen Armeerucksack auf dem Rücken und trug eine Jeanshose, über die sie einen Rock gezogen hatte. Mildred verzog das Gesicht bei ihrem Anblick.

»Ich bin Marie«, sagte das Mädchen und hielt Karl die Hand hin. Ihr Griff war fest. Sie weiß genau, was sie will, dachte Karl. Aber sie war auch misstrauisch, wie er an ihrem Blick feststellte. Sie nahm nicht alles als gegeben hin. Als Jurist war Karl es gewohnt, hinter die Fassaden der Menschen zu blicken.

Mildred schob sich zwischen die beiden und sagte zu Marie: »Du hast dich verspätet. Wir stehen hier seit einer geschlagenen Stunde. Du weißt ja wohl, dass Karl seit seinem Schlaganfall nicht mehr ganz gesund ist. Da muss man …«

»Herzlich willkommen in Berlin«, unterbrach Karl sie und hielt Marie die Erfrischungsstäbchen hin.

»Sind die vegan?«, fragte Marie und beäugte die Packung.

»Äh, bestimmt«, sagte Karl. »Da ist jedenfalls kein Fleisch drin.«

Marie steckte die Süßigkeit achtlos in ihre Tasche, verkündete: »Ich habe Hunger!«, und strebte der Rolltreppe entgegen.

»Was sind denn das für Manieren und was ist das überhaupt für eine komische Frisur?«, fragte Mildred Karl leise, während sie sich beeilten, hinter Marie herzukommen. »Diese geschorenen Seiten, wie ein Häftling, und oben die langen Haare wie ein Wischmob, der ihr in die Augen hängt.«

Karl zuckte mit den Schultern. »So was trägt man eben heutzutage.«

Mildred machte ein säuerliches Gesicht und hängte sich bei Karl ein. »Vielleicht ist das eine vegane Frisur.« Nach ein paar Schritten sagte sie: »Was ist vegan überhaupt?«

Sie saßen in einem Restaurant in der Spandauer Altstadt und studierten die Speisekarte.

»Ich glaube, ich esse heute mal kein Fleisch«, verkündete Karl.

»Pfff!«, machte Mildred, die aufgeklappte Speisekarte wie einen Schild vor sich haltend. »Also ich nehme eine Rinderroulade«, sagte sie demonstrativ und klappte lautstark die Karte zu.

Karl bestellte als Letzter. »Ich hätte gerne die Dorade mit Moxeln«, sagte er zu dem Kellner. »Und dazu ein Wasser.«

»Entschuldigen Sie«, sagte der Kellner. »Aber Moxeln haben wir nicht.« Marie kicherte und wurde von Mildred daraufhin mit einem tadelnden Blick bedacht. »Kann ich Ihnen etwas anderes bringen?«, fragte der Kellner.

Karl war irritiert. »Aber es steht doch in der Karte.«

»Moxeln?«, sagte der Kellner verwundert. »Vielleicht hat der Kollege … Darf ich mal sehen?« Karl hielt ihm die Karte hin und zeigte mit dem Finger auf das Gericht. Der Kellner las dreimal stumm mit unbewegter Miene. »Dorade mit Rahmgemüse«, sagte er schließlich laut und wurde rot.

»Er hatte einen Schlaganfall«, mischte sich Mildred ein und zeigte auf Karl. Der Kellner stammelte entschuldigend und entfernte sich eilig.

»Wahrscheinlich denkt er, Karls Schlaganfall ist gerade eben passiert. Und ausgerechnet an seinem Tisch und während seiner Schicht«, sagte Marie lachend. Karl lachte mit.

»Das ist kein Witz, junge Dame«, sagte Mildred streng.

»Fisch ist übrigens nicht vegan«, sagte Marie.

»Karl muss aber Fisch essen«, mischte Mildred sich ein. »Wegen der Omega-Vitamine.«

Marie warf ihr einen gelangweilten Blick zu.

Das Mädchen sollte das nächste halbe Jahr probehalber bei Karl wohnen, in Berlin zur Schule gehen und ihm helfen. Das war Hannahs Idee gewesen. Karl hatte zuerst abgewehrt, er brauche niemanden.

»Aber du würdest mir einen Gefallen tun«, hatte ihn Hannah beschworen. »Marie und ihre Mutter streiten sich ständig. Da fliegen die Fetzen. Susanne hat schon gedroht, Marie in ein Heim zu stecken.« Das hatte Karl gerade noch gefehlt, bei sich so einen Problemfall zu beherbergen.

»Sie ist ein ganz liebes Mädchen«, hatte Hannah gesagt. »Nur etwas eigen und dickköpfig. Genau wie du.«

Karl hatte gegrummelt, dass er kein junges Mädchen um sich herum wolle, das er nicht kannte. Nachher würde er sich noch um sie kümmern müssen statt umgekehrt. Doch Hannah hatte ihn beruhigt: »Sie ist etwas wild, aber ziemlich reif für ihr Alter. Du brauchst dich nicht um sie zu kümmern, sie ist sehr selbstständig. Ihr werdet schon miteinander klarkommen.« Karl schwieg. »Außerdem geht sie hier in der Kleinstadt ein. Sie muss raus. Die Leute zeigen mit dem Finger auf sie. Ihre Mutter schämt sich in Grund und Boden, aber Susanne war ja schon als Kind spießig.« Als Karl nichts darauf erwidert hatte, hatte Hannah gesagt: »Wirklich, Karl, du würdest mir einen Riesengefallen tun.« Er hatte noch gezögert, doch sein Widerstand war längst gebrochen gewesen. Denn obwohl er Marie nicht kannte, hatte er sofort geahnt, dass er sie mögen würde.

»Du weißt, wie schwer wir es früher hatten«, hatte Hannah

noch gesagt. »Du erinnerst dich doch, wie fremd wir uns gefühlt haben.«

Ja, das wusste er noch. »Aber wenn sie Probleme macht, schicke ich sie sofort zurück«, hatte Karl gebrummt und aufgelegt.

Jetzt am Abend saß Karl zusammen mit Marie am Wohnzimmertisch, wo sie sich unterhielten. Mildred hatte sich vor einer guten Stunde in ihre Wohnung verzogen, nicht ohne Marie zum etwa hundertfünfzigsten Mal daran zu erinnern, dass Karl nach seinem Schlaganfall besonderer Schonung bedurfte.

Karl hatte Marie gefragt, warum sie nicht mehr bei ihrer Mutter leben wolle, woraufhin das Mädchen schimpfte: »Die ist total scheiße. Bloß nicht auffallen, nur ja keine andere Meinung haben als die anderen. Immer Ja und Amen sagen.« Karl lächelte in sich hinein. Er hatte Marie bereits ins Herz geschlossen. Sie war gar nicht so hart, wie sie sich gab, das sah er sofort. Marie war empfindsam und hatte sich mit einer ziemlich dicken Haut gepanzert, an der sie Angriffe abprallen ließ.

Karl fragte sie, welche Bücher sie mochte, welche Filme und so weiter. Und während Marie lebhaft erzählte, forschte Karl in ihrem Gesicht und versuchte, seine Schwester dort zu entdecken. Manchmal, besonders wenn Marie lachte, schienen die Gesichtszüge der fünfzehnjährigen Hannah in ihrem Gesicht auf, und sofort fühlte er eine tiefe Verbundenheit zu dem Mädchen. Er sah die Linie, die sich fortsetzte, die Marie und ihn wie mit einer unsichtbaren Nabelschnur verband. Das war ein tröstliches Gefühl für Karl.

In den nächsten Tagen räumte Marie Karls Schränke auf, stellte sperrige Möbel um, an die Karl mit seinem lahmen Bein öfter stieß, ging einkaufen, staubte Tische, Regale, Schränke ab und wusch Karls Wäsche. Und immer dabei: Mildred, die wie ein

Schatten um sie herumstrich und wie eine schlecht gelaunte Souffleuse ihre Anweisungen gab. Marie ließ sich nichts gefallen und polterte zurück. Karl saß in seinem Wohnzimmer, während die lautstarken Stimmen der beiden Frauen zu ihm drangen, und lächelte. Dass Mildred mal eine ebenbürtige Gegnerin bekommen würde, hätte er sich auch nicht träumen lassen.

Doch wenn es um Karls Gesundheit ging, zogen Mildred und Marie an einem Strang. Dann waren sie sich einig und wachten mit strengen Blicken darüber, dass Karl auch ja seine Medizin rechtzeitig nahm oder sich ausruhte.

Seufzend kam er dem nach. Gegen eine allein hätte er sich vielleicht noch behaupten können, aber beide zusammen waren wie eine undurchdringliche Wand.

Nachmittags gingen die drei für gewöhnlich spazieren. Sie schlenderten durch die Altstadt und aßen Kuchen, wobei sie durch die großen Fenster des Cafés auf den Boulevard blickten. In der Regel kommentierte Mildred das Geschehen draußen mit zahlreichen Seitenhieben auf die heutige Jugend, die vor allem Marie galten.

»Die sind doch alle verwöhnt und schlecht erzogen. Und guckt euch mal das Mädchen da drüben an. Was die anhat. Die sieht doch aus, als würde sie nach der Schule als Stripperin arbeiten.« Ihr Blick wanderte dabei an Marie herunter.

Für gewöhnlich schoss Marie zurück: »Guckt euch mal die alte Frau da drüben an. Die hat gerade einfach so auf die Straße gekotzt.«

Erst wenn Karl sich einmischte und die beiden bat, sich zu vertragen, schlossen sie Frieden. Dann konnte es passieren, dass Marie und Mildred für ein, zwei Stunden die besten Freundinnen waren, und jeder, der vorbeikam, hätte sie für Großmutter und Enkelin halten können.

★

Auf einem ihrer Spaziergänge trafen sie vor dem Kaufhaus auf Adib. Karl war sich anfangs nicht sicher, ob es der Junge war, diese Schwarzhaarigen sahen für ihn alle gleich aus.

Adib winkte fröhlich und ging weiter. Doch Karl hielt ihn auf und räusperte sich. »Wir sind gerade auf dem Weg in ein Café. Vielleicht hast du ja Lust, uns zu begleiten?«

»Muss zurück. Danke«, sagte Adib.

Aber Karl ließ nicht locker. »Ich muss mich doch noch bei dir bedanken für das Buch.« Adib druckste herum.

»Nun lass ihn doch«, mischte sich Mildred ein. »Dann eben ein andermal.« Aber Karl bestand darauf, dass Adib sie begleitete. Er wollte sich endlich erkenntlich zeigen, und sei es auch nur in Form eines Tortenstückes.

Marie musterte Adib während des Wortwechsels neugierig und Karl stellte sie schließlich einander vor.

»Freut mich, dich kennenzulernen«, sagte Adib lebhaft und schüttelte Maries Hand.

»Mhmh«, kam es von Marie.

Adib hob einen Zeigefinger, zog ein Taschenwörterbuch aus seinem Anorak, schlug eine Seite auf, fuhr mit dem Finger hinunter und sagte schließlich zu Marie: »Sie sind sehr freundlich.«

Marie sah ihn irritiert an, dann lachte sie. Mildred imitierte ein Lächeln.

»Was machen die Sterne?«, fragte Karl Adib, als sie im Café saßen und jeder ein großes Stück Torte vor sich stehen hatte.

»Leuchten«, sagte Adib fröhlich und kaute genüsslich. Karl fragte weiter und stellte fest, dass Adib sich im Universum gut auskannte. »Sterne haben mir den Weg gewiesen«, sagte Adib. »Bis hierher.« Er breitete die Arme aus.

»Das tun Sterne«, sagte Karl mit Überzeugung.

»Haben sie dir auch deine Zukunft verraten?«, wandte sich Mildred an Adib, der sie verständnislos ansah. Karl seufzte.

»Mildred«, sagte er, »wie oft denn noch? Wir interessieren uns für Astronomie und nicht für Astrologie. Das eine ist seriös, das andere weniger. Und es geht auch nicht um ...«

»Wir?«, unterbrach ihn Mildred. »Wer ist denn wir? Seid ihr jetzt Freunde oder was?«

Sie sah von Karl zu Adib. Karl ignorierte sie, Adib lächelte.

»Ich habe ein Teleskop zu Hause«, sagte Karl zu Adib. »Man kann jetzt im Oktober den Andromedanebel gut sehen. Vielleicht möchtest du mal vorbeikommen und durchschauen?«

Adib nickte heftig. Das würde ihm gefallen. Der Himmel über Berlin war jetzt im Herbst oft milchig und verschwommen. Man konnte die Sterne manchmal nur erahnen. Sie verabredeten sich für den darauffolgenden Abend.

Als Adib schon ein Stück weit die Fußgängerzone entfernt war, sagte Mildred flüsternd zu Karl, als könnte der Junge sie noch hören: »Du kennst doch diesen Jungen gar nicht. Was, wenn er dich ausraubt?«

»Mildred, bitte«, sagte Karl nur. Doch die ließ nicht locker.

»Du hast doch jetzt auch ein junges Mädchen in deiner Obhut. Vielleicht denkt der Junge, du willst ihn mit Marie verkuppeln. Die heiraten doch da unten schon mit zwölf.« Marie lachte. »Ja, lach du nur. Wirst schon sehen. Auf einmal musst du ein Kopftuch tragen.« Jetzt musste Mildred selber lachen. »Verdammt«, sagte sie. »Das geht mir alles zu schnell. Ich komme nicht mehr mit.«

Karl hielt ihr galant seinen Arm hin und sagte: »Dann komm mit mir. Ich bringe dich nach Hause, altes Mädchen.« Mildred gab Karl spielerisch einen Klaps und hakte sich schließlich bei ihm ein.

★

Karl bat Marie, für Adibs Besuch etwas zu kochen. Marie zeigte ihm einen Vogel und sagte: »Sonst noch was? Das ist dein Besuch. Also kochst du. Ich werde dir helfen.« Seufzend fügte er sich. Sie gaben im Internet die Stichwörter *afghanisch* und *vegetarisch* ein und suchten sich ein Gericht aus.

Mildred, die während des Kochens in der Küche umherschlich, sah immer wieder in die Töpfe und sagte: »Warum machst du dem Jungen nicht etwas Deutsches? Eine Roulade oder so. Da muss er sich schließlich dran gewöhnen.«

Marie antwortete nicht, weil Mildred sowieso keine Antwort erwartete; sie wollte nur ein bisschen Dampf ablassen. Gerade als Mildred etwas von Leberwurstbroten nuschelte, klingelte es an der Tür.

»Fünfter Stock«, hörten sie Karl in die Sprechanlage rufen.

Noch vor der Tür zog Adib seine Schuhe aus und stellte sie in den Hausflur. »Lieber nicht«, rief Karl und stellte sie rein. »Nicht, dass sie hinterher weg sind.«

»Dann macht uns Amnesty International das Leben schwer«, versuchte Mildred einen Witz. Als niemand lachte, verzog sie das Gesicht und nahm Adib die Jacke ab. Während Marie ins Bad verschwand und Karl in die Küche, führte Mildred Adib ins Wohnzimmer. Es dämmerte bereits und sie knipste die Deckenlampe an. Adib sah aus dem Fenster, gegen das der Hagel prasselte.

»Das ist so ähnlich wie Schnee«, sagte Mildred. »Nur härter.«

Adib sah sie fragend an.

»Schnee. Winter. Eis«, sagte Mildred. »So ist das hier im Winter.«

»Bei uns in Afghanistan schneit es auch im Winter«, sagte Adib.

»Die Kinder fahren dann Schlitten«, redete Mildred ungerührt weiter. »Das sind kleine Holzgestelle mit Kufen unten dran.«

»Wir fahren auch Schlitten in Afghanistan.«

»Die Kinder haben viel Spaß«, redete Mildred weiter, doch dann stutzte sie und sagte: »Ach, wirklich? Das hätte ich nicht gedacht.«

In diesem Moment kam Marie mit einem Tablett herein, auf dem vier Gläser mit Saft standen. Als auch Karl erschien, stießen sie an. Anschließend verkündete Karl: »Nach dem Essen gucken wir in den Himmel. Es soll später aufklaren.« Er hatte schon den ganzen Tag über eine freudige Anspannung gespürt. In der letzten Zeit hatte er die Sternenguckerei etwas vernachlässigt, aber dieser fremde Junge hatte das Interesse in ihm wieder geweckt.

Während des Essens sprachen sie über Adibs Heimat. Er erzählte von seiner Familie, wie sie dort gelebt und wie die Taliban seinen Vater ermordet hatten.

»Diese grässlichen Männer mit ihren langen, ungepflegten Bärten. Könnt ihr die nicht einsperren?«, sagte Mildred vorwurfsvoll, als wäre Adib für die Taliban verantwortlich.

Als Marie fragte, wie Adib nach Deutschland gekommen sei, sagte Karl ungeduldig: »Los, wir müssen anfangen.« Er wollte jetzt keine traurigen Geschichten mehr hören, er wollte in die Sterne gucken. Traurige Geschichten hatte er selbst genug erlebt.

★

Karl und Adib sahen abwechselnd durch das Teleskop, wobei Karl immer wieder etwas in seinem kleinen schwarzen Buch notierte, wenn er an der Reihe war. Zwischendurch ging Karl ins Wohnzimmer, wo Marie und Mildred vor dem Fernseher saßen, und verkündete freudestrahlend: »Dieser Adib ist ein pfiffiger Junge.« Marie lächelte. Mildred sah aus, als hätte sie Essig getrunken. »Und er versteht was von den Sternen«, sagte Karl und griff im Vorbeigehen nach seinem Glas, das auf dem Tisch stand.

Doch er griff ins Leere. Seine Sinne hatten ihm einen Streich gespielt und ihn mindestens zehn Zentimeter danebengreifen lassen.

Verdammt, dachte Karl und hoffte, die beiden Frauen hätten es nicht bemerkt. Er schämte sich seiner Schwächen und versuchte sie zu verbergen. Karl wollte doch nur die Kontrolle über sein Leben zurück. Er wollte nicht ständig kämpfen. Weder mit den Schnürsenkeln oder der Gabel noch mit dem Gleichgewicht. Und auch nicht mit den Wörtern.

Drei Stunden später, Marie hatte sich längst in ihr Zimmer verzogen, um zu lesen, brachte Karl Adib zur Tür und bat ihn, bald wiederzukommen.

Kurz darauf stand Karl auf der Schwelle zu Maries Zimmer. Weiter traute er sich nicht hinein, seit sie bei ihm wohnte und ihm klargemacht hatte, dass das Zimmer von nun an Tabu für ihn wäre.

»Es war hochinteressant«, verkündete er. »Dieser Junge ist wirklich klug. Aus dem wird mal was.« Marie sah von ihrem Buch auf. »Vielleicht sollten wir ihm ein wenig helfen«, sagte Karl, doch es klang eher, als würde er zu sich selber reden. »Man könnte mal Kleidung für ihn kaufen oder wir laden ihn hin und wieder zum Essen ein.« Karl sah das ganz nüchtern. Plötzlich hatte er jemanden gefunden, der sich, wie er, für die Sterne interessierte. Und den wollte er nicht so schnell wieder von der Angel lassen.

Marie ging jedoch nicht darauf ein, sie las einfach weiter.

»In ein paar Tagen sind die Herbstferien vorbei«, sagte Karl, um die Stille zu überspielen. Marie nickte nur, den Blick weiterhin auf ihr Buch geheftet. »Freust du dich auf die Schule?«, fragte er.

Sie hob den Blick, klappte ihr Buch zu, wobei sie ihren Zeigefinger als Lesezeichen benutzte, und sagte: »Karl, rede doch nicht mit mir, als wäre ich acht. Okay? Wenn du mir was sagen willst, dann tu es.«

Er nickte. Sie hatte ja recht. Manchmal plapperten die Erwachsenen einfach vor sich hin und erwarteten auch noch eine Antwort darauf.

Als er fünfzehn war, hätte er sich blöde Fragen von Erwachsenen verbeten. Er studierte Maries Gesicht. Zwar erkannte Karl darin noch das Mädchen, das sie einmal gewesen war, doch die Frau, die sie einmal werden würde, lag bereits wie eine Schablone darüber. Es fehlte nicht mehr viel bis zur vollständigen Metamorphose.

»Dann schlaf gut«, sagte Karl und schloss sanft die Tür.

»Du auch«, hörte er noch, bevor er sich im Wohnzimmer in seinem Sessel niederließ und aus dem Fenster sah. Der Hagel war in gewöhnlichen Regen übergegangen. Dicke Tropfen rannen die Scheibe hinab. Karl saß eine ganze Weile reglos da, sah angestrengt in den Regen, und auf einmal setzte sich dieser beunruhigende Gedanke in seinem Kopf fest: Die Scheibe schmilzt. Das waren keine Wasser-, sondern Glastropfen da draußen. Etwas brachte die Scheibe zum Schmelzen.

Karl bekam plötzlich keine Luft mehr. Er röchelte leise, griff sich an den Hals und lockerte seinen Kragen. Als er versuchte, das Glas Saft neben sich zu erreichen, stieß er es um. Karl sah wieder zum Fenster, wo das Glas weiterschmolz. Er wusste, wenn das Fenster erst einmal offen war, wäre er dem dunklen Himmel schutzlos ausgeliefert. Dieser würde ihn einsaugen, verschlingen und verdauen. Karl würde dann ein Teil des Universums sein. Komischerweise machte ihm der Gedanke gar keine Angst.

Nur dass ihm die Luft wegblieb und es so merkwürdig roch, setzte ihm zu … Als ob Fleisch verdirbt; süßlich, aber auch bitter. Er driftete immer weiter ab. Zwei Männer packten einen Toten an Armen und Beinen und warfen ihn aus dem Zug in den Dreck. Die Männer waren Soldaten. Russische Soldaten. Sie unterhielten sich in ihrer Sprache. Dann warfen sie noch einen Toten aus dem Zug …

Karl zwang seinen Blick vom Fenster weg. Er versuchte aufzustehen. Er wollte aus der Küche einen Lappen holen, um den Saft aufzuwischen, doch er kam nicht hoch … Er wollte etwas sagen, den Soldaten erklären, dass sie nicht so mit den Toten umgehen sollten. Die dritte Leiche, die sie an Armen und Beinen ergriffen, war die eines jungen Mädchens. Ihr Gesicht sah friedlich aus. Karl wollte den Soldaten zurufen, dass sie nur schlafe und dass sie vorsichtig mit ihr sein sollten, da lag sie auch schon im Dreck. Der eine Soldat kratzte sich am Kopf, während der andere sich eine Zigarette ansteckte … Marie, dachte Karl, sie musste ihm helfen, einen Arzt rufen. Marie! Er musste sie warnen vor den Soldaten. Er kannte die Geschichten, er hatte es während der Zugfahrt auch selbst erlebt, wie die Soldaten riefen: »Frau, komm!« Er hatte die Scham der Frauen und Mädchen gesehen, wenn sie anschließend zurückgekehrt waren. Blau und zerschlagen. Weinend …

Die Scheibe war jetzt fast verschwunden. Das Universum, dachte Karl. Er würde ein Teil davon werden …

Selbst vor Kindern machten die Soldaten nicht halt. Hoffentlich hatten sie Marie nichts getan, dachte Karl verzweifelt. Ich muss sie finden. Und im selben Moment fragte er sich, wer überhaupt Marie sei. Hannah hieß seine Schwester. Wie kam er nur auf Marie?

Die Scheibe hatte sich inzwischen ganz aufgelöst und ein eisiger Wind zerrte an Karl.

Er musste Hannah sofort finden. Und Mutter. Es war seine Aufgabe gewesen, die beiden zu beschützen, und er hatte kläglich versagt.

Karl schluchzte, die Soldaten sahen ihn ungerührt an und gaben ihm einen Wink, aus dem Waggon zu klettern. »Hierr Endä«, sagte einer der beiden Rotarmisten. Karl wischte sich mit dem Ärmel die Tränen weg und sprang auf den Bahnsteig.

Werdau, las er auf dem Bahnhofsschild. Das war irgendwo in der Mitte Deutschlands. Karl erinnerte sich, im Unterricht davon gehört zu haben. Aus den Gesprächen der Umstehenden erfuhr er, dass es mit dem Zug kein Weiterkommen gab. Tiefflieger hatten die Gleise bis über Seelingstädt hinaus zerstört.

Auf dem Bahnsteig waren zwischen den Flüchtlingen jede Menge russischer Soldaten zu sehen. Sie trieben die Menschen an, durchsuchten ihre Habseligkeiten, schrien Befehle. Karl hatte Hunger und Durst und verspürte Sehnsucht nach seiner Mutter und seiner Schwester. Er drängte sich durch die Leute, bahnte sich rücksichtslos eine Schneise. Irgendwo hier mussten Mutter und Hannah doch sein.

Plötzlich nahm Karl aus den Augenwinkeln heraus etwas wahr und drehte den Kopf in die Richtung. Ein groß gewachsener russischer Soldat stand dort und musterte ihn, bevor er den Blick abwendete und weiterging. Der Soldat hatte ein narbiges, irgendwie verbranntes Gesicht. Etwas an diesem Mann kam Karl bekannt war. Aus einem Impuls heraus folgte er dem Soldaten, der jetzt im Bahnhofsgebäude verschwand. Auch dort war alles voller Menschen: Flüchtlinge. Sie lagerten, saßen, standen überall. Der Fußboden war unter den vielen Leibern nicht zu erkennen. Ganz in einer Ecke stand ein Tisch, an dem drei Soldaten saßen. Eine Stimme schnarrte im harten russischen Maschinengewehrdeutsch durch den Raum und forderte die Leute auf, sich registrieren zu lassen, um eine Lebensmittelkarte zu erhalten.

Karl suchte den Soldaten in der Menge, da entdeckte er Hannah und seine Mutter, die klein und zerbrechlich aussahen wie Puppen und sich aneinanderlehnten, als würden sie sonst umfallen. Karls Herz geriet ins Taumeln und verlor für einen winzigen Augenblick seinen Rhythmus. Er fasste sich an die Brust, doch da war das Gefühl schon vorüber, und mit einem Aufschrei stürzte er auf die beiden zu. Sie flogen sich in die Arme und schluchzten. Eine Frau, die danebenstand, fing vor lauter Rührung ebenfalls zu weinen an. Die drei hielten sich umklammert, als wollten sie miteinander verschmelzen. Die Bahnhofshalle, die vielen Menschen – all das verschwand um sie herum. Sie waren für einen winzigen, kostbaren Augenblick allein auf der Welt. »Mutter, Hannah«, schluchzte Karl immer wieder und strich ihnen über die Haare.

Hannah war von einer Bekannten aus Waldenburg entdeckt worden, erfuhr Karl. Sie hatten sich durchgefragt, bis sie Mutter gefunden hatten. Was für ein Glück!

Menschen rempelten sie an, schoben sie weiter, bis sie plötzlich vor dem Tisch mit den Soldaten standen. Sie gaben ihre Namen an, zeigten ihre Papiere, ließen sich registrieren und erhielten ihre Stempelkarten. Damit bekamen sie vor dem Bahnhofsgebäude von der Caritas jeder einen Teller Suppe und ein Stück Brot. Gierig verschlangen sie das Essen und lachten sich zwischendurch immer wieder an.

Erst jetzt entdeckte Karl, dass die Hände seiner Mutter zitterten. Es brach ihm das Herz, sie so zu sehen. Er wusste, dass sie niemals wieder so sein würde, wie sie einmal gewesen war: eine stolze und starke Frau. Jetzt sah er ein verängstigtes Tier, das um seine Jungen bangte.

Karl wurde aus seinen Gedanken gerissen, als nicht weit von ihnen ein Tumult losbrach. Ein Flüchtling versuchte krampfhaft, etwas unter seinem Hemd zu verstecken. Ein Soldat riss an dem Mann herum und rief, ein zweiter kam dazu und gemeinsam zwangen sie den Mann auf den Boden.

»Er hat ein Hitler-Bild in seiner Tasche gehabt«, sagte eine Frau neben ihnen. Der Mann schrie wütend die Soldaten an. Sie rissen ihn hoch, wobei das gerahmte Bild aus seinem Hemd fiel und das Glas klirrend zersprang.

»Heil Hitler!«, schrie der Mann immer wieder, während die Soldaten ihn abführten. »Diese Bestien werden uns sowieso umbringen«, rief er den Umstehenden zu. »Jetzt tut nicht so, nur um eure Haut zu retten. Der Führer würde sich schämen, wenn er euch feige Masse sehen würde.«

»Gitler kapudd«, sagte einer der Soldaten, und dann zerrten sie den Mann durch die Schwingtür ins Bahnhofsgebäude, wo seine Schreie immer leiser zu ihnen drangen.

Der Mann hatte recht, dachte Karl. Schon in der Schule hatte man sie vor der slawischen Grausamkeit gewarnt. Die Slawen waren eben kein Kulturvolk wie die Deutschen, sondern eine minderwertige Rasse.

Er verdrängte diesen Gedanken, nahm Hannah an die eine, seine Mutter an die andere Hand und zog sie weg.

»Was machen wir denn jetzt?«, fragte er seine Mutter. »Mutti«, sagte Karl leise, als sie nicht gleich antwortete. »Was ist denn mit dir?« Sie sah ihn an, als habe sie seine Frage nicht verstanden.

»Nichts, Karl«, sagte sie nach einer Weile und strich ihm nachlässig über den Kopf. Er weigerte sich, sie aufzugeben.

»Mutti, du musst jetzt stark sein. Wir brauchen dich doch.« Sie sah ihn lange an und nickte dann kaum merklich mit dem Kopf.

»Gut, Kinder«, sagte sie. »Wir müssen sehen, dass wir von hier weiterkommen. Das heißt: auf Schusters Rappen von jetzt an.«

★

Von der Caritas bekamen sie Winterkleidung. Auch wenn es erst Juli war, wusste niemand, wie lange die Reise dauern würde. »Die Sachen sind aus einem KZ«, flüsterte eine Frau neben ihnen einer anderen zu. Die roch daran und sagte: »Riecht nach Mottenpulver.«

»Die haben einfach die Sachen von den Toten genommen«, sagte die andere wieder.

»Machen Sie doch den Kindern keine Angst«, mischte sich eine weitere Frau ein und zeigte auf Hannah.

Sie bekamen noch etwas Brot für die Reise. Dann teilten sie ihre wenigen Habseligkeiten gleichmäßig auf ihre drei Rucksäcke auf und zogen los.

Auf der Straße, die nach Norden führte, fand eine regelrechte Völkerwanderung statt: Pferdefuhrwerke, Handkarren, Fahrräder, dazwischen hin und wieder ein Automobil – doch die meisten Menschen waren zu Fuß unterwegs. Es erinnerte Karl an einen endlos langen, müde dahinkriechenden Wurm. Gespenstische Gesichter schoben sich vorbei, den Blick nach innen gewandt, als würden sie dort nach etwas suchen. Sie haben Angst, dachte Karl, der es förmlich riechen konnte. Angst vor der Ungewissheit. Eine alles auflösende, verzehrende Angst, die mit keiner anderen zu vergleichen war. Die Angst vor der Entmenschlichung, die Angst, ein Ding zu werden, ein Spielball.

Karl hatte während des Krieges bereits verschiedene Formen der Angst kennengelernt, doch diese war ihm neu.

Die drei zögerten, sich in den Treck einzureihen. Dann würde es kein Zurück mehr geben, dann wären sie Teil dieses gewaltigen Körpers, der sich über die Straße wälzte. Ein großer schwarzer Kastenwagen fuhr langsam an ihnen vorüber.

Diese Schwärze, dachte Karl und starrte gebannt auf das Fenster, dessen Scheibe sich jetzt fast aufgelöst hatte. Das war ja fast stofflich. Man könnte sich reinlegen und darin versinken. Er patschte mit der Hand hilflos in der Saftpfütze umher, suchte nach Halt. Dann schoss eine große kalte Hand aus der Finsternis und riss ihn mit sich in die Ferne.

12

Das ist ja lustig«, rief Marie zwei Tage später. »Du gehst auch hier auf die Schule?« Adib nickte.

»Ich lerne hier«, sagte er stolz und reichte Marie die Hand. Leno, der gerade vorüberging, schaute die beiden böse an. »Wie geht es dir?«, fragte Adib.

»Gut«, sagte sie. »Aber Karl geht es nicht so gut.« Adib sah sie fragend an. »Er ist an dem Abend, als du bei uns warst, zusammengebrochen.«

Adib zuckte mit den Schultern, also erklärte ihm Marie, was das bedeutete.

»Ich will ihn besuchen«, sagte Adib, als er verstanden hatte.

»Ja, tu das«, sagte sie.

»Krankenhaus?«, fragte Adib.

»Nein, er ist zu Hause«, antwortete Marie. »Er hat sich geweigert, ins Krankenhaus zu gehen. Das würde ihn noch mehr krank machen. Mildred ist fast die ganze Zeit da, und zusammen machen sie den Pflegern, die morgens und abends kommen, das Leben schwer.«

»Kann ich Karl besuchen?«, wollte Adib wissen.

»Sicher«, sagte Marie. »Der würde sich freuen. Er hat ja sonst niemanden, mit dem er nach den Sternen greifen kann.« Adib verstand sie nicht. Marie winkte ab. »Komm einfach vorbei, wann du willst.«

Im Unterricht hatte Adib Schwierigkeiten, sich zu konzentrieren. Er war in Gedanken woanders. Er war genervt, weil alles so langsam ging. Die Flucht hatte so lange gedauert und das Ankommen dauerte noch länger. Wieder hatten sie einen Brief von der Behörde bekommen, dass mit ihrem Antrag etwas unklar sei. Dazu die ewigen Streitereien mit Mutter, die ebenso unzufrieden war. All das zerrte an Adib und versetzte seine Nerven in ungesunde Schwingungen. Er war viel ungeduldiger als früher und wurde schneller wütend. Adib fühlte sich wie Treibgut, das keiner haben wollte und das vom ständigen Hinweggleiten der Wellen langsam mürbe wurde.

Er dachte an Karl und wie sie abwechselnd durch das Teleskop geschaut hatten. Adib erinnerte sich an die kindliche Freude, die der alte Mann an den Tag gelegt hatte, als sie den Andromedanebel so klar und deutlich vor der Linse entdeckt hatten. Den von innen heraus leuchtenden Strudel, der wie das Tor zu einer anderen Welt aussah. »Stell dir vor, in dieser Galaxie gäbe es Leben. Wie bei uns.« Karls Augen hatten geleuchtet, als würde er jeden Moment ins All aufbrechen. »Stell dir eine Parallelwelt vor. Es ist fast wie bei uns, nur etwas anders. So anders, dass man es erst auf den zweiten Blick bemerken würde, würde man dort landen. Vielleicht begrüßen sich die Menschen, indem sie sich gegenseitig an die Stirn klopfen. Oder die Eingangstüren der Häuser sind auf dem Dach, weil die Bewohner schweben können.« Karl strahlte Adib an. Manchmal fragte er sich, ob der alte Mann ihn auf den Arm nehmen wollte. Parallelwelt! Ja sicher gab es die. Und zwar auf der Erde. Adib hatte dort gelebt. Mehrere Monate lang.

Unterwegs hatte einer der Kleinbusse den Geist aufgegeben. Ein hohl klingendes Stottern des Motors war das letzte Lebenszeichen gewesen. Die Insassen wurden auf die anderen Busse verteilt, wodurch alle noch mehr zusammenrücken mussten. Tahir war noch immer nicht aufgetaucht, und Adib sah, dass Nuria vor Sorge weder aus noch ein wusste.

Zusammen mit Farid fragte sie einen der Schlepper: »Wo sind die anderen Busse hingefahren?« Der tat so, als wüsste er nicht, wovon sie sprachen. Als Farid dem Mann drohte, die Sache vor allen anderen zur Sprache zu bringen, nahm er sie beiseite und sagte: »Die fahren auf einer anderen Route, du Bauer. Es ist zu auffällig, wenn wir wie eine Ziegenherde zusammen fahren würden. Was meinst du wohl, wie schnell uns die Polizei anhalten würde? Der taucht schon wieder auf. Spätestens bei der nächsten Etappe. Und jetzt haut ab, wir haben andere Probleme.«

Adib bemerkte, wie Farid etwas erwidern, sich für die Beleidigungen rächen wollte, aber es war nicht mehr viel Stolz in ihm, und so nahm er die Erklärung schließlich widerspruchslos hin. Als Nuria ihn fragte, ob mit Tahir alles in Ordnung sei, nickte Farid nur und wandte sich ab. Adib sah die Hilflosigkeit in den Augen seines großen Bruders.

Als sie ein paar Kilometer gefahren waren, ging der nächste Bus kaputt. Jetzt quetschten sich zweiunddreißig Menschen in den verbliebenen, der für neun Reisende gedacht war. Die Kinder schrien, die Erwachsenen fluchten. Angehalten wurde jetzt nicht mehr. Ihre Notdurft verrichteten die Männer in Plastikflaschen, die herumgingen und hin und wieder durch das Fenster geleert wurden. Die Frauen verkniffen sich das Pinkeln.

»Wo ist Tahir?«, fragte Adibs Mutter immer wieder.

»Der kommt mit einem anderen Bus«, vertröstete sie Farid.

Seiner Mutter liefen die Tränen über das Gesicht. »Der Junge hat bestimmt Angst. Er war doch noch nie so lange von mir getrennt.«

Im kalten Licht des frühen Morgens erreichten sie Izmir. Dass es sich um Izmir handelte, erfuhren sie von einem Mitreisenden.

»Ich mache das hier zum zweiten Mal«, sagte er. Sie sahen ihn entgeistert an. »Beim ersten Mal hat mich die Polizei zurückgeschickt. Das ganze Geld war weg. Jetzt habe ich drei Jahre lang gespart und versuche es noch mal.«

Die Schlepper befahlen ihnen, in einem kleinen Wäldchen nahe des Meeres zu warten, während sie verschwanden. Angeblich, um Lebensmittel zu besorgen.

»Die lassen uns hier zurück«, sagte ein Mann. »Ich habe so etwas schon öfter gehört. Sie kassieren unser Geld, bringen uns außer Landes und setzen uns aus.«

»Red nicht so einen Unsinn«, schimpfte Farid. »Sie holen Essen.«

Sie warteten und warteten. Aus dem Morgen wurde ein Mittag, aus dem ein Nachmittag wurde, der langsam in den Abend überging – und noch immer war niemand aufgetaucht. Dann, kurz vor Mitternacht, traf ein weiterer Bus ein. Adib, seine Mutter und Farid liefen hin, um zu sehen, ob Tahir darin war. Und tatsächlich sprang er als Erster aus dem Bus, umarmte Mutter und Brüder und rief freudestrahlend: »Wir sind dreimal liegen geblieben. Und einmal mussten wir uns vor der Polizei verstecken.« Die anderen sahen sich an und lachten, bis ihnen die Tränen kamen. »Was ist denn?«, fragte Tahir.

»Nichts«, sagten sie und freuten sich, dass die Flucht für Tahir ein riesengroßes Abenteuer war.

Weit nach Mitternacht tauchten die Schlepper auf, und endlich bekamen sie etwas zu essen: Brot, Käse und Tomaten. Das kam ihnen langsam zu den Ohren raus, aber sie hatten keine Wahl. Während sie aßen, kamen zwei weitere Busse an. Verwandte und Freunde fielen sich in die Arme.

Als alle versammelt waren, holten die Schlepper zwei Plastikplanen aus einem der Busse und befahlen ihnen, diese zum Strand zu tragen. Die Planen erwiesen sich als Schlauchboote. »Ihr müsst pumpen«, sagten sie zu den Flüchtlingen und gaben ihnen winzige Blasebälge. Die sahen sich verwundert an. Sie wussten zwar, dass ihre Reise nach Griechenland übers Meer gehen würde, aber doch nicht in diesen kleinen Gummibooten, die nicht im Geringsten seetüchtig waren! Sie murrten noch ein bisschen, aber am Ende pusteten sie die Boote auf, was Stunden dauerte. Nachdem die Männer die Boote anschließend ins Wasser geschleppt hatten, befestigten die Schlepper an jedem noch einen kleinen Außenbordmotor und sagten schließlich: »Ihr müsst in diese Richtung fahren. Seht ihr dieses Sternbild?« Achtundsiebzig Augenpaare sahen nach oben.

»Kassiopeia«, sagte Adib laut. Der Schlepper lachte.

»Wir haben einen Astronomen unter uns.«

Er schlug Adib auf die Schulter. Dem war das unangenehm vor den anderen. Doch seine Mutter sah ihn stolz an.

»Richtig, Kassiopeia. Die gibt euch den Kurs vor«, fuhr der Schlepper fort. Die meisten sahen noch immer angestrengt in den Himmel.

»Ich kann nichts erkennen«, sagte eine Frau.

»Haltet euch an den Jungen«, sagte der Schlepper. »Auf der anderen Seite ist Europa. Ihr werdet dort von unseren Freunden erwartet. Wenn ihr nahe genug an der Küste seid, werden sie euch mit einem Licht zeigen, wo ihr hinmüsst. Und jetzt viel Glück.« Mit diesen Worten verschwanden die Schlepper.

Die Menschen verteilten sich auf die zwei Boote, die bald hoffnungslos überladen waren. Die Seitenkammern versanken tief im Wasser, weil sie dort dicht gedrängt wie die Sardinen in der Büchse saßen.

Adib sah aufs Meer, das sich unter ihm bewegte wie ein gefräßiges Tier. Er konnte nicht schwimmen. Niemand außer seinem Vater hatte das gekonnt. Der hatte es ihm beibringen wollen, aber jetzt war er tot.

Adibs Boot mit Mutter und Tahir fuhr voraus. Farid saß im zweiten und lenkte.

Sie fuhren drei Stunden. Mittlerweile dämmerte es. Die Schlepper hatten ihnen eingeschärft, unbedingt vor Beginn des Morgens Land zu erreichen, um nicht zu deutlich für die Schiffe der Küstenwache zu sehen zu sein. Adib hatte sich an Kassiopeia orientiert und die kleine Flotte an die richtige Stelle navigiert. Endlich konnten sie die Umrisse der Küste erkennen. Etwas weiter nördlich blendete ein Licht dreimal auf. Adib dirigierte sie in diese Richtung. Da passierte es: Ein Schnellboot tauchte auf und hielt in hohem Tempo auf sie zu. Die Leute um Adib herum fingen zu kreischen an. »Schneller, schneller«, rief einer. »Sie schlagen uns sonst tot.« Doch mehr gab der altersschwache Motor nicht her.

Das Schnellboot hatte mittlerweile das zweite Boot erreicht. Adib sah schwarze Gestalten an Bord, die aufgeregt hin und her liefen. Selbst die Gesichter waren hinter dunklen Masken verborgen. Farid versuchte auszuweichen, aber es war zu spät, das fremde Schiff rammte das kleine Boot und schob es wie eine Bugwelle vor sich her. Adibs Mutter schrie nach ihrem Sohn. Adibs Herz klopfte wie verrückt. Er merkte gar nicht, wie er aufgestanden war und ihn jemand wieder runterzerrte. Er merkte auch nicht, wie er weinte und sich an die Seitenwand klammerte. Jetzt kenterte Farids Boot und die Insassen fielen ins Wasser. Einige gingen unter wie Steine. Das Schnellboot fuhr einfach darüber hinweg und hielt jetzt auf Adibs Schlauchboot zu.

Er suchte seinen Bruder. Eben glaubte er noch, ihn zwischen den anderen umherschwimmen zu sehen, dann verlor er ihn aus den Augen. Neben ihm schrien seine Mutter und sein kleiner Bruder immer wieder Farids Namen, als könnten sie ihn dadurch retten. Adib wollte umkehren, doch als er das Boot wenden wollte, sprang ein Mann auf, stieß ihn vom Ruder weg und steuerte selbst. Adib versuchte, den Mann vom Ruder wegzuziehen, da schlug ihm dieser kräftig ins Gesicht. Etwas explodierte hinter scinen Augen, woraufhin sich alles verzerrte und dehnte, als habe sich ein Riss in der Wirklichkeit aufgetan. Adib sank in Ohnmacht, wobei das Schreien der anderen immer leiser wurde und schließlich ganz verstummte.

13

Karl und Marie gingen langsam, einen Fuß vor den anderen setzend, um den Wohnzimmertisch herum. Als Karl stehen blieb, spornte Marie ihn an.

»Ach, warum denn?«, fragte Karl und weigerte sich beharrlich weiterzugehen. »Bringt doch nix. Ich sitze auf einem morschen Ast und falle bald runter.«

»Aber jetzt noch nicht, noch hält der Ast. Los, stell dich nicht so an«, sagte Marie ungerührt und zog Karl unter Protest weiter. Es widerstrebte ihm, sich von Marie im Kreis herumführen zu lassen wie ein altes Zirkuspferd. Karl hasste es, wenn andere über ihn bestimmen wollten.

Marie sagte etwas zu ihm, und Karl, der nur mit einem Ohr zugehört und das Wort Hoffnung herausgehört hatte, brummte: »Jaja, Hoffnung ist das Brot der Armen und dient dazu, sie ruhig zu halten.«

Marie blieb abrupt stehen, Karl an ihrem Arm geriet ins Schwanken und musste sich an der Tischkante festhalten, um nicht zu stürzen. »Sag mal ...«, schimpfte er.

»Du hast schon aufgegeben, was?«, sagte Marie und schaute ihn an. Dieser Scharfrichterblick, dachte Karl. Damit konnte sie einen regelrecht durchbohren.

»Wenn die wieder zurückmüssen, werden sie ermordet.«

»Von wem redest du?«, sagte Karl verwirrt.

»Na, von Adib und seiner Familie. Sie müssen heute aufs Amt, weil ihre Aufenthaltsgenehmigung bald abläuft. Und da sollen sie erklären, warum sie noch in Deutschland bleiben müssen.« Karl tätschelte ihr den Arm.

»Wenn es Gründe gibt, in Deutschland zu bleiben, dann geht das seinen Weg. Schließlich leben wir in einem Rechtsstaat. Da gibt es Regeln und Gesetze, und vor denen sind alle gleich.« Als Marie zu einer Antwort ansetzen wollte, sagte Karl: »Ich möchte heute zum Friedhof. Ich möchte Emmi besuchen.«

Im Bus vor ihnen saßen zwei Frauen, die sich lautstark unterhielten. »Vierzig zu werden, ist furchtbar«, sagte die eine gerade. »Das ist die Wende zum Ende.«

»Ich würde mich eher umbringen, als alt zu werden«, sagte die andere. »Dieses schlaffe Fleisch, man baut ab, sieht nicht mehr gut aus, pinkelt sich ein und fällt allen anderen zur Last.« Sie schüttelte sich. »Nee, dann lieber tot.«

»Und wenn erst mal die Vier vorn steht, ist der Abstieg programmiert«, fuhr die andere fort. »Das ist wie in der Schule. Wenn dann die Fünf vorne steht, bleibt man bald sitzen.« Sie lachten.

»Was soll man da erst sagen mit einer Acht vorne?«, mischte sich Karl in das Gespräch ein. »Das ist dann wie Sitzenbleiben bei gleichzeitiger Prügelstrafe.« Die beiden Frauen drehten sich um und sahen Karl irritiert an. »Hast du meine Windeln eingepackt?«, fragte Karl an Marie gewandt. »Ich glaube, ich habe mir gerade in die Hose gemacht.« Die beiden Frauen sahen starr nach vorn und schwiegen. An der nächsten Haltestelle stiegen sie aus.

»Du kannst ja richtig böse sein«, sagte Marie anerkennend.

»Die Dummheit zeigt sich in vielerlei Formen«, meinte Karl nur und sah aus dem Fenster.

An Emmis Grab ließ Marie Karl allein und schlenderte ein wenig herum. Sie drehte eine Runde und kam dann zurück. Karls Augen glänzten feucht. »Du vermisst sie sehr, nicht wahr?«, sagte sie. Karl nickte nur.

Marie hatte Emmi nie kennengelernt, sie kannte sie nur von Fotos und aus Erzählungen. Sie wusste, dass Karl und Emmi sich in Berlin getroffen hatten und dass sie fast sechzig Jahre verheiratet gewesen waren.

»Wusstest du, dass das Universum einen anderen Zustand annehmen möchte?«, fragte Karl. »Um da hinzukommen, entsteht irgendwo im Kosmos ein alternatives Universum, das sich dann ausdehnt und das alte zerstört.« Marie sah ihn verwundert an. »So ist das auch mit dem Leben«, sagte er weiter. »Es dehnt sich aus, dann stirbt es, um woanders wiederaufzuerstehen.« Marie schwieg.

Untergehakt gingen sie den kiesbestreuten Weg entlang dem Ausgang entgegen.

14

Am Nachmittag mussten Adib, seine Mutter und sein Bruder auf die Ausländerbehörde. Es gab noch etwas zu klären vor der Anhörung. Im Flur roch es nach Linoleum und Filterkaffee.

Die Familie sah, wie sich Türen öffneten, Leute herauskamen und hinter anderen Türen wieder verschwanden. Wie in einem Theaterstück. Niemand beachtete sie. Als seien sie lediglich das Publikum.

Endlich wurden sie aufgerufen und fanden sich in einem schmucklosen Büro wieder. Dort sollten sie die Geschichte ihrer Flucht erzählen. Adibs Mutter beschwerte sich, Adib übersetzte: Sie hätten ihre Flucht doch schon so oft geschildert.

Die Sachbearbeiterin lächelte spitz. »Das sind unsere Vorgaben«, sagte sie nur.

Adib sah seine Mutter mit den Tränen ringen. Es setzte ihm zu, sie so hilflos zu sehen. Wie sie um ihre Würde kämpfte. Dabei waren sie doch nach Deutschland gekommen, um in Sicherheit zu sein. Zwar hatten sie mittlerweile eine sogenannte Aufenthaltsgestattung, doch die war nur gültig bis zur sogenannten

Anhörung bei der Behörde. Und selbst wenn man dabei die Leute überzeugte, dass es gesünder für Leib und Leben sei, in Deutschland zu bleiben, bekam man lediglich eine Duldung für ein paar Monate, die jederzeit widerrufen werden konnte. Und man war noch lange kein Asylant. Denn das war man erst nach der Anhörung beim Bundesamt, was einem Ritterschlag gleichkam. Der Ritter von Asylhausen. Aber auch der konnte vertrieben werden, wenn Frieden herrschte in seinem Herkunftsland. Adib hatte längst den Überblick verloren.

Die Heimleiterin hatte ihm schon oft erklärt, wie alles lief, aber es war kompliziert, wie höhere Mathematik.

»Wir haben unsere Flucht schon viel erzählt«, sagte Adib noch einmal. Er unterdrückte seinen Ärger. Das brachte ja nichts und war kindisch. Er war ja schließlich keine zehn mehr. Aber die Wut fraß an ihm wie ein unsichtbares Gift. Er war immer öfter wütend. Auf alles. Die Heimleiterin hatte ihm nahegelegt, mit einer Psychologin zu sprechen, aber das hatte Adib abgelehnt. Er war doch nicht krank.

Nuria sah ihn erwartungsvoll an. Ihr Deutsch war noch zu schlecht, um alles zu verstehen, was die Sachbearbeiterin gesagt hatte. Jetzt wartete sie auf seine Übersetzung. Dieser Blick seiner Mutter nervte ihn. Ständig erwartete sie etwas von ihm. Seit Farids Tod musste er den Erwachsenen spielen und vernünftig sein. Dabei hatte er es doch auch nicht leicht. Seine Mutter könnte sich im Deutschkurs mehr Mühe geben. Er sah sie verstohlen von der Seite an. Sie war alt geworden, seitdem sie in Berlin angekommen waren, fiel Adib auf. Ihr Haar fing an, grau zu werden. Das Zittern ihrer Hände, das sie anfangs noch verstecken konnte, ließ sich jetzt kaum noch verbergen.

Sie löste sich auf, dachte er. Und sie überließ ihm die Verantwortung für alles.

Er war müde. Dauernd musste er kämpfen. Es fiel ihm immer schwerer, morgens aufzustehen. Zweimal schon war er im Unterricht eingeschlafen. Dabei war er stolz, dass er die Sprache so schnell gelernt hatte, dass er in die Schule gehen durfte. Die Häuser in Berlin, die ihm anfangs farbenfroh wie fette Tortenstücke vorgekommen waren, wirkten jetzt alt und mürbe. Das Leben hier war zweckmäßig, praktisch, nüchtern. Die Menschen waren nett, aber da war dieses immerwährende Misstrauen. Natürlich, es gab Ausnahmen wie Karl und Marie und noch andere. Aber sie waren hier geboren, sie gehörten dazu. Er gehörte nicht dazu. Er musste um seinen Platz kämpfen.

»Aber Sie müssen doch …«, sagte die Sachbearbeiterin gerade, woraufhin Adib aufsprang und wütend rief: »Immer nur müssen, müssen, müssen. Wir wollen das nicht mehr, wir sind auch Menschen.«

Nuria und die Sachbearbeiterin lächelten sich verlegen an.

★

An Nachmittag besuchte Adib Karl. Sie unterhielten sich ein wenig über die Sterne. Karl erzählte von einem Artikel in einer Fachzeitschrift über Astronomie. Adib verstand nicht allzu viel. Es ging um Dunkle Materie, unsichtbare Materie und vor allem um Schwarze Löcher.

»Stell dir vor«, sagte Karl. »Denen entkommt nichts. Die saugen einfach alles ein.«

»Saugen ein?«, wiederholte Adib.

»Ja, wie ein Staubsauger. Die ganze Energie, alles … schwupp.« Karl spitzte die Lippen und sog die Luft ein. »Wie das Leben mit seinen Nebenwirkungen. Wenn du nicht aufpasst, wirst du eingesaugt und alles wird auf den Kopf gestellt – und am Ende: schwupp!« Er sah Adib ernst an. »Man muss sich dagegen wehren, sonst ist man nur ein toter Stern.«

Als sie beim Essen saßen, dachte Adib noch immer über Karls Worte nach. Wer wollte schon ein toter Stern sein? Dann doch lieber ein strahlender Stern. Und genau das würde er sein. Mochte das Universum ringsum noch so finster sein. Es gab keinen Grund, sich aufzugeben.

»Was ist los?«, fragte ihn Marie. »Du freust dich ja so.«

»Mir geht es gut«, sagte Adib. »Ich lebe noch.« Sie lachten.

Später saß Adib mit Karl in dessen Arbeitszimmer. Sie blickten abwechselnd durch das Teleskop und unterhielten sich über das Gesehene. »Ich habe damals auch meine Heimat verloren«, sagte Karl, während er sich Notizen machte. Er sah von seinem Büchlein auf, nahm die Lesebrille ab und sagte: »Wir sind nach dem Krieg vertrieben worden. Es war wie ein Absturz ins Nichts.« Er räusperte sich. »Aus dem schrecklichsten Krieg ist der fürchterlichste Friede geworden.« Dann widmete sich Karl wieder seinem Notizbuch.

»Erzählen Sie«, forderte Adib ihn auf.

»Was soll man da erzählen?«, sagte Karl. »So wie uns ging es Millionen anderen. Es war eine schreckliche Zeit.«

»Erzählen Sie«, sagte Adib noch einmal.

Und Karl erzählte, wie sie aus ihrer Wohnung, aus ihrer Stadt vertrieben worden waren. Von der elenden Fahrt im Güterwaggon, wie sie Hannah verloren und wiedergefunden hatten, wie er nicht zur Mutter zurückkonnte und wie sie schließlich in Werdau landeten.

»... und dann standen wir auf der Straße nach Westen. Zusammen mit tausend anderen Flüchtlingen. Nachdem wir eine Weile zugesehen haben, sind wir los. Wir ließen uns einfach in diesem Strom treiben. Wir marschierten und marschierten. Irgendwann verfällt man in so einen Rhythmus, da kriegt man das gar nicht mehr mit und läuft ganz automatisch.«

Karl erzählte von den Toten, die aufgereiht am Wegesrand lagen, als würden sie dem Zug das letzte Geleit geben, dabei sollte es doch umgekehrt sein. »Die Leute sind vor Schwäche umgefallen. Die wurden dann von den anderen einfach am Straßenrand abgelegt, wo sie starben. Kinder von ihren Eltern, Eltern von ihren Kindern, Brüder von ihren Schwestern und umgekehrt. Man darf es den Leuten nicht verübeln. Es ging um die eigene Existenz. Wer stehen blieb, der lebte nicht mehr lange.« Karl rieb sich mit der Hand über die Stirn. Und plötzlich war er wieder mittendrin, als sei alles erst gestern passiert.

Inmitten des Todeszuges hörten sie plötzlich ihre Namen: »Hannah, Karl, Frau Riedberger!« Eine Frau vor ihnen winkte.

»Da ist Frau Waschek«, sagte Mutter erfreut und winkte zurück. »Und da ist auch ihr Mann und die beiden Kinder.«

Hannah winkte ebenfalls, Karl hob nur die Hand, ließ sie aber gleich wieder fallen. Er hatte Herrn Waschek nie gemocht. Dieser Besserwisser mit seinem Haarkranz, der ihm wie ein falscher Heiligenschein auf dem Kopf hing. Der alle Leute mit seinem freundlichen Getue einseifte, hinter der Fassade aber eine Hyäne war. Mutter hatte immer nur gute Worte für Herrn Waschek und seine mausartige Frau übrig gehabt. Und auch jetzt rief sie ihnen freundlich zu: »Das ist ja wunderbar, dass wir uns hier begegnen.« Die drei Erwachsenen umarmten sich.

»Das ist göttliche Fügung«, sagte Herr Waschek salbungsvoll. Er hatte einen Lebensmittelladen in Waldenburg gehabt, aber noch lieber wäre er Pfarrer geworden, wie er nicht müde wurde zu betonen. Hin und wieder hatte Herr Waschek den Konfirmationsunterricht leiten dürfen und Unwissenheit gern mit Prügeln bestraft. Jetzt war er Flüchtling, glotzte dabei aber genauso beseelt-belämmert, als würde er gleich das Gebetbuch aus der Tasche ziehen.

Herr Waschek strubbelte Karl durchs Haar und sagte: »Wir Waldenburger müssen zusammenhalten, nicht wahr, Karl? Das findest du doch auch.«

»Wo ist denn Ihr Parteiabzeichen?«, fragte Karl boshaft.

Herr Waschek hatte sein Goldenes Abzeichen immer voller Stolz getragen. Jetzt lächelte er Karl mit seinen großen weißen Zähnen an. »Die Zeiten ändern sich, der Mensch ändert sich. Und Gott hat uns die Fähigkeit gegeben, unsere Fehler zu erkennen und daraus Rückschlüsse zu ziehen. Wenn du älter sein wirst, wirst du das verstehen.« Karl hätte kotzen können.

Mutter dagegen sah zufrieden aus. »Ein wahres Wort, Herr Waschek. Leider verwildern unsere Jungen in diesen Zeiten.«

Herr Waschek antwortete: »In Zeiten der Gewalt hilft oft nur das Eisen.« Seine Frau faltete dazu die Hände, als würde sie in Gedanken »Amen« rufen. Ihr dünner Mund formte dabei ein umgekehrtes U. Wie Karl diese verlogene Bande verabscheute.

Waschecks wollten ebenfalls nach Berlin. Sie hatten einen Handkarren und boten Karl und seiner Familie an, ihre Habseligkeiten aufzuladen und gemeinsam weiterzuziehen.

»In Zeiten wie diesen ist Brüderlichkeit das höchste Gebot, liebe Frau Riedberger«, verkündete Herr Waschek.

»Mutti«, versuchte es Karl zögerlich. »Wir wissen doch gar nicht, wo die Wascheks hinwollen. Vielleicht haben sie ein ganz anderes Ziel.«

Gerade als seine Mutter den Mund aufmachen wollte, sagte Herr Waschek: »In dieser schweren Stunde haben wir alle denselben Weg, mein Jungc. Aber um die Tragweite dieser Tragödie zu begreifen, bist du noch zu jung.« Mit diesen Worten wandte er sich ab und lud das Gepäck der drei auf den Karren. Karl ballte die Fäuste und zählte innerlich bis zehn. Er wollte vor diesem Heuchler nicht wie ein wütendes Kleinkind dastehen.

Während die drei Erwachsenen vorneweg liefen und Hannah

sich mit den beiden Waschek-Töchtern unterhielt, trottete Karl hinterher. Schade, dass sie diesen Idioten nicht erschossen hatten, dachte er, während er Herrn Waschecks breiten Rücken voller Abscheu musterte.

Der Löwenzahn stand gelb leuchtend auf den Wiesen.

Sie teilten das wenige Essen. Wie die anderen Flüchtlinge suchten sie in den Wäldern nach Essbarem: Moose, Pilze, Gras, Rüben, Kartoffeln, Schnecken. Sie aßen, was sie fanden. War ein Dorf in der Nähe, gingen sie hamstern. Dann schwenkte ein großer Teil des Flüchtlingstrecks aus und marschierte geschlossen auf die Bauernhäuser zu. Doch die waren dem Ansturm nicht gewachsen. Oft wurden sie von wütenden Bauern mit Mistgabeln oder mit zähnefletschenden Hunden vertrieben. Manchmal jedoch bekamen sie etwas Kartoffelschale oder ein paar verschrumpelte Rüben. Wer etwas einzutauschen hatte, tat das gegen ein Ei, etwas Mehl, einen Apfel, einen winzigen Streifen Speck. Dafür gaben sie Geschirr, Ledergürtel, Schuhe, Uhren.

Karls Familie und die Waschecks hatten nichts mehr zum Tauschen. Alles war schon weggegeben. Jetzt besaßen sie nur noch ihr Leben und die Kleider, die sie trugen.

Hin und wieder bekamen die Kinder etwas zugesteckt, aber es reichte vorne und hinten nicht.

Am schlimmsten aber war der Durst. Zwar stillten sie ihn an Bächen, Teichen, Seen, Pfützen, doch die waren rar. Regnete es, spannten die Flüchtlinge Planen auf, um das Wasser einzufangen. Oder sammelten es in Töpfen, Eimern, Tassen. Doch es war nie genug, und so schleppten sie sich durstig bis zur nächsten Wasserstelle.

Herr Waschek kommentierte Hunger und Durst mit christlichen Durchhalteparolen: »Gott wird für uns sorgen« oder »In der Not wird der Mensch geprüft.«

Verwesungsgeruch war ihr ständiger Begleiter, und wenn der Wind ihn mal wegpustete, meinten sie, dass etwas fehlte.

Hin und wieder wurden sie von russischen Soldaten angehalten und durchsucht. Die nahmen sich dann, was sie gebrauchen oder tauschen konnten. Wurden sie rechtzeitig gewarnt, versteckten sich die Frauen und Mädchen in den Feldern. Doch das klappte nicht immer.

Nachts schliefen Karl und die anderen rund um den Karren. Waschecks auf der einen Seite, Karls Familie auf der anderen. Ein Kind schlief immer abwechselnd obendrauf. Sie hatten Angst, dass ihnen jemand den Karren unterm Hintern wegklauen könnte.

Eines Morgens, Karl hatte sich etwas hinter die anderen zurückfallen lassen, um Waschek auszuweichen, erspähte er, halb von einem Baum verborgen, einen Frauenschuh. In der Hoffnung, noch einen zweiten zu finden und etwas zum Tauschen zu haben, ging Karl um den Baum herum und erschrak. Dahinter lag eine Frau. Reglos. Etwa im Alter seiner Mutter. Sie schien tot zu sein. Vielleicht hatte sie sich zum Sterben hierhin zurückgezogen, mutmaßte Karl. Wie ein Tier. Er ging in die Hocke und schaute, ob er außer den Schuhen noch etwas anderes gebrauchen könnte. Sie war ja tot und konnte mit ihren Sachen nichts mehr anfangen. Die Hände der Toten umklammerten etwas, was sich nach genauerer Untersuchung als ein Stück Brot herausstellte. Ihre Henkersmahlzeit, dachte Karl und griff danach. Doch die Finger ließen nicht los. Als würde die Frau auch im Tod die Kontrolle über ihre Gliedmaßen nicht abgeben wollen. Aber sicherlich lag es an der Leichenstarre. Komischerweise fühlte sich die Haut noch gar nicht kalt an. Karl zerrte an den Fingern, doch dabei zerbröselte das Brot. Karl vergewisserte sich, dass die Augen der Frau wirklich geschlossen waren, dann schloss er selbst die Augen, atmete tief durch und bog mit aller Kraft drei Finger auf. Sie zerbrachen krachend. Das Geräusch fuhr Karl ganz tief durch den Körper, bis ins Mark. Er sah sich erschrocken um, besorgt, dass auch andere es gehört haben könnten.

Als er sich wieder zu der Frau drehte, blickte er in ihre geöffneten Augen. Sie sah ihn an. In ihrem Blick lag keine Anklage, eher etwas Fragendes.

»Ich, ich, wollte nur …«, stammelte Karl, schnappte sich das Stück Brot, das neben der Frau ins Gras gekullert war, und rannte davon.

Er schämte sich zutiefst und fühlte sich wie ein Ganove. Wie jemand ohne Ehre. Einer sterbenden Frau das letzte Stück Brot zu stehlen, ihr die Finger zu brechen, das war … Karl schüttelte den Kopf. Er wollte gar nicht daran denken. Aber die Frau war ja bereits halb tot. Sie hätte von dem Brot sowieso nichts mehr gehabt, beruhigte er sich. Wie sie ihn angesehen hatte. So, als vertraute sie Karl und wäre davon überzeugt, dass er ihr helfen würde. Ob er zurückgehen sollte? Vielleicht war sie in der Zwischenzeit gestorben. Nein, lieber nicht. Er hätte wenigstens ihre Hand halten können, ihr hinüberhelfen können. Niemand hatte es verdient, allein zu sterben. Geh zurück, geh zurück, schnaubte eine Stimme in Karls Kopf. Aber er wusste, dass er es nicht ertragen konnte, der Frau erneut in die Augen zu sehen. Sie war bestimmt schon tot. Karl beschloss, sie zu vergessen. Er gab das Hannah das Brot, ohne ihr zu erzählen, wo er es herhatte. Sie fragte glücklicherweise auch nicht danach.

Die nächsten Tage war Karl schweigsam und in sich gekehrt, sodass selbst Waschek ihn in Ruhe ließ.

Sie trafen zwei Bekannte aus Waldenburg. Die beiden Frauen gingen ein Stück mit ihnen, dann schlugen sie den Weg nach Halle ein. Eine der beiden hatte dort eine Tante und wollte sehen, ob sie noch lebte. Karl bat seine Mutter, doch mit den beiden statt mit den Wascheks weiterzuziehen, aber sie ließ sich nicht darauf ein.

»Herr Waschek ist ein Mann, und den brauchen wir«, sagte sie. »So viele Männer sind gefallen und so viele Frauen allein unterwegs. Ohne Schutz.«

»Ich bin auch ein Mann, sagte Karl empört. »Ich kann auf euch aufpassen.

Seine Mutter strich ihm nachsichtig durch die Haare. »Sicher kannst du das. Aber ich fühle mich trotzdem wohler, wenn Herr Waschek dabei ist.«

Um seine Mutter nicht aufzuregen, erwähnte Karl das Thema nicht mehr. Er bekam doch mit, wie ihre Hände noch immer zitterten, wie sie im Schlaf nach ihren Kindern schrie, wie froh sie war, die Verantwortung abgeben zu können. Aber es wurmte ihn, dass Herr Waschek sich aufspielte und in den Vordergrund drängte. Er bestimmte, wann sie rasteten, wann sie aßen (wenn sie überhaupt etwas zu essen hatten), wann sie schliefen und so weiter. Karl wurde überhaupt nicht gefragt, er wurde einfach mitgeschleift, und wenn er mal einen Vorschlag machte, wurde er ignoriert. Nachts, wenn er in die Sterne sah, dachte er manchmal darüber nach, abzuhauen und sich allein durchzuschlagen. Sollten sie doch sehen, wie sie ohne ihn klarkamen. Aber das konnte er seiner Mutter nicht antun, und so blieb er und biss die Zähne zusammen. In ein paar Wochen würden sie Waschek und seine Familie los sein. Dann würde Karl sie nie wieder ertragen müssen. Doch noch lagen etliche Kilometer vor ihnen.

Mehrmals kamen sie an ausgebrannten Panzern oder Lastwagen der Wehrmacht vorbei. In einem der Panzer fand Karl ein aufgerissenes Päckchen Notverpflegung. Als er es hochhob, kullerten zwei Kraftkekse heraus. Er gab Wascheks widerwillig einen der Kekse, den anderen teilte er mit Hannah und Mutter.

★

Eines Nachts wachte Karl auf und glaubte im schwachen Licht des Mondes zu sehen, wie Waschecks hinter ihrer Seite des Karrens kauerten und etwas aßen. Er schlich auf allen vieren näher, wobei er für einen irrwitzigen Moment das Gefühl hatte, wieder im Waldenburger Forst zu sein und mit seinen Freunden Indianer zu spielen. Doch das hier war kein Spiel. Karl hörte leises Schmatzen und spähte vorsichtig um das Hinterrad des Karrens. Er konnte nicht erkennen, was sie da aßen, aber dass sie es taten, war unverkennbar. Gierig verschlangen sie etwas, das in Karls Fantasie immer mehr zu Schinken und Brot wurde. Ihm lief das Wasser im Mund zusammen und es hätte nicht viel gefehlt und er hätte gesabbert. Leise kroch er zu seiner Mutter. »Mutti, wach auf.« Er rüttelte sie sanft an der Schulter. Schlaftrunken murmelte sie vor sich hin. »Waschecks haben was zu essen«, sagte er zu ihr. Bei dem Wort »essen« richtete seine Mutter sich auf und fragte: »Was?«

»Waschecks essen heimlich«, wiederholte Karl. Sie sahen zum Handwagen, hinter dessen Seitenwand Herrn Waschecks Glatze, vom Mondlicht beschienen, wie ein Glühwürmchen aufleuchtete.

»Herr Wascheck!«, rief Mutter laut. Der Kopf duckte sich. »Herr Wascheck, was machen Sie denn da?«

»Nichts«, rief es von drüben. »Wir schlafen.« Man hörte seiner Stimme an, dass er den Mund voll hatte und sich bemühte, etwas hinunterzuschlucken. Er hustete. Jetzt tauchte Waschecks Kopf über dem Leiterwagen auf, und es sah aus, als schwebe das volle Gesicht wie ein Mond darüber.

»Essen Sie etwas?«, fragte Mutter.

»Aber Frau Riedberger«, sagte Herr Wascheck empört. »Wo denken Sie hin! Glauben Sie, wir würden heimlich essen?«

»Entschuldigen Sie, es geht mich ja auch nichts an, aber wir hatten doch vereinbart, unser Essen zu teilen.«

»Natürlich.« Herr Waschek richtete sich auf. »Sie wollen uns doch nicht etwa unterstellen, wir würden sie betrügen.«

»Nein, nein«, sagte Karls Mutter schnell. »Es ist nur so, dass der Junge meint, er hätte etwas gesehen. Vielleicht hat er ja nur geträumt.«

»Aber das stimmt nicht«, rief Karl wütend. »Ich hab's genau gesehen.«

»Karl!«, sagte Herr Waschek scharf. »Behaupte nichts, was du nicht beweisen kannst. Damit kannst du in Teufels Küche kommen. Gerade in Zeiten wie diesen.«

»Aber ich hab's gesehen«, wiederholte Karl trotzig.

»Dann komm her und beweise es uns«, sagte Herr Waschek. »Und Sie ebenfalls, liebe Frau Riedberger. Je eher wir diesen Unsinn aufklären, umso eher kommen wir wieder zu unserem Schlaf, den wir alle so dringend benötigen, nicht wahr, Karl?«

Seine Mutter zog den widerstrebenden Karl in Richtung der Waschecks. Die beiden Mädchen schliefen oder taten zumindest so. Frau Waschek hatte sich halb aufgerichtet. Ihre Augen waren im Dämmerlicht nicht zu erkennen, und für Karl sah es aus, als hätte jemand sie rausgeschnitten und als glotzte Frau Waschek ihn aus schwarzen Höhlen an.

Herr Waschek hob die leeren Hände. »So, Karl, und wo sollen wir jetzt etwas zu essen versteckt haben?« Karl bückte sich und wühlte in Waschecks Decke herum.

»Karl«, rief Mutter.

»Hier irgendwo muss was sein«, sagte er, doch er fand nichts.

»Vielleicht willst du mich ja untersuchen«, sagte Herr Waschek spöttisch und hob die Arme, als würde er sich ergeben wollen. »Oder meine Frau.« Er zeigte auf sie. Die schwarzen Höhlen glotzten Karl noch immer an. »Wir können auch die armen Kinderlein wecken, die noch nicht genug Grausames durchgemacht haben und sicherlich Verständnis dafür haben, mitten in der Nacht geweckt zu werden, um sich vor Karls Verleumdungen zu rechtfertigen.« Dabei wurde seine Stimme immer lauter und schriller.

»Entschuldigen Sie, Herr Waschek«, sagte Karls Mutter beschwichtigend. »Ich bin sicher, Karl hat geträumt.«

»Sie müssen sich nicht entschuldigen, liebe Frau Riedberger. Es sind schwere Zeiten und wir alle machen eine Menge durch.« Zu Karl gewandt, sagte er: »Von dir bin ich allerdings schwer enttäuscht.«

»Ich habe nicht geträumt«, sagte Karl mit erstickter Stimme. Er war den Tränen nahe.

»Jetzt ist's aber gut, Karl«, sagte seine Mutter böse.

»Vergessen wir's«, winkte Herr Waschek ab. »Der Krieg macht viele von uns zu Tieren.« Er warf Karl einen Blick zu. »Den einen mehr, den anderen weniger.«

»Trotzdem«, sagte Karls Mutter. »Wir müssen doch zusammenhalten.«

»Müssen wir, liebe Frau Riedberger. »Müssen wir.« Er sah Karl erneut an. »Verleumdung ist eine schwere Sünde, mein Junge.«

»Ich bin sicher, dass Karl seinen Verdacht bereut«, sagte seine Mutter.

Karl wollte sich verteidigen, doch die Worte blieben ihm vor lauter Wut im Hals stecken.

»Ich bin sehr enttäuscht von dir, mein Junge«, sagte Herr Waschek. »Ich habe versucht, dich ernst zu nehmen, dich wie einen Erwachsenen zu behandeln, und nun zeigst du uns deine Unreife.«

»Er ist doch erst fünfzehn«, sagte Karls Mutter entschuldigend. »Und das ist alles zu viel für ihn. Wir haben alles verloren.«

»Wer nicht, liebe Frau Riedberger. Und trotzdem. Eine Verleumdung ist kein Kinderspiel, das muss auch Karl einsehen. Wenn er sich entschuldigt, werde ich die Sache auf sich beruhen lassen. Sonst werden wir allein weiterziehen, da wir scheinbar das Vertrauen Ihrer Familie verloren haben.« Er stand hoch aufgerichtet da wie ein Richter und sah auf Karl und dessen Mutter hinunter.

Die gab Karl einen leichten Schubs und sagte leise: »Nun mach schon.« Aber er brachte es nicht über sich. »Bitte«, flüsterte seine Mutter. »Tu es für mich.«

»Entschuldigung«, murmelte Karl mit gesenktem Kopf.

»Bitte?«, fragte Herr Waschek. »Ich habe dich nicht verstanden.«

Karl sah Waschek ins Gesicht. »Entschuldigung«, wiederholte er mit zusammengebissenen Zähnen.

Waschek lächelte. »Na also, das war doch gar nicht so schwer. Jetzt ist dir bestimmt leichter ums Herz, nicht wahr, mein Junge? Man muss das Böse im Keim ersticken, bevor es sich ausbreitet und ernsthaft Schaden anrichtet. Verstehst du das, Karl?«

Früher oder später würde er es Waschek heimzahlen.

15

Warum haben Sie diesen Mann nicht erschossen?«, fragte Adib. Er war wütend.

Karl lachte. »Ich hatte keine Pistole«, sagte er.

Adib schüttelte den Kopf.

»Lass uns das Thema wechseln«, sagte Karl. »Das führt zu nichts.«

Sie unterhielten sich noch eine Weile darüber, ob es möglich sei, durch ein Schwarzes Loch in der Zeit zu reisen.

»Das wäre schön«, sagte Adib.

»Ja, das wäre es«, sagte Karl.

Als sie sich voneinander verabschiedeten, kam Marie aus ihrem Zimmer.

»Zeigst du mir morgen, wo du wohnst?«, fragte sie Adib.

Der sah sie irritiert an. »Warum?«, fragte er.

»Das interessiert mich einfach«, gab sie zurück. »Ich würde gern mal wissen, wie man so lebt als Flüchtling. Meine Oma hat mir früher viel davon erzählt«, sagte sie mit einem kurzen Blick auf Karl.

★

Im Bus lehnte Adib den Kopf an die Scheibe und dachte über Zeitreisen nach. Es musste möglich sein, man brauchte nur ein Raumschiff, das mit Lichtgeschwindigkeit flog. Wenn man anschließend auf die Erde zurückkehrte, wäre dort viel mehr Zeit vergangen als im All. Man würde also in der Zukunft landen. Obwohl es besser wäre, in die Vergangenheit zu reisen. Adib schloss die Augen, das Rattern des Busses machte ihn müde. In der Vergangenheit könnte man die Gegenwart ändern. Man könnte zu Karl und Herrn Waschek reisen und dort …

Adibs Kopf sank immer tiefer, gleichzeitig schoben sich Traumbilder zwischen seine Gedanken. Darin sah er Waschek hinter dem Karren knien und gierig etwas in seinen großen Mund schaufeln. Es sah aus, als würde er kleine Sterne verschlingen. Dann übernahm der Schlaf die Herrschaft und Adib versank in einem sternenlosen Universum.

Jemand strich ihm über die Wangen. Adib stöhnte, dann schlug er die Augen auf und blickte in das Gesicht seiner Mutter. »Mein Junge«, sagte sie sanft und rieb ihm die Wangen. »Ganz blass bist du.«

»Was ist ...«, rief er und versuchte sich aufzurichten, wobei ihm schwarz vor Augen wurde.

»Beruhige dich, Junge«, sagte seine Mutter. »Wir sind in Sicherheit.«

Die Welt hatte wieder aufgehört, sich vor Adibs Augen zu drehen. Er sah seine Mutter an, dahinter erkannte er das Gesicht Tahirs.

»Wo sind wir? Sind wir nicht ertrunken?«, fragte er und blickte an sich herunter. Er konnte kaum glauben, dass sie noch lebten. Sie waren nicht mal mehr auf dem kleinen Boot, er lag auf festem Grund. Adib spürte Erde unter seinen Fingern. »Wir sind rechtzeitig an Land gekommen«, hörte er die Stimme seiner Mutter. »Sie haben uns nicht mehr verfolgt. Einer hat gesagt, dass das Wasser zu flach für ihr Boot war.«

Adib stöhnte. Da war dieser Gedanke in seinem Kopf, der jedoch nicht gleich Gestalt annahm. Es war etwas Wichtiges, das wusste er. Aber was genau? Er sah seiner Mutter ins Gesicht. Sie weinte. Farid! Das war's. Etwas war mit Farid passiert. »Wo ist er?« Seine Mutter schüttelte nur den Kopf, sie konnte nicht sprechen. Tahir schluchzte. Adib fiel alles wieder ein. Farid? Er war untergegangen, er war ertrunken, er war tot. Eine schwarze Wolke umklammerte seine Brust wie einen Schraubstock und ein trockenes Schluchzen drang ihm aus der Kehle. Farid konnte nicht tot sein. Was sollte denn jetzt aus ihnen werden? Farid hatte sich um vieles gekümmert. Er war der Älteste. Der Schmerz in Adibs Brust nahm zu. Er keuchte, schnappte nach Luft.

»Adib«, sagte seine Mutter bittend. Der Schmerz um Farid hatte sich wie Säure in ihr Gesicht gefressen. Sie sah aus, als wäre sie um Jahre gealtert. Als wäre sie in die Zukunft gereist und als alte Frau zurückgekehrt.

Adibs Bewusstsein driftete weg, kehrte zurück, um erneut wegzudriften. Wie Ebbe und Flut. Als er das nächste Mal die Augen aufschlug, kniete ein Mann neben ihm, den er nicht kannte. Der Mann hatte das Gesicht voller Brandnarben. Er musste zu den Schleppern gehören, dachte Adib.

»Soll ich dir helfen?«, fragte der Mann. Adib schüttelte den Kopf. Er durfte jetzt nicht schwach sein. Er musste an Mutter und Tahir denken. Jetzt war er der älteste Sohn.

Die Schlepper trieben sie an. »Los, wir müssen weg, bevor die Polizei auftaucht.«

Viele Flüchtlinge weinten. Eine Frau kreischte immer wieder

in lang gezogenen, hohen Tönen. Ihre Tochter und deren Baby waren in dem untergegangenen Boot gewesen.

»Wir müssen warten«, riefen ein paar Männer. »Vielleicht haben sich welche aus dem anderen Boot retten können.«

»Die Grenzpolizei ist garantiert schon auf dem Weg«, widersprachen die Schlepper. »Ihr wollt doch nach Europa. Da könnt ihr eure Toten beweinen. Wenn ihr jetzt aufgebt, sind sie umsonst gestorben.«

Unter Protest zogen sie los. Die Frau hörte nicht auf zu kreischen. Zwei Männer hielten sie fest, weil sie immer wieder zurück zum Strand wollte.

»Stopft der Alten endlich das Maul«, sagte einer der Schlepper. »Die hetzt uns die griechische Grenzpolizei auf den Hals mit ihrem Geschrei.« Mehrere Leute redeten auf die Frau ein, die sich jedoch nicht beruhigen ließ. Sie wolle sterben, rief sie und warf sich auf den Boden. »Dann soll sie hier verrecken«, schrie der Schlepper. Da tauchte der Narbige wieder auf und deutete dem Schlepper mit einer Handbewegung an, die Frau in Ruhe zu lassen. Er kniete sich neben sie, nahm ihre Hand und redete leise auf sie ein. Langsam beruhigte sich die Frau, ihr Schluchzen versiegte wie ein Brunnen, der austrocknete, bis es endlich ganz verstummte.

Der Narbige zeigte erst auf Adib, dann auf seine Mutter und schließlich auf die Frau.

Sie halfen ihr auf die Beine, stützten sie unter den Armen und gingen gemeinsam weiter. Nach einer Weile nickte die Frau, dankte ihnen und sagte, sie könne nun allein gehen.

Die Flüchtlinge wanderten über die Berge. Stundenlang. Die Älteren und die kleineren Kinder hatten Probleme, Halt zu finden auf dem mit Geröll übersäten Untergrund. Manchmal mussten sie über Felsen klettern, über Vorsprünge, während neben ihnen der Abgrund drohte. Adib versuchte, an Farid zu denken, doch er musste sich auf den Weg konzentrieren, und so gab er es schließlich auf.

Die Nacht verbachten sie auf dem kalten, steinigen Boden, wo sie wie die Toten traumlos schliefen.

Mit einem Ruck wachte Adib auf. Sein Herz klopfte wie verrückt. Er war eingeschlafen und brauchte einen Augenblick, um sich zu orientieren. Der Blick aus dem Fenster sagte ihm, dass seine Haltestelle die nächste sein würde. Er freute sich auf den morgigen Tag. Und auf Marie.

16

Der Morgen begann mit leichten Kopfschmerzen, die Adib in letzter Zeit regelmäßig plagten. Nachdem er seinen Tee getrunken hatte, wurde es besser und er machte sich auf den Weg zur Schule. Bevor er ins Klassenzimmer ging, stattete er Rainer, dem Hausmeister, einen Besuch ab.

»Da is ja unser Afghane«, sagte Rainer für gewöhnlich, und Adib antwortete: »Guten Morgen, Rainer mit ai«, woraufhin sie lachten und sich die Hände schüttelten. Das war schon ein Ritual zwischen ihnen.

»Was gibt's Neues?«, wollte Rainer wissen und lehnte sich nach vorne, als würde er Adibs Worte mit seinem kräftigen Oberkörper auffangen wollen. Adib erzählte, was er in letzter Zeit gemacht hatte. Er erzählte auch von Karl.

»Hmm«, machte Rainer. »Du guckst mit dem alten Mann in die Sterne? Wozu denn? Um die Zukunft vorauszusagen? Kann ich dir erzählen: Es wird Scheiße! Klima, Finanzkrise, kein Geld, keine Frau.« Er lachte sein kurzes, abgehacktes Lachen, wobei sich sein Gesicht wie ein Gummiball zusammendrückte.

»Aber sag mal, was ist mit dir?«, fragte Rainer und wischte sich eine Lachträne weg. »Kannste jetzt hierbleiben?« Adib sah ihn fragend an. »Ich meine, kannste jetzt in Deutschland bleiben?«

»Weiß nicht«, antwortete Adib. »Alles unklar. Wir sind geduldet hier. Aber kein Asyl.«

Rainer machte ein finsteres Gesicht. »Da lassen se Krethi und Plethi ins Land, aber wenn mal einer kommt, der was auf dem Kasten hat, dann stellen se sich an. Is doch ungerecht.«

Adib zuckte mit den Schultern und verabschiedete sich. Er musste in den Unterricht. Mittlerweile war er nicht mehr in der Sprachklasse. Sein Deutsch hatte sich sehr verbessert, und so hatte ihn die Schulleitung in eine normale Klasse gesteckt. Dummerweise war es die von Leno.

Und das Erste, was Adib an diesem Morgen dort sah, war Lenos blasses und abweisendes Gesicht. Er hatte schlechte Laune, das konnte Adib schon von Weitem erkennen. Leno fläzte auf seinem Stuhl und hatte die Beine weit in den Gang gestreckt. Als Adib vorbeiwollte, machte er keine Anstalten, sie einzuziehen.

»Spring doch rüber«, schlug Leno kalt lächelnd vor.

Adib unterdrückte mühsam den Impuls, Leno ins Gesicht zu schlagen.

In diesem Moment betrat Marie das Klassenzimmer und steuerte geradewegs auf Adib und Leno zu.

»Hey, was willst du hier, das ist nicht deine Klasse«, giftete Leno.

Marie ignorierte ihn. »Adib, ich wollte dir noch sagen, dass du …«

»Adib, ich wollte dir noch sagen«, äffte Leno sie nach. Die umstehenden Schüler lachten.

»Du bist wohl nicht ganz sauber«, fuhr Marie ihn an.

»Reg dich ab, Moslemflittchen«, sagte Leno.

»Was hast du gesagt?«, fragte Marie scharf. Sie sah aus, als würde sie sich auf ihn stürzen wollen.

»Moslemflittchen«, wiederholte Leno genüsslich.

Adib machte einen drohenden Schritt auf Leno zu, doch Marie schob ihn zur Seite.

»Hoppla, du kennst ja mehrsilbige Wörter«, sagte sie. »Ich bin beeindruckt.«

Leno wandte sich ihr zu. »Hau einfach ab, du bist es nicht wert, dass ich weitere Worte an dich verschwende.«

Inzwischen hatte sich fast die gesamte Klasse um die drei versammelt.

»Wie schreibt man eigentlich Moslemflittchen?«, fragte Marie beiläufig.

»Soll ich es dir in deine blöde Visage schreiben?«

Adib wollte sich auf Leno stürzen, doch Marie flüsterte ihm etwas ins Ohr, woraufhin er sich auf die Tischkante setzte und Leno grinsend ansah.

»Also wie jetzt? Kannst du es vielleicht mal an die Tafel schreiben?«, wiederholte Marie.

»Was?«, fragte Leno.

»Na, Moslemflittchen«, sagte Marie. »Ich würde gern mal wissen, wie du das schreibst.«

»Du hast sie doch nicht alle«, sagte Leno. »Frag doch deinen arabischen Legasthenikerfreund.«

»Kannst du oder kannst du nicht?«, fragte ein Mädchen.

»Ihr könnt mich mal«, sagte Leno.

»Mach doch mal«, forderten ihn jetzt auch andere auf.

Leno stand langsam auf, fuhr sich mit beiden Händen durch das Haar und ging lässig an die Tafel, wo er seine Hände wie ein Boxer ausschüttelte, bevor er die Kreide nahm und ohne zu zögern das Wort hinschrieb. Marie applaudierte.

»Und jetzt schreib mal Wichser«, sagte sie.

»Ihr Trottel«, sagte Leno verächtlich und schrieb *Wixer.*

Marie drehte sich zu den anderen um. »Na, ist das richtig?«

»Ja«, riefen einige.

»Nee«, sagte einer, ging zur Tafel, wischte das *x* weg und schrieb stattdessen ein *ch* hin. Sofort widersprachen andere und ein lebhafter Streit brach aus.

Lenos Gesicht brannte vor Wut. »Du Fotze«, sagte er zu Marie.

»Mit *F* oder mit *V*?«, wollte sie wissen.

Frau Zahn kam herein und stutzte, als sie die Wörter an der Tafel entdeckte. Sie wurde abwechselnd rot, dann wieder blass. »Wer hat das geschrieben?«, fragte die Lehrerin, nachdem sie sich wieder gefasst hatte.

»Das war Leno«, sagte Marie. Frau Zahn starrte Leno an, der jetzt ebenfalls blass wurde.

»Ich hab das nur wegen der geschrieben«, stammelte er und zeigte auf Marie.

»Darüber müssen wir reden«, sagte Frau Zahn und knallte schwungvoll ihre Tasche auf den Tisch.

»Das Moslemflittchen ist schuld«, sagte Leno. »Ich weiß auch nicht, was die in unserer Klasse zu suchen hat, die dämliche …« Weiter konnte er nicht sprechen, weil Adib ihm ohne Vorwarnung ins Gesicht schlug.

Leno ging benommen zu Boden, woraufhin Adib wie von Sinnen auf ihn eintrat. Wieder und wieder. Er hörte auch nicht auf, als Frau Zahn schrie und dazwischenzugehen versuchte. Adibs Vernunft war in diesem Moment auf Autopilot geschaltet. Er bekam weder mit, dass Frau Zahn um Hilfe rufend aus der Klasse lief, noch dass Herr Kaufmann, der Sportlehrer, ihn von Leno wegriss und zu Boden drückte. Adib versuchte, sich zu befreien, doch hatte er keine Chance gegen den kräftigen Mann.

Erst im Zimmer des Direktors kam Adib richtig zu sich. Er fand sich eingeklemmt zwischen Herrn Kaufmann und Frau Zahn wieder, die ihn böse ansahen.

»Das hat ein Nachspiel«, sagte der Sportlehrer drohend.

»Wir sind eine gewaltfreie Schule«, sagte Frau Zahn mehrmals, als würde sie selbst nicht so recht daran glauben.

Eine Stunde später setzte sich Adib zu Marie, die auf dem Schulhof auf ihn gewartet hatte.

»Du bist echt gestört, weißt du das?«

Adib sah sie überrascht an.

»Echt mal. Ich brauche niemanden, der sich für mich schlägt. Ich hab keinen Bock auf einen Typen, der meint, meine Ehre verteidigen zu müssen. So was macht man mit Worten. Scheiße!« Sie blickte starr vor sich hin.

»Und was hat der Direktor dazu gesagt?«, fragte sie nach einer Weile.

»Ich gehe nicht in die Schule.« Marie sah ihn fragend an. »Keine Schule für eine Woche.«

»Verdammt«, sagte Marie und atmete lautstark aus. »Und was ist mit Leno?«

Adib zuckte mit den Achseln. »Weiß nicht. Nichts.«

»Dieser arrogante Scheißer«, sagte sie und schlug mit der Faust in ihre Handfläche, bevor sie Adib wortlos sitzen ließ.

»Mann, ist das hier hässlich«, sagte Marie angewidert, nachdem sie unter Adibs Führung das Flüchtlingsheim besichtigt hatte. »Hier möchte ich nicht wohnen.«

Adib grinste. »Niemand will das«, sagte er.

»Das machen die doch mit Absicht, damit ihr freiwillig wieder abhaut«, sagte Marie empört. »Könnt ihr nicht eine eigene Wohnung mieten?«

»Wir haben kein Geld«, sagte Adib.

»Die können euch doch nicht zwingen, hier zu wohnen«, sagte Marie.

Adib drehte die Handflächen nach oben und zuckte mit den Schultern. »Was sollen wir machen?«

»Eine Revolution«, antwortete Marie. Adib forschte in ihrem Gesicht nach, ob sie einen Scherz gemacht hätte, doch sie lächelte nicht.

»Komm weiter«, sagte er. Eine Revolution war das Letzte, was er gebrauchen konnte.

Nach der Besichtigungstour saßen sie in seinem Zimmer, tranken Tee und unterhielten sich über Bücher, die sie gelesen, und über Filme, die sie gesehen hatten. Marie träumte davon, Regisseurin zu werden.

Anschließend spielten sie Tischtennis hinter einem der Häuser, bis es ihnen zu kalt wurde, und später machten sie bei der Tanzgruppe mit, die eine der Betreuerinnen für die Kinder und Jugendlichen ins Leben gerufen hatte.

Als Marie am Abend bei Karl war, erzählte sie ihm von dem Flüchtlingsheim. »Das ist menschenunwürdig, wie die da hausen müssen«, sagte sie.

»In ihrer Heimat haben die viel schlechter gelebt«, sagte Karl. »Da hatten sie vielleicht nicht mal ein anständiges Maus.« Er hatte »Haus« sagen wollen, doch das Wort hatte sich in seinem Mund verselbstständigt.

Marie verbesserte ihn. »Wie auch immer«, redete Karl weiter. »Die wohnen da ja auch nicht für immer. Wenn sie in Deutschland anerkannt werden, dann können sie hierbleiben und Arbeit suchen und eine Wohnung.«

»Das kann Jahre dauern«, sagte Marie, doch Karl ging nicht darauf ein. Er erinnerte sich daran, wie es war, ein Flüchtling zu sein und dafür verachtet zu werden. Verdammt, das wünschte er niemandem. Am wenigsten einem fünfzehnjährigen Jungen. So einem, wie er selbst einer gewesen war.

17

Karl lag im Bett und dachte über Adib nach. Sie sollten den Jungen öfter einladen. Der war clever und würde es zu etwas bringen, davon war Karl überzeugt. Er erinnerte Karl sogar ein wenig an ihn selbst. Adib war ehrgeizig und wollte mehr aus seinem Leben machen.

Hätte Karl sich damals mit dem zufriedengegeben, was man ihm angeboten hatte, wäre sein Leben anders verlaufen. Dann hätte er sein Abitur nicht nachgemacht, hätte nicht studiert. Vielleicht wäre er dann Mechaniker geworden, wie man es ihm nahegelegt hatte, oder Bäcker. Emmi und er hätten sich niemals die vielen Reisen leisten können. Ach, Emmi! Automatisch wanderten Karls Gedanken zu ihr. Ob sie wohl auf ihn warten würde, irgendwo da oben? Karl sah an die Zimmerdecke. Er jedenfalls wäre so weit. Er hatte alles geregelt, seinen Nachlass und so weiter. Er hatte mit dem Leben abgeschlossen. Es würde ja nicht besser werden mit ihm. Ganz im Gegenteil.

Das hatte die Natur geschickt eingerichtet. Wenn man jung war, erschreckte einen der Tod nicht. Er war noch zu weit weg.

In der Mitte des Lebens dachte man: Huch, nur noch so wenige Jahre und dann bin ich alt und sterbe. Aber wenn man dann wirklich alt war und nicht mehr lange hatte, machte einem der Gedanke an das eigene Sterben nichts mehr aus. Da erschien einem der Tod wie ein guter Freund, der sich angekündigt hatte und den man nun sehnsüchtig erwartete. Sollten sie doch alle reden. Diese Sprüche wie: Du wirst noch lange leben. Oder: Rede den Tod nicht herbei, und so weiter. Alles Schwachsinn! Karl machte der Tod keine Angst. Im Gegenteil, er war neugierig auf dieses letzte große Abenteuer.

Karl wälzte sich im Bett von einer Seite auf die andere. Nicht mal mehr schlafen konnte man ordentlich. Man täuschte sich selber vor, dass man schliefe, dabei kratzte man eher an der Schnittstelle zwischen Wachen und Träumen herum. Er hatte früher gut geschlafen, tief und fest, doch seit ein paar Jahren ging das nicht mehr. Und es war ja nicht nur der Schlaf, der wegblieb. Auch die Körperfunktionen verabschiedeten sich. Das Gehör: als hätte jemand Watte reingesteckt. Der Geruchssinn: als hätte man eine Klammer auf der Nase. Die Knochen: als würden Zwerge daran sägen. Die Blase: als würde ein Korken in der Harnröhre stecken. Und das war nicht mal das Schlimmste. Das Gehirn erst: als wäre es in Aspik eingelegt. Karl hatte manchmal den Verdacht, dass der Tod schon mal übte, indem er einen immer weniger werden ließ.

Er versuchte sich Emmis Gesicht vorzustellen. So, wie sie in ihren letzten Jahren ausgesehen hatte. Das gelang ihm immer seltener. Dafür fiel es ihm leicht, Emmi als junges Mädchen vor seinem geistigen Auge aufzurufen. So, wie er sie damals das erste Mal getroffen hatte. In Berlin, nach seiner Flucht. Flucht? Die Flucht! Mutter und Hannah. Karl rutschte tiefer hinab in seinen Erinnerungen. Die vielen Menschen auf den Straßen. Er sah sich als Teil dieses endlosen Tausendfüßlers, der in der Welt umherirrte, sich mit seinen Beinchen verhedderte, taumelte, stürzte, um sich trotzdem weiterzuschleppen.

Und dann sah er Waschek! Der tauchte immer auf. Er marschierte durch Karls Träume, als wäre das sein einziger Lebenszweck gewesen.

Waschek ging mit weit ausholenden Schritten, als würden sie einen Ausflug machen. Er redete ununterbrochen, hin und wieder machte er einen schlechten Witz, über den die Mutter pflichtschuldig lachte. Merkte sie denn nicht, was dieser Mensch für ein Heuchler war? Karl sah sie heimlich an und es tat ihm weh: Das Zittern ihrer Hände war nicht verschwunden, es war zu einem Teil von ihr geworden. Und manchmal hatte Karl den Verdacht, dass auch ihr Verstand zitterte. Dass er sich in sich selbst zurückzog und nur noch eine Hülle zurückließ. Das war nicht mehr seine starke, unabhängige Mutter. Das war eine zutiefst verängstigte Frau.

»Frau Riedberger«, sagte Herr Waschek. »Mit unseren Vorräten geht es zu Ende. Sie haben doch sicher nichts dagegen, wenn ich die letzten Bissen Brot meinen Mädchen gebe? Die sind ja noch so klein und ihre Kinder können den Hunger besser vertragen.«

Tu es nicht, wollte Karl seiner Mutter zurufen, aber da hatte sie bereits zustimmend genickt. Waschek rieb sich die Hände, fischte ein paar Brotstücke aus einem Leinensack, den sie zur gemeinsamen Speisekammer bestimmt hatten, und schob seinen Töchtern jeweils ein Stück in den Mund. Das letzte aß er selber, wobei er Karl einen triumphierenden Blick zuwarf. Seitdem Karl Waschek angeschwärzt hatte, hasste ihn dieser, das merkte Karl genau. Karl erging es nicht anders. Er warf ihm einen Blick zu, der töten könnte, und blieb ein paar Schritte zurück, um nicht zu platzen. Wascheks Frau stiefelte ungerührt an ihm vorbei. Sie sah Karl nicht an, sie sprach auch nie mit ihm.

Sie war einfach nur da und befolgte stumm die Anweisungen ihres Mannes, wie ein abgerichteter Hund.

Sein Magen knurrte, als er Waschecks Mädchen an den harten Brotresten knabbern sah. Aber eigentlich knurrte sein Magen andauernd. Sie hatten nie genug zu essen. Manchmal gaben andere Flüchtlinge den Kindern etwas ab, dann bekam Karl von Hannah etwas zugesteckt. Doch es reichte nie.

»Dahinter ist ein Dörfchen«, sagte Waschek und zeigte auf ein kleines Wäldchen. »Ich war mit meiner Wandervogelgruppe oft in dieser Gegend unterwegs.«

Karl erinnerte sich, wie Waschek – noch in Waldenburg – immer Ausflüge in die Umgebung unternommen hatte. Zusammen mit einigen aus Karls HJ-Gruppe. Ihn hatte er auch oft mitnehmen wollen, aber Karl hatte jedes Mal dankend abgelehnt. Karl sah ihn vor sich, wie er in kurzen Hosen, seine strammen Waden zeigend, einem dieser Aufziehäffchen gleich, losmarschierte, dabei ein Lied sang und seinen Wanderstock wie einen Bischofsstab schwang. Wahrscheinlich hatte er sich dabei wie Jesus im Kreis seiner Jünger gefühlt. Widerlich!

Und dass Waschek seine Ortskundigkeit jetzt wie einen Trumpf ausspielte, wurmte Karl besonders. Er hätte kotzen können, wenn er denn überhaupt etwas im Magen gehabt hätte.

»Wir zwei Männer gehen mal nachsehen«, sagte Waschek im Befehlston und zeigte auf Karl.

Karl hätte den »Befehl« am liebsten verweigert, aber dann hätte Waschek ihn wieder als kleinen Jungen beschimpft, der nicht reif genug war und der sich lieber hinter den Rockzipfeln seiner Mutter versteckte. Er wollte Waschek zeigen, dass er durchaus alt genug war, um seinen Mann zu stehen. Und gleichzeitig ärgerte es ihn, dass er Waschek überhaupt etwas beweisen wollte. Was kümmerte es ihn, was dieser Schlimok über ihn dachte?

»Wir müssen uns nur unauffällig in die Büsche schlagen«,

redete Waschek weiter. »Die hier«, er zeigte auf die Flüchtlinge vor und hinter ihnen, »müssen das nicht mitkriegen. Sonst haben wir die ganzen Schmarotzer auf dem Hals und für uns bleibt nichts mehr übrig.«

Am liebsten hätte Karl jetzt allen laut zugerufen, dass es hinter dem Wäldchen etwas zu essen gebe, doch damit hätte er letztlich nur sich und seiner Familie geschadet.

»Aber wir können doch hier nicht einfach warten«, sagte Waschecks Frau mit einer Stimme, die Karl an Kreide, die über eine Schiefertafel kratzte, erinnerte.

Waschek bestimmte: »Die Frauen und die Kinder ziehen weiter. Wir werden euch schon wieder einholen. Und falls es doch länger dauert, zieht ihr einfach nach Leipzig. Das ist ja nicht mehr weit. Da treffen wir uns. Am Hauptbahnhof. Ihr wartet da einfach. Jeden Tag. Um zwölf Uhr. Irgendwann werden wir schon kommen.«

Karl protestierte. »Wir können doch die Frauen nicht schutzlos zurücklassen.« Waschek sah ihn belustigt an.

»Was willst du denn unternehmen, wenn die Russen oder andere primitiven Völkerscharen sich über deine Mutter und deine Schwester hermachen? Wirfst du dich dann vor ihre Gewehre?«

»Sie wissen genau, was ich meine«, sagte Karl mit unterdrückter Wut. »Darum geht es doch gar nicht.«

»Um was geht es denn dann?«, fragte Waschek. »Bild dir mal nur nicht zu viel ein. Jetzt ist es wichtig, für die elementaren Bedürfnisse zu sorgen. Essen und Trinken hält Leib und Seele zusammen. Sieh dir deine Mutti doch an. Nur noch Haut und Knochen.« Er zeigte auf Karls Mutter, die wie ein Farn leicht hin und her schwankte, als würde sie mit ihrem Körper dem Tod zuwinken. Karl schluckte. Er dachte daran, dass sie ihm und Hannah immer wieder etwas von ihrer Ration abgab. »Ihr müsst noch wachsen«, sagte sie dann. »Ich brauche nicht mehr viel.«

Auch wenn Karl das niemals zugegeben hätte: Waschek hatte leider recht. Hannah und Mutter brauchten Essen jetzt dringender als alles andere. Leipzig war ja wirklich nicht mehr weit, und dort würde man sicher irgendwo unterschlüpfen können. Er sah sich im Geiste am Bahnhof stehen, Mutter und Schwester mit dicken Würsten, Schinken und Brot begrüßend.

Sie verabschiedeten sich voneinander, dann folgte Karl Waschek, der sich hinter einen Baum gestellt hatte und so tat, als müsse er pinkeln. »Wenn ich dir ein Zeichen gebe, dann duckst du dich und kriechst langsam bis zu den Bäumen da drüben.« Waschek hatte einen widerlichen Befehlston angenommen. »Und halt ja deinen Kopf unten, verstanden?« Karl nickte widerwillig. »Wenn du das versaust, ziehe ich allein weiter, und du kannst sehen, wo du mit deiner Bagage bleibst. Ihr würdet keine zwei Tage überleben. Ich weiß sowieso nicht, warum ich euch noch mitschleppe. Ihr seid nur eine Last und undankbar obendrein. Da gibt man sich Mühe, ist ein Menschenfreund und wird dafür auch noch ...«

Die letzten Worte verstand Karl nicht mehr, weil sich Waschek auf alle viere niedergelassen hatte und Karl Zeichen machte, es ihm nachzumachen. Karl hätte Waschek am liebsten in seinen fetten Hintern getreten, der sich ihm jetzt entgegenstreckte.

»Wenn wir im Dorf ankommen, sagen wir, wir sind Vater und Sohn, verstanden? Das erspart uns Erklärungen. Wir müssen alles so einfach wie möglich halten.«

Karl nickte. Es widerstrebte ihm, für Waschecks Sohn gehalten zu werden.

»Los jetzt«, flüsterte Waschek und hoppelte auf allen vieren voran wie ein durchgedrehtes Kaninchen. Karl kroch hinterher. Als sie die Bäume erreicht hatten, versteckte sich Waschek hinter einem Baumstamm und richtete sich auf. Er winkte Karl. »Wo bleibst du denn? Glaubst du, die warten auf uns?« Er stand da, als wollte er mit dem Baum verschmelzen, und spähte Richtung Straße, wobei seine Augen wild hin und her rollten. Karl hätte am liebsten gelacht. »Scheint uns niemand gesehen zu haben«, sagte Waschek und ließ sich wieder auf alle viere nieder. Karl blieb stehen.

»Was ist?«, zischte Waschek. »Runter.«

»Wir sind von der Straße überhaupt nicht mehr zu sehen«, sagte er.

»Sei dir da mal nicht so sicher«, nuschelte Waschek, der gerade an einem tief hängenden Ast vorbeigekrochen war und ein paar Blätter im Mund hatte. Er spuckte aus. »Wenn dich jemand sieht, dann bist du schuld.«

Karl antwortete nicht, das war unter seiner Würde. Und er würde sich auch nicht erniedrigen und weiterkriechen, wo sie doch gar nicht mehr zu sehen waren. So ging er aufrecht neben Waschek her, der ein Stück versetzt hinter ihm herkroch.

»Nicht so schnell«, stöhnte Waschek mit schmerzverzerrtem Gesicht, weil sich ein spitzer Stein in seine Hand gebohrt hatte.

Dann richtete er sich langsam auf. »Das ist wohl weit genug weg«, sagte er und klopfte sich Blätter und Erde von der Hose. »Was man nicht alles auf sich nimmt.« Dabei sah er Karl vorwurfsvoll an, als hätte der ihn in diese Situation gebracht.

Nachdem sie noch ein paar Hundert Meter gegangen waren, stießen sie tatsächlich auf ein Dorf oder eher eine Siedlung. Drei Bauernhöfe hatten sich wie eine Wagenburg um einen kleinen Teich gruppiert. Niemand war zu sehen. Waschek stapfte auf das erstbeste Haus zu und klopfte. Doch es war verlassen. Die Scheiben waren zerbrochen, in einer Fensterecke hatte sich ein Vogelpärchen ein Nest gebaut. Karl sah durch eines der Fenster hinein. Die Möbel waren zerschlagen, das Geschirr zerbrochen und überall lag Dreck, sogar Scheiße, wie Karl erkannte.

»Was machen Sie da?«, hörten sie hinter sich eine Stimme und fuhren erschrocken herum. Ein Mann stand vor ihnen, eine Mistgabel hoch erhoben. Die spitzen Zinken funkelten in der Sonne.

»Wir suchen etwas zu essen«, sagte Karl schnell. »Wir wollen nichts stehlen, wir sind Flüchtlinge aus Schlesien. Wir haben einfach nur Hunger.«

»Und der da? Kann der auch sprechen?«, fragte der Mann und zeigte mit der Mistforke auf Waschek.

»Der ist stumm«, sagte Karl, einer plötzlichen Eingebung folgend. »Er ist mein Vater.«

Der Mann musterte Waschek.

»Ist er ein Idiot?«

»Nein, nein, er ist nur stumm.« Waschek lief rot an. »Der Schock!«, sagte Karl vieldeutig.

Der Mann nahm die Forke runter. »Essen wollt ihr also.« Er musterte Karl und Waschek. »Nun, wir haben selber nicht viel. Aber ich könnte Hilfe gebrauchen. Wenn ihr arbeiten könnt, würde ich euch mit Essen bezahlen.«

»Einverstanden«, sagte Karl und sah zu Waschek, dessen Gesicht noch immer rot leuchtete. Wie eine sterbende Sonne, die jeden Moment implodierte, dachte Karl und freute sich, Waschek ausgetrickst zu haben.

»Du kleiner Mistkäfer, das wirst du noch bereuen«, zischte Waschek, als sie hinter dem Bauern her zum Haus gingen.

Als der Bauer im Haus verschwand, sagte Waschek: »Du mieser ...« Doch bevor er seinen Satz beenden konnte, tauchte der Bauer wieder auf, eine Frau im Schlepptau.

»Das ist meine Frau Martha«, stellte er sie vor. Martha war ein rosiges fröhliches Etwas. Ihre blonden Haare, die langsam grau wurden, hatte sie unter einem Kopftuch verborgen. Sie stürzte sich geradezu auf Karl und rief: »Junge, was bist du abgemagert. Mein Gott, was für eine Schande.« Sie zerrte an ihm, als wollte sie testen, wie viel seine Rippen aushielten, bevor sie brachen. »Komm mit rein, ich mache dir gleich etwas zu essen.« Sie schob ihn ins Haus, während Waschek hinterhertrottete. Martha klapperte munter in der Küche herum, und im Handumdrehen saßen Karl und Waschek vor dampfenden Tellern, deren Inhalt sie mit Heißhunger verputzten. Karl erinnerte sich an Hänsel und Gretel und an die Hexe, die Hänsel gemästet hatte, um ihn essen zu können. In den Nachkriegstagen gab es immer wieder Gerüchte um verschwundene Leute, die in hungrigen Menschenmägen geendet sein sollten.

Erst nach einer dritten Portion winkte Karl lachend ab. Martha saß vor ihm und strahlte ihn an.

»So ein lieber Junge«, sagte sie und streichelte über seine Hand. »Sie müssen sehr stolz auf Ihren Sohn sein«, sagte sie zu Waschek, an den sie jetzt zum ersten Mal das Wort richtete. Waschek beugte sich vor und streichelte Karl über den Kopf, wobei er ihn, von Martha unbemerkt, an den Haaren zog.

»Au!«, rief dieser. Martha sah ihn überrascht an. »Mein Bauch«, sagte Karl entschuldigend. »Ich habe zu viel gegessen.« Er verspürte tatsächlich einen Stich in der Magengegend.

»Ich mache dir gleich einen Tee«, sagte Martha und sprang auf.

»Nicht nötig«, sagte Karl. »Das vergeht schon wieder.«

Martha sah Karl mitfühlend an. Ihr Blick wanderte zu den Fotos, die auf einer Anrichte halbkreisförmig aufgestellt waren. »Meine Jungs«, sagte Martha schluchzend. Wie sich herausstellte, waren zwei ihrer drei Söhne im Krieg gefallen, der dritte war in den Weiten Russlands verloren gegangen und wurde vermisst. Sie hatte also einiges nachzuholen. Ihre Mutterliebe war in den vergangenen Monaten wie ein Motor im Leerlauf heiß gelaufen, stellte sich Karl vor. Auf einem der Fotos blickte ein etwa sechzehnjähriger Junge in HJ-Uniform ernst in die Kamera.

»Mein Jüngster«, sagte Martha. »Er ist im letzten Moment noch zum Volkssturm einberufen worden. Drei Tage später war er tot.« Karl schluckte. Genau das hätte auch ihm passieren können, hätte Mutter es nicht verboten.

Der Bauer, der sich inzwischen als Wilhelm vorgestellt hatte, kam herein und forderte sie auf, nun ihr Essen abzuarbeiten.

»Nun lass ihnen noch ein bisschen Zeit«, schlug Martha vor. »Sie waren doch ganz ausgehungert. Lass sie mal ausruhen.«

Wilhelm setzte sich grummelnd hin und murmelte etwas wie: »Die Arbeit tut sich nicht von allein.« Dann sprang er wieder auf, holte eine Flasche mit einer glasklaren Flüssigkeit aus der Anrichte, entkorkte sie und hielt sie Waschek unter die Nase. »Selbst gebrannt«, sagte er. »Hatte ich in der Jauchegrube versenkt, haben die Russen nicht gefunden.« Waschek verzog angewidert das Gesicht. Doch Wilhelm zwinkerte ihm verschwörerisch zu und schenkte ihm ein großes Glas ein. Sie stießen an und tranken. Waschek hustete.

»Gottverdammich«, fluchte Wilhelm und stellte sein Glas krachend auf dem Tisch ab. »Noch einen?«, fragte er Waschek, doch der winkte hustend ab.

»Nun lass doch den armen Mann. Der ist doch krank«, mischte sich Martha ein. Und an Waschek gewandt: »Sie Armer. Der Schock, ja?« Waschek nickte und sah aus, als würde er gleich in Tränen ausbrechen.

»Hab ich noch nie von gehört«, sagte Wilhelm.

Waschek gestikulierte, wobei Martha ihn aufmerksam ansah.

»Was will er?«, fragte Martha.

»Sich bedanken«, sagte Karl. »Man trifft heutzutage nicht mehr auf so viel Freundlichkeit.«

Martha bekam feuchte Augen. »Ja, der Krieg …«, sagte sie bedeutungsvoll.

Karl hatte Mühe, sich das Lachen zu verkneifen. Es tat ihm

leid, diese guten Menschen hinters Licht zu führen, aber Waschek hatte es nicht anders verdient. »Ja, wir haben alles verloren«, sagte er jetzt, bevor Waschek sich noch durch eine Dummheit verriet. »Jetzt wollen wir nach Leipzig, wo Vaters Tante lebt. Und unterwegs haben wir gedacht, wir könnten uns ein wenig Essen verdienen.«

»Das war eine gute Entscheidung«, sagte Martha, wiegte den Kopf und sah ihren Mann an. »Wir können Hilfe brauchen. Wir sind allein auf dem Hof. Unseren alten Knecht haben sie auch eingezogen.«

»Ihr könnt oben in der Gesindekammer schlafen«, sagte Wilhelm.

»Das machen wir, nicht wahr, Vater?«, sagte Karl schnell, bevor Waschek abwinken konnte.

Sie schulterten ihre Rucksäcke und stapften hinter Wilhelm die enge Stiege zum Dach hinauf in die schmale Kammer. Hinter dem schrägen Dachfenster war die Abendsonne zu sehen, die ihr blutrotes Licht gleichmäßig über die Felder verteilte, als würde sie säen.

»Ruht euch aus. Morgen in der Frühe geht es los«, sagte Wilhelm und ließ sie allein.

Karl legte sich auf eines der beiden Betten, und ihm fielen bereits die Augen zu, als Waschek sagte: »Du verdammter Bengel. Dafür wirst du in der Hölle schmoren.« Er stand hoch aufgerichtet über Karl, das Gesicht vor Wut verzerrt. »Ich werde mir deinetwegen keine blutigen Schwielen holen«, schimpfte Waschek weiter. »Und dass du mir Stummheit angedichtet hast, wirst du noch bereuen, du kleiner Lügner. Ich wusste doch, dass man dir Aas nicht trauen kann. Du bist ein richtiger kleiner Judas.« Er setzte sich auf das andere Bett und fragte mit Grabesstimme: »Du weißt doch, was sie mit Judas gemacht haben, nicht wahr?« Und ohne eine Antwort abzuwarten sagte er: »Er hat sich erhängt, weil er die Schande nicht ertrug, Jesus verraten zu haben. Also sei auf der Hut.«

»Ich wollte nur ...«

»Halt den Mund«, sagte Waschek scharf. »Ich will nichts mehr von dir hören.«

Karl hasste sich dafür, klein beizugeben, aber der Blick in Waschek's Augen machte ihm Angst.

»Bei der erstbesten Gelegenheit hauen wir ab«, sagte Waschek und streckte sich auf dem Bett aus. »Durch deine Lügerei kommen wir noch in Teufels Küche. Wenn deine Geschichte auffliegt, stellen uns die Russen an die Wand.«

Karl hatte ein schlechtes Gewissen. Er tat das alles doch nur für Mutter und Hannah.

Er sah in den abendlichen Himmel, der sich hinter dem Dachfenster blähte. Vollgefressen mit Trilliarden von Sternen, dachte Karl. Wenigstens der hatte genug zu essen. Eine Sternschnuppe huschte vorbei. Karl wünschte sich ein Stück Schokolade, bevor er in einen unruhigen Schlaf fiel.

18

Karl saß über seine Sternkarte gebeugt, als Marie hereinrauschte und empört rief: »Karl, du musst sofort was unternehmen.«

Karl schreckte hoch, sein Herz begann schmerzhaft zu rasen. Er sah Marie verwirrt an. Was war denn jetzt schon wieder passiert?

»Adib«, sagte Marie. »Sie haben ihn angezeigt.«

»Was, wer?«, fragte Karl. »Weshalb denn?«

»Wegen dieser Schlägerei«, sagte Marie genervt, als wäre Karl schwer von Begriff. »Lenos Eltern haben ihn angezeigt. Sie sagen, er wäre eine lebende Zeitbombe. Dabei ist Leno schuld, der hat angefangen, der hat einfach …«

»Moment mal, Moment mal«, unterbrach Karl sie. »Noch mal zum Mitschreiben. Ich weiß nicht im Geringsten, um was es geht.«

Marie fing an zu erzählen. »Davon hast du mir bislang noch gar nichts gesagt«, beschwerte sich Karl, als Marie fertig war. Sie grinste.

»Du kannst alles essen, aber du musst nicht alles wissen. Und jetzt los, wir müssen ins Heim. Du musst dir diesen Brief ansehen.«

Karl seufzte. Er hatte längst vor Marie kapituliert. Das Mädchen ließ ja doch nicht locker. Sie hatte sich regelrecht in die Idee verbissen, Adib und seiner Familie zu helfen. Sie würde eine gute Juristin abgeben, dachte Karl. So unbeirrt und klar in ihren Handlungen.

Zusammen machten sie sich auf den Weg zum Heim, wo sie Adib und seine Mutter im Zimmer antrafen.

»Karl regelt das«, sagte Marie, nachdem sie ohne Begrüßung hereingeplatzt war. Adib sah nur kurz auf und zuckte mit den Schultern.

»Moment mal«, protestierte Karl, doch da hielt ihm Marie schon den Brief der Staatsanwaltschaft unter die Nase.

»Ich weiß, dass du das schaffst«, ermunterte sie ihn.

Karl sah sie für einen kurzen Moment fassungslos an, doch dann fügte er sich, holte seine Lesebrille raus und fing langsam an zu lesen.

Als Karl fertig war, ließ er den Brief sinken und winkte Marie und Adib zu sich. »Jetzt erzählt ihr mir die Geschichte noch einmal ganz genau und ohne was auszulassen.«

Sie fingen an zu berichten, ergänzten sich, fielen sich ins Wort, und Karl musste sie einige Male ermahnen, bei den Fakten zu bleiben.

An ein paar Stellen fragte er gezielt nach, um am Ende eine halbwegs vollständige Version der Schlägerei zu erhalten.

Anschließend machte er ein paar Anrufe bei früheren Kollegen.

»Ich denke, das war's«, verkündete er triumphierend und steckte sein Handy weg. Adib und Marie sahen ihn entgeistert an. Karl lächelte verschmitzt. »Tja, es geht doch nichts über gute Kontakte.«

Adib hob Karls rechten Arm in die Höhe, als wäre er ein Boxer, der gerade einen Sieg errungen hatte.

Ein paar Tage später zog Lenos Vater tatsächlich die Anzeige zurück. Schließlich war sein Sohn nicht unschuldig an der Prügelei gewesen, von den schmutzigen Wörtern an der Tafel ganz zu schweigen.

Allerdings blieb es für Adib nicht bei einem Unterrichtsausschluss auf Zeit. Er bekam einen Tadel und musste regelmäßig zur Schulpsychologin.

»Ich wusste, dass du das schaffst«, sagte Marie zu Karl. Die winterliche Sonne schien durch die Gardine und besprenkelte ihr Gesicht. Für Karl sah es aus, als würden dort goldene Käfer herumflitzen. Dieses Mädchen, dachte er. Die wird entweder etwas ganz Großes oder sie wird ganz groß an ihren eigenen Ansprüchen scheitern.

»Wir könnten Adib und seine Familie doch zu Weihnachten einladen«, schlug Marie ein paar Tage später vor. Mildred machte ein entsetztes Gesicht. »Das wollen die doch gar nicht. Das ist bestimmt was Frevelhaftes für die Moslems.«

Karls Augen leuchteten. »Das ist eine gute Idee. Wir machen ein richtiges Fest mit Baum und Braten und Bescherung.«

Mildred tippte sich an die Stirn. »Euch ist doch nicht zu helfen«, sagte sie tadelnd.

Adib freute sich, als Marie ihm von der Einladung erzählte. Und auch Nuria und Tahir waren begeistert. Sie bedankten sich für die Einladung, und Nuria bot an, bei den Vorbereitungen zu helfen, aber Marie ließ das nicht zu. »Ihr seid eingeladen und sollt es genießen und keine Arbeit haben«, sagte sie.

★

An Heiligabend war Mildred die Eifrigste bei den Vorbereitungen. Während Karl und Marie den Baum schmückten, beträufelte sie die Gans mit Fett und sang leise die Weihnachtslieder mit, die sich auf Karls Plattenspieler drehten.

Karl freute sich. An Weihnachten war ihm immer festlich zumute. Als ob das Leben in dieser Zeit veredelt wäre. Mit einer dünnen Goldschicht überzogen. Oder eher mit Marzipan. Das passte besser zu Weihnachten. Er kicherte.

Mildred hörte das Klingeln, wischte sich die Hände an der Schürze ab und eilte zur Tür. Marie war vor ihr da und begrüßte Adibs Familie. Sie half seiner Mutter aus dem Mantel und wuschelte Tahir durchs Haar. Karl schenkte allen einen Punsch ein, dann stießen sie an und betrachteten den Weihnachtsbaum, unter dem sich die Geschenke türmten.

Nach dem Kaffee machten sie Bescherung. Nuria und Mildred bekamen eine teure Feuchtigkeitscreme, Tahir einen iPod-Shuffle, auf den Marie bereits jede Menge Musik geladen hatte. Und Adib bekam von Karl ein Teleskop, das er ungläubig in den Händen drehte. »Danke vielmals«, wurde er nicht müde zu sagen. Karl freute sich, hatte er doch die richtige Idee gehabt, auch wenn Mildred mehrmals versucht hatte, sie ihm auszureden. »Das ist doch viel zu übertrieben«, hatte sie geschimpft. »Eine Tafel Schokolade reicht für den Jungen. Nachher erwartet der immer so teure Geschenke.« Aber Karl hatte abgewinkt. Er wollte Adib eine Freude machen.

Nach dem Essen saßen sie zusammen und erzählten. Entweder übersetzte Adib oder sie redeten mit Händen und Füßen. Nuria bestand darauf, dass man Deutsch mir ihr redete, nur nicht so schnell.

»Flucht schlimm«, sagte sie. »Immer Angst.«

»Ich war auch ein Vogel«, sagte Karl, woraufhin Adibs Mutter ihn ungläubig ansah.

»Ein Flüchtling«, sagte Marie schnell, die ahnte, was dieser gemeint hatte, und mittlerweile so etwas wie Karls Übersetzerin geworden war.

»Nach dem Zweiten Weltkrieg«, fuhr Karl fort. »Ich musste, genau wie Sie, meine Heimat verlassen.« Nuria verstand erst, als ihr Sohn ihr übersetzt hatte. »Aber das ist fast siebzig Jahre her. Und interessieren tut es kaum noch jemanden«, sagte Karl entschuldigend. »Aber wie ist es Ihnen denn ergangen? Adib hat mir erzählt, dass Sie aus Afghanistan wegmussten und wie Sie dann im Iran waren und in Istanbul. Und wie Ihr …« Karl biss sich gerade noch rechtzeitig auf die Zunge, fast hätte er Farids Tod erwähnt. »Vielleicht erzählen Sie mal, wie es Ihnen dann nach der Ankunft in Europa ergangen ist«, fuhr er fort.

Nuria fing an zu sprechen, während Adib die Erzählung seiner Mutter übersetzte.

Wie sie in Griechenland angekommen und in den Bergen wie die Ziegen herumgekrochen waren und wie sie auf dem Boden schlafen mussten. In der nächtlichen Kälte, zusammengedrängt wie Vieh. Dann war die Polizei gekommen, hatte die Flüchtlinge angeschrien, die Schlepper verprügelt und anschließend alle in ein Auffanglager verfrachtet.

»Überall Menschen«, übersetzte Adib. »Es gab keinen Platz. Alles war voll.« Sie waren mit Hunderten zusammengepfercht, mussten in stickigen Containern schlafen. »Keine Ruhe«, übersetzte Adib weiter. Nuria hielt sich die Ohren zu, um zu demonstrieren, wie sehr der Lärm sie gestört hatte.

»Und der Himmel war ganz grau«, übernahm Adib die Erzählung. »Ich habe die Sterne gesucht, sie waren nicht zu sehen. Ich dachte, sie schicken uns wieder zurück.«

Und auf einmal war für ihn alles wieder real: die Container, der Lärm, alles.

Eine Frau, eine Griechin, half ihnen. Sie besuchte die Familie, brachte etwas zu essen und warme Decken. Sie wohnte ganz in der Nähe des Lagers und ertrug es nicht, wie die Menschen dort behandelt wurden. Sie schrieb Briefe an die Behörden, beklagte sich über die Zustände dort und war den Offiziellen ein Stachel im Fleisch. Und plötzlich, am neunten Tag, wurden sie, ohne dass sie die Frau noch einmal wiedersahen und sich bedanken konnten, abgeholt und per Schiff nach Athen gebracht. Während der Überfahrt wurden sie seekrank und verbrachten die mehrstündige Fahrt an der Reling, wo sie in hohem Bogen das wenige Essen auskotzten und zusahen, wie sich die Möwen darum stritten.

Zwei Tage lagen sie im Hafen, ohne das Schiff verlassen zu dürfen. Sie hatten sich aufgegeben und wähnten ihre Flucht am Ende. Zusammen mit den anderen Flüchtlingen an Bord wankten sie wie Gespenster über das Oberdeck.

Schlimmer konnte es nicht kommen, dachte Adib und magerte noch mehr ab, was auch an der Pampe lag, die sich Essen nannte. Pampe mit Gemüse, Pampe mit fleischähnlicher Einlage, Pampe mit undefinierbarer Einlage. Jeder an Bord hatte Durchfall, und die Klos waren an manchen Tagen unter der ganzen Scheiße kaum noch zu erkennen.

Dann eines Morgens wurden ihnen die Pässe abgenommen, und alle mussten sich an Deck in einer Reihe aufstellen, streng nach Geschlechtern getrennt. Unten an der Mole warteten mehrere Polizeibusse. Adib und Tahir wurden in den einen verfrachtet, ihre Mutter in einen anderen.

»Mutter!«, rief Tahir immer wieder. Adib hatte Mühe, den Zehnjährigen zu bändigen. Tahir hämmerte wie besessen an die Scheibe. Auch auf den Plätzen rings um sie herum schlugen die Männer und Jungs gegen die Fenster und riefen nach ihren Angehörigen. Viele weinten. Niemand wusste, was als Nächstes passieren würde. Dann erschien eine Frau, begleitet von zwei Polizisten. Sie zeigte auf Tahir und sagte etwas auf Griechisch zu ihren Begleitern. Einer von ihnen sprach ein paar Brocken Arabisch.

»Du kommen mit«, sagte er. »Kinder woandershin.« Tahir klammerte sich an Adib, Adib klammerte sich an Tahir. Die Brüder wollten sich nicht loslassen. Die beiden Polizisten zerrten an je einem Jungen und rissen sie endlich auseinander. Noch andere Jungs wurden aus dem Bus gezerrt, weg von ihren Vätern, großen Brüdern, Onkeln.

Adib hörte noch lange Tahirs Geschrei wie ein fernes Echo.

»Sie bringen sie in ein Kinderheim«, sagte ein Mann zu ihm. »Ich habe das mit meinen Kindern schon erlebt.«

»Und wo bringen sie uns hin?«, fragte Adib.

Der Mann machte eine wegwerfende Handbewegung. »Gefängnis«, sagte er nur.

Der Bus brachte sie aus der Stadt hinaus, wo sich inmitten der kargen Landschaft das Gefängnis befand. Es stand hinter hohen Mauern, die mit Stacheldraht gekrönt waren. Als das große Metalltor rumpelnd zurückfuhr, um sie einzulassen, sah Adib wild zusammengewürfelte Betonblöcke, von denen jeder anders aussah. Manche hatten tiefe Einschnitte in ihren Wänden wie Narben, andere Ausbuchtungen wie eitrige Furunkel. Einer hatte eine Art Betonbarett schief aufs Dach gesetzt bekommen, das fast bis zum Boden reichte und die Fenster halb verdeckte. Wie ein wahnsinniger Säufer, der sich seine Mütze über die Augen gezogen hatte, dachte Adib.

Zwischen den Betonblöcken gab es sanfte grasbewachsene Hügel, die aus dem Boden ragten und an Buckelwale erinnerten, die gerade auf Tauchgang gingen. Schmale Backsteinwege durchzogen das Gelände wie steinerne Bäche. Die gesamte Anlage wirkte, als hätte ein irrer Architekt sie in einem Fiebertraum entworfen.

Adib fühlte sich an einen Science-Fiction-Film erinnert, wo in einer Fabrik Menschenversuche durchgeführt wurden. Genauso sah das Gefängnis aus.

Sie mussten aussteigen, und Adib hielt sich an seinen neuen Bekannten, der sich ihm als Kassim aus dem Iran vorgestellt hatte.

Häftlinge in grünen Overalls sahen den Neuankömmlingen entgegen. »Das sind schlechte Menschen«, sagte Kassim. »Räuber, Mörder, Vergewaltiger. Halt dich von ihnen fern.« Einer der Häftlinge leckte sich über die Oberlippe, als Adib zu ihm hinsah.

Kassim und Adib mussten sich eine Zelle mit dreißig anderen teilen. Sie lagerten dicht an dicht, man konnte sich kaum umdrehen, ohne den Nebenmann zu berühren.

Adib und Kassim erzählten sich gegenseitig ihre Geschichte. Kassim versuchte bereits zum zweiten Mal nach Europa zu kommen. Er hatte einen Bruder in London, der wie er Journalist war. Dort wollte er hin. Beim ersten Mal hatte er seine Familie dabeigehabt, doch sie waren aufgeflogen mit ihren gefälschten Pässen. Diesmal probierte er es allein. Kassim war in Griechenland das Geld ausgegangen, woraufhin er bei einem Bauern gearbeitet hatte. Da hatten sie ihn erwischt. »Ich habe den Fehler gemacht, in ein Internet-Café zu gehen. Ich wollte meiner Familie mailen. Dummerweise gingen da die meisten Illegalen hin, das wusste die Polizei natürlich auch und hat regelmäßig Razzien gemacht. Und ausgerechnet an dem Tag, an dem ich da sitze und schreibe. Das war Pech«, schloss er.

»Und jetzt?«, fragte Adib.

»Tja, man weiß nie, was passiert. Entweder schicken sie uns

zurück oder sie lassen uns irgendwann frei oder ...« Er zuckte mit den Achseln. »Ich weiß auch nicht.«

Adib machte sich auf eine lange Wartezeit gefasst.

Tagsüber gab es nichts zu tun. Viele spielten Karten, unterhielten sich oder schliefen. Hin und wieder kamen Polizisten und nahmen einen von den Männern mit. Nach ein paar Stunden tauchten sie zerschlagen wieder auf.

Einmal die Woche durften sie raus in den Hof, um gemeinsam mit den anderen Flüchtlingen Ball zu spielen. Sie spielten abwechselnd Fußball oder Basketball. Währenddessen waren die normalen Häftlinge weggeschlossen und sahen ihnen von den Fenstern aus zu. Manche riefen etwas, aber die Flüchtlinge verstanden nichts, also gingen sie auch nicht darauf ein.

Hin und wieder holten Wärter Adib zu einem Gespräch mit der Einwanderungspolizei ab.

»Auf welcher Route seid ihr hierhergekommen?«, wollte der Beamte wissen, oder auch: »Wie heißen die Schlepper?« Adib stellte sich dumm.

»Das hat mein großer Bruder organisiert«, sagte er zu dem Übersetzer, der es sogleich dem Beamten übermittelte. Als er seinen Bruder erwähnte, kamen ihm die Tränen. Der Beamte unterbrach die Befragung und brachte ihm eine Cola. »Keine Angst, dir passiert nichts«, sagte er sanft.

Adib hätte dem Mann am liebsten sein Herz ausgeschüttet und ihm erzählt, was er hören wollte, aber er erinnerte sich an die Worte der Schlepper: »Sagt so wenig wie möglich. Erzählt keine Einzelheiten.«

Die Freundlichkeit des Mannes war nicht gespielt, das merkte Adib. Er sah den Ehering an seinem Finger. Bestimmt hatte er auch Kinder und bestimmt fiel ihm sein Job nicht leicht.

Zurück in seiner Zelle, erzählte er Kassim von dem Gespräch.

»Das hast du richtig gemacht«, sagte dieser. »Du hast ihn nicht belogen«, fügte er hinzu, als er bemerkte, dass Adib ein schlechtes Gewissen hatte. »Du musst das wie ein Theaterstück betrachten. Du spielst eine Rolle. Genau wie der Beamte. Der hat in Wirklichkeit sicherlich ganz andere Sorgen, aber er muss so tun, als gäbe es in diesem Moment nichts Wichtigeres für ihn, als einen fünfzehnjährigen Afghanen zu löchern, wie er ins Land gekommen ist. Das ist sein Text. Der würde bestimmt lieber am Strand liegen oder ein Fußballspiel gucken. Vielleicht ist auch seine Tochter krank oder er kann die Raten für sein Haus nicht abbezahlen. Aber er muss dich befragen. Jeder hat seine Rolle. Es kommt nur darauf an, dass du deine beherrschst. So ist das im Leben. Man macht sich gegenseitig was vor. Das hat nichts mit Betrug zu tun.«

Adib nickte. Er glaubte, eine wichtige Lektion gelernt zu haben.

★

Nach einem Monat entließen sie ihn. Seine Mutter war in Hungerstreik getreten und hatte gedroht, eher zu sterben, als ihre Söhne und ihre Freiheit aufzugeben. Eine tote afghanische Mutter wäre schlechte Presse für die griechische Regierung, und das wollte keiner riskieren. So führten sie die drei in einem Büro der Einwanderungspolizei wieder zusammen, sie bekamen ihre Pässe zurück, befristete Aufenthaltsgenehmigungen, dann durften sie gehen.

Sie riefen sofort die Schlepper-Hotline an. Eine weibliche Stimme teilte ihnen in sachlichem Tonfall mit, sie sollten sich nach achtzehn Uhr am Attikiplatz einfinden. Dort werde man sie abholen.

Die drei umarmten sich und versicherten sich gegenseitig,

dass alles gut gehen würde. Dann suchten sie eine Moschee, um für Farid zu beten. »Vielleicht lebt er ja noch«, sagte Tahir. Seine Mutter schluckte die Tränen runter und strich ihrem Jüngsten über das Haar.

Sie hatten Hunger und kein Geld. Tahir und Adib stellten sich zum Betteln vor ein Kaufhaus. Ihre Mutter, der das peinlich war, wartete ein Stück abseits und beobachtete die beiden. Nach etwa einer Stunde hatten sie ein paar Euro zusammen. Mit dem Geld kauften sie Käse, Wasser und Brot und setzten sich in einen Park, wo sie auf einer Wiese picknickten. Um sie herum waren Menschen, die dösten, lasen, aßen, sich unterhielten, Ball spielten. Die drei fühlten sich für einen kurzen Moment als Teil einer normalen Welt.

Wie verabredet, tauchten sie nach achtzehn Uhr am Attikiplatz auf und waren entsetzt. »Was machen die hier?«, fragte Adib. Der Platz war voller Flüchtlinge, und viele waren, wie sie an der Sprache erkannten, Afghanen. Sie erkundigten sich bei einer Frau mit einem kleinen Kind auf dem Arm.

»Wir warten«, sagte sie.

»Worauf?«, wollte Adibs Mutter wissen.

Die Frau sah in den Himmel, als würde von dort die Antwort kommen. »Auf Hilfe.«

»Auf Hilfe?«, wiederholte Adibs Mutter. Sie verstand nicht, was die Frau meinte.

»Um hier wegzukommen«, sagte die Frau.

»Und warum tut ihr es nicht?«

Die Frau lachte tonlos. Es klang wie die schlechte Imitation eines Lachens. »Das werdet ihr bald herausfinden.«

»Wir werden nicht lange genug hierbleiben«, sagte Nuria.

Die Frau äffte wieder ein Lachen nach. »Doch«, sagte sie und wandte sich ab.

Kopfschüttelnd sahen sie sich um. Die Flüchtlinge standen oder saßen in kleinen Gruppen beieinander. Manche hatten verschwörerisch die Köpfe zusammengesteckt. Andere taten, als ginge das alles um sie herum sie nichts an. Auf Adib wirkte die Szenerie wie eine Bühne, auf der ein Stück lief, dessen Sinn er noch nicht erkannt hatte.

Nach etwa einer Stunde tauchte ein Mann auf und steuerte zielstrebig auf Adib und seine Familie zu. Er stellte sich als Ramos vor.

»Woran hast du uns erkannt?«, fragte Adibs Mutter. Ramos lachte.

»Ihr seid die einzigen neuen Gesichter hier.«

Ramos brachte sie zu einem baufälligen Haus am Rande Athens, das mit Flüchtlingen überfüllt war. Wasser gab es nicht.

»Hier bleibt ihr erst mal«, sagte er.

»Und wie geht es weiter? Wann fahren wir?«

Ramos machte eine vage Bewegung mit der Hand. »Das ist nicht so einfach. Wir müssen das alles erst organisieren. Ein paar Tage, länger nicht.«

Adib hätte Ramos am liebsten am Kragen gepackt und angeschrien. Er wollte aus Griechenland weg. Je eher, desto besser. Dieser aalglatte Schlepper hielt sie hin, das war doch ganz klar. Seine Mutter wies ihn mit einem strengen Blick in seine Grenzen.

»Ihr bekommt bald Bescheid«, sagte Ramos, bevor er sie verließ.

Sie teilten sich ein Zimmer mit einer somalischen Familie mit drei kleinen Kindern. Eines der Kinder hatten die Somalier unterwegs aufgelesen. Es hatte vier Tage lang neben seiner toten Mutter unter einem Busch gehockt und darauf gewartet, dass sie wieder aufstehen würde.

Adib und seine Familie verständigten sich mit Händen und

Füßen mit den Somaliern. Wenn sie es richtig verstanden hatten, dann warteten diese seit sechs Monaten darauf weiterzukommen.

Adib schluckte. Er hatte nicht vor, so lange in Griechenland festzusitzen. Aber leider lag das nicht in seiner Hand.

★

Ihre Tage verbrachten sie überwiegend auf dem Attikiplatz. Dort traf man Leute, die wiederum andere Leute kannten, die Leute kannten, die etwas aus der Heimat wussten. Sie begegneten einem entfernten Cousin des Vaters, der ebenfalls wie Treibgut in Athen gestrandet war. Er war abgemagert und hatte wenig Hoffnung, bald wegzukommen. »Man dreht sich im Kreis«, sagte er. Für einen Moment überlegten sie, aufzugeben und nach Afghanistan zurückzukehren, aber was hätten sie damit gewonnen?

Sie hielten sich möglichst kurz in dem Haus auf und gingen lieber zum Attikiplatz. Dort wurden sie von ihren trüben Gedanken abgelenkt. Tahir hatte sich mit ein paar Jungs in seinem Alter angefreundet. Adibs Mutter tauschte sich mit den anderen Frauen aus.

Wie unter einem Brennglas hatten sich die Flüchtlinge auf dem Platz ihre eigene Welt gebaut. Eine Welt mit komplizierten Regeln, die man studieren musste, um sie zu kapieren. Adib gab sich Mühe, und nach kurzer Zeit hatte er ein paar Regeln verstanden. »Essen gibt es in der Kirche hier um die Ecke«, teilte er seiner Mutter und seinem Bruder mit. »Und duschen kann man in einer Sporthalle da hinten.«

Außerdem erfuhr er, dass es ratsam sei, Mülltonnen zu plündern, weil man hin und wieder Sachen fände, die man auf dem

Nachtmarkt verkaufen könne. Adib und Tahir probierten das gleich aus. Sie fanden einen alten CD-Spieler, einen Spiegel und eine Kiste mit Büchern. Das alles brachte ihnen auf dem Markt sieben Euro ein.

Als Adib an einem Tag länger auf dem Platz blieb als seine Mutter und Tahir, tauchten plötzlich Polizisten auf. Die Jungen, mit denen Adib gerade noch gesprochen hatte, liefen in alle Himmelsrichtungen davon. Nur er blieb wie festgewachsen stehen, er hatte schließlich nichts angestellt. Er konnte ja nicht ahnen, dass der Polizist ihn anschreien, ihm die Arme auf den Rücken drehen und anschließend mit aufs Revier nehmen würde.

19

Marie faltete gerade Karls Wäsche zusammen, als sie einen Aufschrei aus dem Wohnzimmer hörte. Ihr Herz raste, und sie stürzte hinüber, in der Angst, Karl zusammengebrochen zu finden. Doch er saß am Tisch und grinste sie fröhlich an, wobei er mit dem Zeigefinger auf eine Stelle in der aufgeschlagenen Zeitschrift klopfte, die vor ihm lag. »Sieh dir das an«, sagte er triumphierend. »Unglaublich.« Das rhythmische Klopfen ging weiter. Für Marie klang es, als würde Karl morsen. Sie atmete tief durch. »Bist du verrückt, so zu schreien? Ich dachte, es wäre sonst was passiert.«

»Hier«, sagte Karl und schob ihr eine Zeitschrift hin. Marie las die Überschrift: *Sind Wurmlöcher den Tunneln bei Todeserfahrungen vergleichbar?*

Marie sah ihn ungläubig an. Sie hatte etwas erwartet wie: *Medizinischer Durchbruch bei Schlaganfällen* oder *Formel für den Weltfrieden entdeckt.*

»Toll, ganz toll«, murmelte sie.

»Aber verstehst du nicht?«, fragte er entgeistert. »Wenn diese Tunnel Übergänge in eine andere Dimension wären, dann würden wir da weiterleben. Dann würde ich da Emmi treffen. Dann wäre es nicht zu Ende. Dann hätte alles einen Sinn.«

»Ach Karl«, sagte Marie.

»Ich habe nicht den Verstand verloren«, verteidigte er sich. »Und ich habe auch keine Angst vor dem Tod.« Er richtete sich auf seinem Stuhl auf. »Aber ich habe Angst, dass alles umsonst war. Und dass man die Menschen, die man geliebt hat, nie wieder trifft.« Er sank wieder zurück. »Dass wir nur Zufälle sind, die wie Krill in der kosmischen Suppe schwimmen.«

Marie warf ihm einen sichtlich besorgten Blick zu.

Karl kannte diesen Blick. Auch von Mildred und den Pflegern. So einen sorgenden, fragenden Blick, als hätte er den Verstand verloren. Als hätte der Schlaganfall nicht nur die Wörter im Kopf durcheinandergewürfelt, sondern auch so eine Art Kurzschluss im Gehirn ausgelöst und das logische Denken beschädigt.

Zum Glück gab es noch Adib. Der hatte genug Fantasie, solche Dinge nicht von Anfang an als Unsinn abzutun.

Adib saß frustriert im Büro der Heimleiterin, die ihren Schal wie einen Turban um den Kopf geschlungen hatte. Die Anhörung von Adib und seiner Familie war verschoben worden. Den Grund dafür hatte man ihnen nicht genannt.

Nuria hatte sich daraufhin aufs Bett gelegt und an die Decke gestarrt. Sie sei müde, hatte sie gesagt, was nichts anderes hieß, als dass sie in Ruhe gelassen werden wollte. So blieb es Adib überlassen nachzuhaken.

»Wieso?«, fragte er die Heimleiterin. »Warum dauert das so lange?«

Die Heimleiterin seufzte. »Bürokratie!« Als Adib nicht gleich verstand, hob sie zu einer ausufernden Erklärung über das Wesen der deutschen Bürokratie, die Asylpolitik im Allgemeinen und die Mentalität der deutschen Beamten an. Und immer wieder ließ sie ihre eigene schwierige Lage als Heimleiterin einfließen, die zwischen allen Seiten zu vermitteln habe.

Adib sah während dieses Monologs aus dem Fenster. Die kahlen Bäume vor dem Container sahen aus wie hingeschmiert. Als ob ein lustloser Gott ein bisschen herumgepfuscht hätte. Überhaupt sah alles so lieblos aus. Nicht nur die Bäume, auch die Häuser, selbst die Menschen. Jetzt im Winter steckten alle in sackartigen Mänteln und hatten die Gesichter gegen die Kälte vermummt.

Die Realität zermürbte ihn. Was tat er hier eigentlich? Er erinnerte sich an Kassims Worte, dass man seine Rolle kennen müsse, um durchs Leben zu kommen. Aber er war kein Schauspieler. Er war Adib, ein Mensch aus Fleisch und Blut. Das Leben war echt, auch wenn es um ihn herum gerade so aussah, als sei alles bloß Kulisse. Diese Container, die so taten, als seien sie Häuser. Die Sozialarbeiterin, die so tat, als würde sie ihn verstehen. Er, Adib, verstand überhaupt nichts.

Er verließ das Büro frustrierter, als er es betreten hatte. Adib konnte die Enge im Heim nicht mehr ertragen. Hunderte Menschen, die sich ein paar Duschen und Toiletten teilten. Die ständigen Streitereien zwischen den einzelnen Volksgruppen. Kein Raum für sich selbst.

Adibs Mutter lag noch immer auf dem Bett. Im Zimmer war es dunkel, die zerschlissenen Gardinen ließen nur wenig Licht herein. Adib erzählte seiner Mutter von dem Gespräch mit der Heimleiterin, doch sie hörte nur halb zu.

Adib ging ins Nebenzimmer und packte seine Sachen. Er war mit Marie verabredet. Sie wollten ins Kino gehen. Marie hatte einen Actionfilm vorgeschlagen, Adib wollte eine Komödie sehen. Also einigten sie sich auf eine Actionkomödie.

Marie wartete bereits vor dem Kino auf ihn. Sie holten sich Popcorn und setzten sich in den Saal. Während die Werbung lief, erzählte Marie ihm von Karls verrückten Ideen. »Er denkt tatsächlich, er könnte dann in einer anderen Dimension weiterleben. So ein Quatsch.«

»Warum Quatsch?«, wollte Adib wissen. »Jeder stirbt anders. Vielleicht ist auch der Tod dann anders. Und jeder lebt weiter.« Marie sah ihn prüfend an. »Spinnst du jetzt auch?«, fragte sie. Adib lachte.

»Er ist ein alter Mann«, sagte er. »Alte Männer können die Zukunft sehen.« Jetzt lachte Marie.

»Karl findet manchmal nicht mal seine Socken. Wie soll er da in die Zukunft sehen können?«

20

Karl ging langsam und tastend durch die Spandauer Altstadt. Das Pflaster war glatt und das Streugut bereits von einer neuen Eisschicht überlagert. Der Himmel sah ungeheuer grau und deprimierend aus und bald würde es wieder schneien. An Tagen wie diesen spürte Karl mit jeder Faser den unaufhaltsamen Verfall seines Körpers.

Er war aus der Wohnung geflüchtet, um allein zu sein. Ständig war jemand da, der an ihm zerrte und etwas von ihm wollte. Entweder war es Marie, die ihn zur Krankengymnastik überreden wollte – in Gedanken nannte Karl sie manchmal Schwester Marie –, oder Mildred war da mit ihrem selbst gekochten Eintopf. Dabei konnte er Eintopf nicht ausstehen.

Er dachte an Adib. Den Jungen kennengelernt zu haben, empfand Karl als großes Glück. Mit Adib konnte er sich über die Sterne unterhalten, und vor allem war da diese unsichtbare Kette, die sie miteinander verband. Geschmiedet aus den Erfahrungen der Vertreibung, der Flucht, der Angst, der Ungewissheit, des Hungers, des Ausgeliefertseins, der Ohnmacht und des Todes. Adib verstand ihn und er verstand Adib. Marie und auch Mildred konnten nicht nachvollziehen, was es hieß, aus dem gewohnten Leben gerissen zu werden, alles zu verlieren. Keine Sicherheit mehr zu haben, wie ein umherdriftender, sterbender Stern dem Schicksal ausgeliefert zu sein.

Am Himmel zog gerade eine besonders dunkle und bedrohlich aussehende Wolke über Karl hinweg. Karl nannte sie in Gedanken Waschek. Wie er darauf kam, vermochte er nicht zu sagen, vielleicht weil die Wolke die entfernte Form eines Wolfes hatte.

Und genau das war Waschek gewesen. Ein Wolf! Ein Raubtier, das hinter einer menschlichen Fassade gelauert hatte.

Karl schüttelte sich, als könnte er dadurch den Gedanken an Waschek vertreiben. Aber der war hartnäckig und hatte sich festgebissen. Karl sah ihn vor sich, wie er mit kalten, harten Augen in der Gegend umherspähte, auf der Suche nach einer Gelegenheit, die er zu seinem Vorteil nutzen konnte.

Karl erinnerte sich, wie Wilhelm ihn und Waschek aufs Feld geführt hatte, damit sie es von Unrat befreiten. Das Land hatte während des Krieges brachgelegen, Panzer und Soldaten waren darüber hinweggezogen und hatten jede Menge Steine, Metall, Stiefel, Uniformreste und Menschenknochen in die Erde gepflügt.

Sie schufteten wie die Blöden, anfangs noch unter Wilhelms argwöhnischen Blicken, doch nach ein paar Stunden verschwand er. Zu den Tieren, wie er sagte.

Sobald sie allein waren, überließ Waschek Karl die Arbeit.

»Du hast uns das eingebrockt«, sagte er, wenn Karl sich beschwerte. »Ich wollte nur etwas zu essen besorgen, aber du musstest ja gleich nach Arbeit fragen. Jetzt hast du welche, sieh zu, wie du damit fertig wirst.«

Wenn Karl ihn dann mit einem zweifelnden Blick ansah,

wurde Waschek laut: »Glaubst du vielleicht, ich will wegen dir Rotznase meine Gesundheit ruinieren?« Karl zuckte dann nur mit den Schultern und las weiter Steine und anderes auf, das er in die Schubkarre warf.

Einmal fand Karl eine Tokarev-Pistole mit nur einer Griffschale auf dem Acker. Waschek war außer sich. »Schmeiß sie weg. Wenn uns jemand damit erwischt, sind wir dran.« Er riss sie Karl aus der Hand, ließ sich auf die Knie fallen und buddelte wie ein Wahnsinniger ein Loch in den Boden. »Wir verstecken sie.« Der Schweiß stand ihm auf der Stirn, als er die Erde endlich über die Pistole schob.

Als Waschek nicht darauf achtete, holte Karl die Waffe wieder hervor und versteckte sie in seinem Hosenbund. Wer weiß, wozu er die noch mal brauchen konnte, dachte sich Karl.

Abends fielen sie müde in ihre Betten, wo sie in einen todesähnlichen Schlaf fielen. Martha versorgte sie mit guter Hausmannskost, von der sie Karl augenzwinkernd immer etwas mehr zukommen ließ, sehr zum Missfallen Wilhelms. Und auch Waschek platzte dabei jedes Mal der Kragen. Karl sah ihm an, wie schwer es ihm fiel, den Stummen zu spielen. Einmal räusperte er sich, so, als würde er gleich zum Sprechen ansetzen. Karl sah ihn entsetzt an und auch Martha und Wilhelm waren überrascht. Doch Waschek beließ es bei einem Räuspern und zeigte auf seinen Hals. »Sie armer, armer Mann«, sagte Martha.

Manchmal zog Waschek los, sobald Wilhelm sie abgesetzt hatte. »Sie haben irgendwo ein geheimes Depot«, sagte er. »Da bunkern sie was. Ich habe sie genau beobachtet. Wenn sie sich unbemerkt fühlen, schleppen sie Kisten ins Haus. Ich kenne diese verschlagenen Bauern. Die tun immer freundlich, aber hintenrum, da sind sie niederträchtig und hinterhältig.«

Haus und Ställe hatte Waschek schon durchsucht, und ein paar Mal war er Wilhelm gefolgt, als dieser sich in die Büsche schlug. »Der war nur scheißen«, sagte Waschek dann enttäuscht. Karl verstand überhaupt nicht, was Waschek mit seiner Sucherei bezweckte. Aber wenn er ihn fragte, hieß es nur: »Stell keine Fragen, deren Antworten du sowieso nicht verstehen würdest.« Wenn Waschek so mit ihm sprach, fühlte Karl, wie die Wut in ihm hochstieg, wie das Quecksilber in einem Thermometer, unter das man eine Flamme hielt.

»Und wenn Sie was finden, was dann?«, fragte Karl Waschek, als sie eines Abends im Hof unter der Platane Kartoffeln schälten.

»Das lass meine Sorge sein, Junge. Das sind Erwachsenenüberlegungen. Da bist du noch zu dumm für. Das Denken überlässt du besser mir. Ich habe schließlich die Verantwortung über dich. Ich habe es deiner Mutter in die Hand versprechen müssen, dass ich auf dich achtgebe. Die arme Frau ist ja völlig überfordert mit so einem Jungen wie dir. Da kann ich verstehen, dass sie gesundheitlich leidet.«

Karl wollte gerade etwas erwidern, als Martha dazukam. Waschek schnappte sich schnell eine Kartoffel und kratzte daran herum. »Na, läuft's?«, wollte Martha wissen und sah in den Himmel, wo eine schwere, dunkle Wolke hing. »Wird wohl Regen geben heute.« Waschek unterbrach sein Gekratze und sah ebenfalls nach oben. Er schüttelte den Kopf. »Nein, meinen Sie nicht?«, sagte Martha verwundert. Waschek schüttelte erneut den Kopf.

»Er war Wandervogel, müssen Sie wissen, und so was wie der Wetterfrosch seiner Gruppe. So haben sie ihn übrigens auch genannt.« Waschek knurrte. Ob zustimmend oder ablehnend, war nicht zu erkennen.

»Wenn also mein Vater« – beim Aussprechen dieses Wortes hätte Karl am liebsten ausgespuckt – »sagt, dass es nicht regnet, stimmt das auch.«

»Na ja, wir werden sehen«, sagte Martha, sah noch einmal in den Himmel und verschwand wieder im Haus.

»Du niederträchtiges Aas«, flüsterte Waschek.

»Was denn?«, flüsterte Karl zurück. »Ich wollte Sie doch nur in einem guten Licht dastehen lassen.« Waschek sah ihn an, als würde er ihn am liebsten erwürgen. Karl verkniff sich ein Grinsen.

Als sie am nächsten Morgen nach einem schweren nächtlichen Gewitter erwachten und in die Küche runterkamen, begrüßte Wilhelm Waschek mit den Worten: »Guten Morgen, Wetterfrosch. Wenn der Führer noch leben würde, würde er dich bestimmt zum obersten Reichswetterwahrsager machen.«

Karl kicherte und fing sich daraufhin einen bösen Blick von Waschek ein.

»Heute gehen wir in den Wald Holz schlagen«, sagte Wilhelm.

Gleich nach dem Frühstück zogen sie los. Wilhelm fuhr den Trecker, Waschek und Karl hielten sich an den wackeligen Seitenwänden des Anhängers fest, auf dessen Ladefläche sie hockten. Sie hoppelten über einen Feldweg, bis sie am Waldrand hielten. »Ich schlage das Holz, und ihr sortiert dann die Stämme nach Größe, bevor ihr sie aufladen tut.«

Waschek salutierte albern. Karl nickte, während Wilhelm sich das schwere Beil schnappte und ihnen vorausging.

Karl stellte sich vor, er wäre in seiner Heimatstadt Waldenburg. Dort hatte er oft mit seinen Freunden in den umliegenden Wäldern gespielt. Ganz zu Anfang, als sie noch jünger waren, hatten sie Indianer gespielt, später dann Krieg. Partisanenkampf. Einige spielten die Russen, die mit dicken Ästen als Waffen durch die Wälder keuchten, während die deutschen Partisanen hinter den Baumstämmen lauerten. Karls Beine wurden immer schwerer, als er hinter den beiden Männern herging. Er sah Wascheks Glatze, die hin und wieder, sobald ein Sonnenstrahl durch die

Baumkronen drang, wie eine Lichtreklame grell aufleuchtete. Am liebsten hätte er Waschek einen dicken Ast über den Kopf gezogen, aber das würde ihn auch nicht zurück zu Hannah und Mutter bringen.

»Da!«, sagte Wilhelm, wobei er den Beilstiel wie einen Zeigestock benutzte. »Die zwei jungen Bäume da drüben haue ich um. Ihr müsst aufpassen. Man darf hier kein Holz ohne Genehmigung schlagen.« Karl und Waschek stellten sich auf und hielten Wache. Stundenlang hörten sie das Tock, Tock, Tock von Wilhelms Axt. Als würde ein riesiger Specht ein Loch in einen Baum schlagen.

»Ihr macht die Äste ab«, verkündete Wilhelm, als die geschlagenen Stämme vor ihnen lagen. »Ich komme gleich wieder.« Er drückte Waschek das Beil in die Hand und gab Karl eine kleine Handsäge, bevor er zwischen den Bäumen verschwand. Als er außer Sichtweite war, sagte Waschek: »Du nimmst jetzt das Beil und haust feste drauf, dann merkt er nichts.«

»Was?«, fragte Karl, der nicht verstand, was Waschek von ihm wollte.

»Ich gehe ihm hinterher.«

»Lassen Sie doch diesen Unsinn«, rief Karl, doch Waschek war bereits verschwunden.

Karl nahm das Beil, das schwerer war, als er gedacht hatte, und hieb ein paar Äste ab, wobei er sich beinahe in den Fuß hackte.

»Ich hatte recht«, rief Waschek triumphierend, als er zehn Minuten später wieder auftauchte. »Er hat eine Kiste auf dem Anhänger unter den Putzlumpen versteckt. Er hat ein geheimes Depot im Wald. Da hat er Essen vergraben. Ich hab's mir angesehen. Würste, Schinken, Eingemachtes, Käse. Das reinste Schlaraffenland.«

»Und wenn schon«, sagte Karl. » Das geht uns nichts an.«

»Und ob«, sagte Waschek. »Wir holen uns unseren Anteil und

dann nichts wie zu unseren Familien. Kapierst du nicht? Wir kriegen hier nur das Essen für unsere Arbeit. Aber was ist mit unseren Familien? Deine Mutter und deine Schwester haben Hunger. Und denk an meine kleinen Mädchen. Hast du kein Herz? Mit den Vorräten können wir eine Weile überleben. Wir machen unsere Rucksäcke voll und hauen ab.«

»Da mache ich nicht mit«, sagte Karl trotzig.

»Dann verreck doch«, schleuderte ihm Waschek entgegen. »Du verstehst mal wieder rein gar nichts, Junge.« Waschek klopfte ihm mit der Faust an die Stirn. »Heutzutage muss man klug sein. In dieser Welt wird dir nichts geschenkt. Wer bereitet dem Raben die Speise, wenn seine Jungen zu Gott rufen und irre fliegen, weil sie nichts zu essen haben.« Als Karl ihn ungläubig ansah, sagte Waschek: »Hiob, Kapitel 38, Vers 22.« Dann nickte er selbstzufrieden, als wäre damit alles erklärt.

»Sie sind aber kein Rabe«, sagte Karl böse. »Sie sind ein Mensch … oder eher ein Wolf.«

»Halt den Mund, sonst ...« Waschek hob drohend die Hand, ließ sie aber gleich wieder sinken, weil Wilhelm zurückkam.

Sie zogen die Stämme bis zum Wagen und luden sie auf, bevor sie im Abendlicht zum Hof zurückrumpelten.

»Heut Nacht, wenn die Bauern schlafen, ziehen wir los«, flüsterte Waschek, als sie in ihren Betten lagen. »Wir laden unsere Rucksäcke voll und dann nichts wie ab nach Leipzig.«

»Ich bin kein Dieb«, sagte Karl leise.

»Wie meinst du das, Junge?«, fragte Waschek empört und richtete sich auf. »Willst du mich etwa als Dieb bezeichnen?«

Karl hätte am liebsten Ja geschrien, doch stattdessen sagte er: »Diese Leute haben uns aufgenommen. Wir können ihnen nicht ihr Eigentum wegnehmen.«

»Pff«, schnaubte Waschek. »Die haben garantiert irgendwo noch mehr versteckt.«

»Das geht uns nichts an«, sagte Karl mit Nachdruck.

»Junge, sei nicht dumm«, beschwor ihn Waschek. »Wenn wir uns das nicht holen, dann tut es ein anderer. Die werden das schon verkraften.«

»Ich nehme den Leuten nichts weg«, sagte Karl trotzig.

»Ich hatte gedacht, du wirst langsam zum Mann. Jetzt muss ich feststellen, dass du immer noch ein Kind bist. Also werde ich dich auch wie eines behandeln«, entgegnete Waschek.

»Sie können mich mal«, nuschelte Karl.

»Was hast du gesagt?«

»Nichts«, sagte Karl.

»Dann ziehe ich eben allein los. Aber glaub nicht, dass ich mit dir teile. Du kannst deiner Mutter und deiner Schwester dann erklären, warum sie nichts zu essen bekommen.«

Karl schwieg. Jedes Wort hätte es noch schlimmer gemacht. Doch Waschek ließ nicht locker.

»Dein Vater, Gott hab ihn selig, würde sich für deine Feigheit schämen. Der hätte nicht gezögert, wenn es um die Familie ging.«

»Ich bin nicht feige«, fuhr Karl auf und sprang aus dem Bett.

»Oh, jetzt erwacht der Held in dir, was?«, sagte Waschek spöttisch. »Dein bisschen Mut hättest du zur Verteidigung deiner Heimatstadt aufbringen sollen. Der Volkssturm hätte jede wehrhafte Hand gebraucht. Aber du hast ja lieber zu Hause gesessen und mit Puppen gespielt.«

»Meine Mutter hat mich nicht gelassen«, sagte Karl und ärgerte sich im gleichen Moment, weil er Waschek Munition lieferte.

»Oh, die Mutti ist schuld«, sagte dieser auch prompt.

Karl gab sich einen Ruck und stieg aus dem Bett. »Jetzt kommen Sie schon«, sagte er und schnappte sich seine Hose. »Wir wollen das hinter uns bringen.«

»Was der Gottlose fürchtet, das wird ihm begegnen; und was

die Gerechten begehren, wird ihnen gegeben«, sagte Waschek, während er sich ebenfalls anzog.

Sie schlichen sich aus dem Haus, über den Feldweg, bis zu Wilhelms Depot. »Habe ich es dir nicht gesagt?«, rief Waschek stolz und hielt ein Glas mit eingeweckten Kirschen hoch. »Und hier sind Salzgurken«, sagte er und reichte Karl ein Einmachglas. Sie packten ihre Rucksäcke voll und luden sich die schwere Fracht auf die Rücken.

»Still!«, sagte Waschek plötzlich.

»Angst?«, fragte Karl.

»Halt den Mund, Junge.«

Jetzt hörte Karl es ebenfalls: Jemand kam durch den Wald auf sie zugelaufen.

»Los!«, sagte Waschek und schubste Karl vorwärts. »Lauf!«

»Stehen bleiben oder ich schieße«, rief eine Stimme. Sie blieben wie festgefroren stehen. Ein grelles Licht blendete sie und leuchtete ihnen abwechselnd in die Gesichter. »Habe ich es doch gewusst. Ich habe ihnen von Anfang an nicht getraut. Aber du wusstest es ja wieder mal besser.«

»Der Junge sah so nett aus«, sagte eine weibliche Stimme. Karl konnte die doppelläufige Schrotflinte erkennen, die auf sie gerichtet war.

»Ihr werdet jetzt mitkommen und dann …«, sagte Wilhelm und ließ den Rest des Satzes offen.

»Ich habe nichts damit zu tun«, sagte Waschek. Er hatte die Hände gehoben. Im Schein der Lampe erinnerte er Karl an ein aufgeschrecktes Tier.

»Der kann ja reden«, sagte Martha empört. »So ein Strolch.«

»Das haben die von Anfang an geplant«, sagte Wilhelm.

»Ich kenne diesen Jungen kaum«, flehte Waschek. »Es war seine Idee.« Er nickte in Karls Richtung. »Ich habe ihn beschworen, von seinem gottlosen Tun abzulassen, aber er wollte nicht hören. Dieser Junge ist des Teufels. Verroht, wie so viele in seinem Alter. Die kennen keine Zucht und Ordnung mehr und kein Vaterland.« Er wandte sich direkt an Wilhelm. »Wir Männer sind doch ganz anders aufgewachsen. Wir haben unsere Väter geehrt, unsere Traditionen. Ich weiß, wie schwer es heutzutage ist, sein Hab und Gut zu schützen. Alles ist auf den Kopf gestellt. Die Jugend heute kennt weder Gott noch Gesetz.«

»Maul halten«, sagte Wilhelm drohend. Er war von Waschecks Redeschwall sichtlich überfordert und hob den Gewehrlauf, den er zwischenzeitlich gesenkt hatte. »Das könnt ihr dem Russen erzählen. Mit Plünderern wie euch machen die kurzen Prozess.«

»Lassen Sie mich laufen«, flehte Waschek. »Ich habe Kinder.«

»Viele wachsen heutzutage als Waisen auf«, sagte Wilhelm höhnisch und ließ das Gewehr wieder sinken. »Da kommt es auf ein paar mehr oder weniger nicht an.«

Waschek nutzte die Situation. Er schubste Karl vor Wilhelms Flinte und rannte davon. »Stehen bleiben!«, rief Wilhelm, hob das Gewehr und drückte ab. Doch es passierte nichts.

Zu Karls großem Glück hatte das Gewehr eine Ladehemmung.

Seine Beine zitterten, als seien sie aus Wackelpudding.

»Verdammt«, brüllte Wilhelm, klappte das Gewehr auf und zu und legte wieder an. Karl warf sich zu Boden. Gerade noch rechtzeitig. Er spürte den Luftzug Dutzender Schrotkugeln, die wie ein Meteoritenschwarm über ihn hinwegsausten. In Karls Brustkorb flatterte ein wild gewordenes Tier, das unbedingt hinauswollte. Starr blieb er liegen, spürte das Blut lebendig heiß und dick wie Lava durch seine Adern rauschen und wartete auf den erlösenden Schuss.

»Verdammt!«, brüllte Wilhelm noch einmal.

»Wir haben ja noch den Jungen«, sagte Martha beschwichtigend.

»Los, aufstehen.« Wilhelm winkte Karl mit dem Gewehrlauf. Sie nahmen den Jungen in die Mitte, griffen ihn an den Armen und führten ihn ab. Genauso hatten sie früher Räuber und Gendarm gespielt, erinnerte sich Karl. Doch das war kein Spiel mehr, das war Ernst. Karl erschien alles finster und aussichtslos. Wie die Nacht, dachte er und sah in den Himmel, der von schweren Wolken verhangen war. Nicht ein Stern blinkte. Kein Licht kam durch diese undurchdringliche Leichendecke.

Sie sperrten ihn in den Schweinestall und verabschiedeten sich mit den Worten: »Morgen früh hat dein letztes Stündlein geschlagen.«

21

Adib lag auf dem Bett und sah sich um. Furchen und Risse durchzogen die Wände des Wohnheimzimmers. Tahir und Mutter waren einkaufen, und Adib war froh, mal allein zu sein. Ständig war jemand um ihn herum, ständig musste er reagieren, musste antworten, musste im Hier und Jetzt sein.

Nun konnte er mal in Ruhe nachdenken, konnte die Erinnerungen zulassen und konnte sie steuern, anstatt dass sie ihn unerwartet, wie Diebe, zu den unmöglichsten Zeiten überfielen.

Die rauen Wände im Wohnheim erinnerten ihn an die Wände der griechischen Gefängniszelle. Er spürte regelrecht die harte Pritsche unter sich. Wenn er den Kopf drehte, meinte er, das kleine vergitterte Fenster zu sehen, durch das kaum Licht fiel. Und je stärker er sich die Zelle in Erinnerung rief, desto weiter trieb Adib rückwärts im Strom der Zeit.

Warum sperrten sie ihn ein, was hatte er verbrochen? Je länger er darüber nachdachte, desto wütender wurde er. Sie hatten kein Recht, ihn einzusperren. Sein Herz begann zu rasen, sein Mund trocknete aus. Adib sprang auf und hämmerte gegen die

Tür. Es dauerte nicht lange, und er hörte, wie ein Schlüssel im Schloss umgedreht wurde. Zwei Polizisten kamen herein. Sie sahen ihn böse an. Adib hatte eigentlich fragen wollen, warum sie ihn einsperrten, doch jetzt schwieg er. Die beiden Polizisten sahen nicht aus, als ob sie Lust auf ein Frage-Antwort-Spiel hätten. Sie bedeuteten ihm aufzustehen und schubsten ihn aus der Zelle. Ein paar Minuten später stand Adib auf der Straße vor der Polizeistation und sah an dem Gebäude hoch. Es befand sich an einem viel befahrenen Platz, um den der Verkehr brandete. Adib betrachtete die herrschaftliche Fassade mit den vergitterten Fenstern. Der Fußgängerstrom umfloss den Jungen, als sei er eine kleine stille Insel in einem reißenden Fluss. Adib kam sich vor wie aus der Zeit geschleudert. Als sei er in einem Paralleluniversum gelandet, dessen Gesetze er nicht verstand.

»Die brauchen keinen Grund. Es reicht, dass du existierst«, erklärte ihm einer seinen neuen Freunde später auf dem Attikiplatz. »Wir sind Fremde, und mit denen darf man das machen.«

»Sie wollen nicht, dass du dich hier zu Hause fühlst«, sagte ein anderer.

»Mich nehmen sie jede Woche mindestens einmal mit«, sagte ein Dritter. »Sie sperren mich ein paar Stunden ein, dann lassen sie mich wieder laufen. Das ist wie ein Spiel. Du musst nur aufpassen, dass du ihre Regeln akzeptierst und die Klappe hältst.«

Adib nahm sich vor, von nun an auf der Hut zu sein.

Die Tage brachten wenig Abwechslung. Tagsüber waren Adib, Tahir und seine Mutter auf dem Attikiplatz. Abends kochte die Familie, wenn es Strom gab, auf ihrem Zimmer, und anschließend gingen die Brüder Schrott sammeln, den sie auf dem Nachtmarkt verkauften.

Die einzige Unterbrechung von dieser Routine waren die Festnahmen durch die Polizei. Dreimal hatten sie Adib mittlerweile mitgenommen und nach jeweils drei Stunden wieder freigelassen. Immer ohne Begründung. Er hatte eben einfach das Pech, zur falschen Zeit am falschen Ort gewesen zu sein. So sah er das mittlerweile.

»Willst du Geld verdienen?«, sprach ihn eines Morgens ein älterer Grieche auf dem Attikiplatz an. Adib hatte genug Griechisch aufgeschnappt, um ihn zu verstehen, und so sagte er zu. Der Mann stellte sich als Dimitrios vor. Er hatte eine Bäckerei und brauchte jemanden, der seine Backwaren auslieferte. Ein leichter Job. Adib bekam sogar ein Fahrrad, mit dem er zu den Kunden fahren konnte.

»Wenn sie dich erwischen, schicken sie dich zurück«, warnte ihn seine Mutter. »Das werden sie schon nicht«, beruhigte er sie und nahm sie in die Arme.

An seinem ersten Tag in der Bäckerei machte Christos, der Lehrjunge, Adib klar, wo sein Platz war. »Pass auf, dass ich nicht allzu viel von dir sehe, du Bastard. Was willst du überhaupt hier?«

Adib zuckte mit den Achseln und sagte: »Arbeiten.«

»Lern erst mal richtig Griechisch«, schimpfte Christos und balancierte ein heißes Blech dicht an Adibs Gesicht vorbei.

Dimitrios nahm Adib in Schutz. »Du lässt ihn in Ruhe, sonst musst du die Touren wieder selber übernehmen.«

Als Adib auf dem Fahrrad durch die Straßen Athens fuhr, fühlte er sich seit Langem wieder frei. Er genoss den Wind, der ihm um die Nase wehte und die Gerüche des Meeres mit sich brachte, vermischt mit Abgasen, Rauch und Gebratenem aus den unzähligen Tavernen. Nur der Verkehr machte ihm zu schaffen. Autos schnitten ihn oder fuhren gefährlich nah an ihm vorbei. Mehr als einmal kam er in brenzlige Situationen. Als Adib bei seinem ersten Kunden ankam, war er schweißüberströmt. Auf sein Klingeln hin öffnete eine ältere Frau, die ihn mit seiner Ware in die Küche bugsierte. Er bekam ein Glas Wasser und einen süßen Teigkringel.

Die zweite Fuhre brachte ihn zu einer Autowerkstatt, wo ihn die Arbeiter verwundert ansahen.

»Wer bist du denn?«, fragten sie. Adib nannte seinen Namen. Sie wollten wissen, wo er herkam, wo er hinwollte und so weiter. Adib tat, als würde er nicht alles verstehen. Die Monate seiner Reise hatten ihn misstrauisch gemacht.

Als er bei seiner letzten Station zu seinem Fahrrad zurückkehrte, bemerkte er, dass beide Reifen platt waren. Er blickte sich um und sah gerade noch einen Jungen um die Ecke verschwinden, der verdammt viel Ähnlichkeit mit Christos hatte. Fluchend schob Adib das Rad zurück zur Bäckerei, wo Dimitrios ihn anmeckerte, warum er so spät komme, schließlich sei noch einiges auszuliefern. Als Dimitrios die kaputten Reifen sah, schluckte er seinen Ärger hinunter und befahl Christos, als der aus seiner Pause zurückkam, zusammen mit Adib das Rad zu flicken.

Christos fluchte: »Verdammte Araber, kaum seid ihr hier, geht alles kaputt.« Er erklärte Adib schroff, was zu tun sei, setzte sich daneben und trieb ihn an. »Los, schneller, Araber. Bist es nicht gewöhnt, hart zu arbeiten, was? Ihr könnt ja nur betteln und euch mit Bomben in die Luft jagen.«

Adib ballte die Fäuste. Wie gern würde er Christos jetzt eine schöne Gerade ins Gesicht hauen. Christos, der Adibs Wut bemerkte, höhnte: »Na, was willst du jetzt machen? Wenn du Ärger machst, ist hier ganz schnell die Polizei und bringt dich zurück zu deinen Kamelen.«

Adib, der Angst hatte, dass Dimitrios ihn rauswerfen würde, blieb stumm und ging weg. Er tröstete sich damit, dass Christos ein Feigling war, der es nicht verdient hatte, dass man sich mit ihm abgab.

Als Adib die zweite Tour hinter sich gebracht hatte, zahlte ihm Dimitrios den vereinbarten Lohn, schenkte ihm noch Brot und Kuchen vom Vortag und sagte ihm, er könne am nächsten Tag wiederkommen.

Die nächsten zwei Wochen fuhr er für Dimitrios Backwaren aus. Mittlerweile hatten sich die Kunden an ihn gewöhnt und gaben ihm Trinkgeld, etwas zu trinken oder zu essen. Die Arbeiter in der Autowerkstatt luden ihn ein, mit ihnen Mittag zu machen. Adib genoss seine Touren. Er fühlte sich leicht und die Welt stand ihm offen. Er dachte immer weniger an Afghanistan, an Vater, an Farid. Er flirtete mit einem Mädchen in einem Laden, den er belieferte.

Dafür nervte Christos ihn bei jeder Gelegenheit. Er machte ihn auch bei Dimitrios schlecht.

»Warum lässt du den für dich arbeiten? Es gibt genug ordentliche Griechen, die keine Arbeit haben. Ist dir dein eigenes Volk egal?« Zum Glück ging Dimitrios nie darauf ein.

»Scheiß-Terrorist«, fluchte Christos jedes Mal, wenn er Adib begegnete. »Irgendwann kriegen wir dich. Sieh lieber zu, dass du dich in dein eigenes Land verpisst.«

Auch wenn es ihm schwerfiel und er sich immer öfter vorstellte, Christos zu verprügeln, versuchte Adib, Christos' Geschimpfe zu überhören. Dimitrios hatte ihm dazu geraten. »Er ist ein Lautsprecher, du darfst nicht auf ihn achten. Außerdem kann er dir und auch mir Probleme machen. Ich darf dich ja eigentlich nicht beschäftigen. Wenn Christos der Polizei einen Wink gibt …« Dimitrios ließ seinen Satz offen, aber Adib brauchte nicht viel Fantasie, um sich auszumalen, was dann passieren würde.

Nicht nur Adib litt unter der Situation, in der sie sich befanden. Auch Nuria wurde immer reizbarer. Das Warten fraß an ihren Nerven. Sie schrie ihre Söhne an, beschimpfte sie. Immer öfter bekamen sie Streit. Aus Angst, die Polizei könnte die Jungen wieder einsperren, wollte ihre Mutter sie in der Unterkunft festhalten. Doch Adib ertrug das enge Zimmer nicht. Er musste raus, sooft es ging. War er nicht für Dimitrios unterwegs, ließ er sich durch die Stadt treiben. Er fuhr mit der Straßenbahn in die verschiedenen Stadtviertel. Er sah sich berühmte Baudenkmäler wie die Akropolis an oder auch das Parlamentsgebäude. Dort faszinierte ihn der Wachwechsel immer wieder aufs Neue: Die genau aufeinander abgestimmten Bewegungen der Soldaten, wenn sie mit großen Schritten, einen Fuß jeweils für Sekunden in der Luft, ihre Positionen wechselten, wirkten wie ein Tanz.

Am Ende des Tages landete Adib für gewöhnlich auf dem Attikiplatz. Doch es hielt ihn dort nie lange. Die ewig gleichen mürrischen Gesichter, die ewig gleichen Klagen zogen ihn herunter.

Die Gespräche drehten sich nur um die Flucht. Es ging einzig darum, an einen Ort zu kommen, wo es angeblich besser sein sollte. Die Gedanken und Sorgen waren allgegenwärtig. Die Flüchtlinge kamen morgens damit auf den Attikiplatz und nahmen sie abends wieder mit in ihre kümmerlichen Behausungen.

Auch Tahir begann, eigene Wege zu gehen. Er traf sich mit Gleichaltrigen. Ihre Blicke und Gesten ließen vermuten, dass sie oft irgendeinen Unsinn planten, um an Geld zu kommen. Ständig waren sie unterwegs, checkten hier eine Verdienstmöglichkeit oder da einen kleinen Deal. Adib war ratlos. Er war der große Bruder, er hatte Verantwortung und müsste Tahir beschützen. Aber der Junge wollte nicht hören. Adib war hin- und hergerissen. Und schließlich musste er selbst aufpassen, in diesem Chaos nicht unterzugehen. Die Familie driftete langsam, aber unausweichlich auseinander.

Es dunkelte langsam, als Adib auf dem Rückweg war. Es war ein Freitag, und vor ihm lag das erste freie Wochenende, seit er für Dimitrios arbeitete. Das Tiefblau des Himmels, an dem sich die ersten Sterne abzeichneten, funkelte ihn freudig an. Adib spürte das Gewicht des Geldes in seiner Hosentasche. Er fühlte sich reich und unabhängig. Dazu duftete das Essen, das er für Mutter und Bruder gekauft hatte und mit dem er sie überraschen wollte.

In Gedanken versunken, hörte er sie nicht kommen. Plötzlich standen sie vor ihm, kreisten ihn ein und schubsten ihn. Als er in Kampfstellung ging, lachten sie ihn aus. Sie waren zu dritt und viel größer. Ihre Gesichter hatten sie unter Sturmhauben verborgen. Auf ihre Jacken, unter denen sich muskulöse Oberarme verbargen, waren verschlungene Symbole genäht. Der erste Schlag traf Adib am Kinn. Der Boden unter ihm wurde weich, für einen kurzen Moment wurde er von Sonnen, die direkt hinter seinen Augen explodierten, geblendet. Weitere Schläge prasselten auf ihn ein, die er nur mit halbem Bewusstsein wahrnahm. »Scheiß-Kanake!«, schrien die Vermummten und traten auf ihn ein. Über ihnen wurde ein Fenster geöffnet. Adib hörte eine Frauenstimme, die aufgeregt rief, dann hörten die Tritte auf. Adib blieb liegen, die linke Wange fest auf den Bürgersteig gepresst. Sein Gesicht und Teile seines Körpers waren eine weich getretene, blutige Masse.

Sein Geist ging auf Reisen. Adib spazierte auf dem Ring des Saturns. Nicht weit entfernt funkelte Jupiter und sah mit seinen verschiedenfarbigen Schichten wie ein Stück Torte aus. Adib überlegte, ob er vielleicht eine Reise dorthin unternehmen sollte. Oder vielleicht doch lieber zum Uranus mit seinem ewigen Eis, auf der anderen Seite. Weit, weit weg sah er die Erde. Sie leuchtete blau und einladend. Sollte er dorthin zurück? Er blickte sich um. Das Universum war unendlich und überall warteten Abenteuer auf ihn. Er sah wieder zur Erde. Mutter und Tahir! Adib konnte sie geradezu spüren: das Spiel ihrer Muskeln, wenn sie sich bewegten, ihren Herzschlag, der das Blut durch das feine Geflecht ihrer Adern pumpte, ihre Gedanken, die von Abermillionen winziger Stromstöße befeuert wurden. Für einen Moment war er eins mit den beiden. Doch genauso schnell war er wieder im Universum, wo ihn das Licht lockte.

Adib bekam nur am Rande mit, wie mehrere Hände ihn anhoben und auf eine Trage legten. Wie sie ihm etwas in die Venen stachen, ihm in die Pupillen leuchteten, seinen Brustkorb bearbeiteten, ihm einen Schlauch in den Mund schoben. Sein Geist war auf Reisen.

22

Sie wollen Adib abschieben«, sagte Marie atemlos, während sie in Karls Arbeitszimmer platzte und um ihn herumwirbelte. »Er hat zwei Tage, dann muss er nach Griechenland zurück. Er war kurz in der Schule und hat es mir erzählt. Wenn er erst mal in Griechenland ist, dann wird er bald nach Afghanistan abgeschoben.« Sie stemmte einen Arm in die Hüfte und blickte Karl wütend an, als sei er dafür verantwortlich. »Du musst was unternehmen«, sagte sie ernst. »Du gehst da hin und dann sagst du …«

»Jetzt hol doch erst mal Luft«, unterbrach Karl sie. »Wo soll ich hingehen?«

»Zur Ausländerbehörde oder zum Asylamt oder wie das heißt. Du sagst, dass du Adib adoptierst.«

»Moment mal«, wehrte sich Karl. »Spinnst du? Was soll ich machen?«

»Adoptieren«, sagte Marie mit Überzeugung. »Du wirst Adibs Mutter heiraten und ihre Söhne adoptieren.«

»Mein liebes Fräulein«, rief Karl empört. »Ich werde niemanden stabisieren.« Karl war aufgeregt, die Wörter gerieten in seinem Mund durcheinander. Es kam ihm vor, als hätte er Gummibälle im Mund, die wild hin- und hersprangen. In diesem Moment kam Mildred aus dem Wohnzimmer herein. »Was ist denn hier los?«, fragte sie.

Karl brachte vor Aufregung nur ein Wort heraus: »Sommom.«

»Marie!«, sagte Mildred vorwurfsvoll. »Wie kannst du Karl nur so ärgern, schalt mal einen Gang runter.«

Marie sah Karl erschrocken an. Erst jetzt wurde ihr bewusst, was sie angerichtet hatte. Sie umarmte Karl und sagte: »Tut mir leid, aber das macht mich so wütend.«

»Verstehe ich ja«, sagte Karl besänftigend, nachdem er sich beruhigt und die Sprache wiedergefunden hatte. Er war ja selber aufgebracht. Heute Morgen hatte er gerade beschlossen, Adib ins Planetarium einzuladen. Und jetzt machte ihm die Behörde einen Strich durch die Rechnung. »Aber wieso eigentlich nur der Junge? Was ist denn mit den anderen?«

Marie zuckte die Schultern. »Ich weiß nicht, irgendein Formfehler. Adib hat es selber nicht ganz verstanden.«

»Formfehler, soso«, murmelte Karl. Da war ein Funke in ihm, ein winziger, der zu glimmen begann. Der sich ausbreitete, einen Flächenbrand entfachte und seine alten Knochen erwärmte, sein Denken befeuerte. Karl spürte etwas, das er sehr lange nicht in sich gespürt hatte: Energie! Er war elektrisiert. Es war wie damals, als er Jurist war und für den Senat gestritten hatte. Wo es allein um Sieg oder Niederlage ging und nicht darum, ob man den Tag einigermaßen störungsfrei hinter sich brachte. Als seine Gedanken noch klar waren und zielgerichtet und nicht dauernd abschweiften und in der Vergangenheit rumbuddelten wie ein irrer Archäologe auf der Suche nach Bestätigung für die eigene Existenz.

»Marie«, sagte er mit fester Stimme. »Ich will diesen Brief

sehen, und du musst mir helfen, ein paar Sachen im Internet nachzuschlagen.«

Marie salutierte. »Zu Befehl«, sagte sie.

★

Eine Stunde später quetschten sie sich in Mildreds kleines Auto und fuhren zum Asylantenheim, wo sie die Familie im Büro der Leiterin antrafen.

»Ich verstehe das nicht«, sagte diese gerade und wendete den Brief hin und her, als würde sie irgendwo doch noch eine geheime Botschaft entdecken können.

»Zeigen Sie mal her«, rief Karl statt eines Grußes. Alle vier sahen ihn verwundert an. Er las den Brief dreimal, um dann zu rufen: »Ha!« Die Blicke wurden neugierig. »Hier.« Karl klopfte mit dem Knöchel auf das Papier. »Hier!«, rief er noch mal. »Die dürfen gar nicht abschieben.«

»Sag ich doch«, rief die Heimleiterin jetzt fröhlich. »Das ist nicht erlaubt.«

Marie schlug Adib auf die Schulter, der mit offenem Mund dasaß. Nuria presste ihr Taschentuch an die Brust.

»Das ist nicht erlaubt«, sagte die Heimleiterin noch einmal wie eine kaputte Schallplatte.

Die Heimleiterin organisierte einen Kleinbus, mit dem sie alle zusammen zur Behörde fuhren. Dort ließ man sie warten. Adib knabberte an seinen Fingernägeln, Marie redete leise auf ihn ein, Mildred hatte den Arm um Adibs Mutter gelegt, die Heimleiterin stierte vor sich hin, Karl überlegte sich in Gedanken eine Strategie und Tahir spielte mit seinem Handy.

Als sie endlich hereingerufen wurden, sagte die Sachbearbeiterin, die sich als Frau Kroll vorstellte, fassungslos: »Sie können hier nicht alle reinkommen.«

»Gibt es eine Bestimmung, die dagegenspricht?«, fragte Marie kampfeslustig. Die gab es nicht und demnach auch keinen Grund, warum sie sich nicht alle in das kleine Dienstzimmer pressen sollten. Frau Kroll verdrehte die Augen, organisierte dann aber genug Stühle für alle.

»Also, laut meinen Unterlagen …«, begann sie und rutschte mit dem Zeigefinger auf dem Papier vor sich herum. »Gemäß der Dublin-II-Verordnung«, fuhr sie mit fester Stimme fort, »ist es so, dass die Asylsuchenden sich dort, wo sie zuerst europäischen Boden betreten, auch aufhalten und Asyl beantragen müssen.«

»Aber da hilft ihnen keiner«, rief Marie.

»Das ist Sache der Griechen«, sagte die Sachbearbeiterin in einem Ton, als würde sie mit einer Idiotin sprechen.

Karl hatte seine Lesebrille aufgesetzt und schwenkte den Brief wie eine Fahne. »Sie dürfen nicht abschieben«, sagte er.

»Der ältere Junge«, Frau Kroll fuhr mit dem Zeigefinger in der Akte herum auf der Suche nach dem passenden Namen, fand ihn jedoch nicht gleich, »der, äh, ist jedenfalls mit einem gefälschten Reisepass eingereist.«

Karl reagierte nicht, und so sprach sie nach einer kurzen Pause weiter und betonte jedes Wort: »Ihr. Afghane. Muss. Zurück. Nach. Griechenland.«

Karl, der regungslos wie ein Reptil gelauert hatte, schnappte zu: »Das ist nicht mein Afghane«, konterte er. »Was haben Sie eigentlich für ein Menschenbild?«

»Äh, das tut doch hier gar nichts zur Sache«, sagte Frau Kroll verwirrt. »Und außerdem … Der Reisepass. Ist. Gefälscht«, fügte sie triumphierend hinzu. Mildred und Marie musterten Frau Kroll feindselig.

»Das tut hier überhaupt nichts zur Sache«, sagte Karl. »Das eine ist Dokumentenschwindel, aber das, worüber wir hier reden, berührt das Asylrecht.« Jetzt redete Karl mit Frau Kroll wie mit einer Idiotin.

»Ja, äh, aber Sie müssen bedenken, dass Sie laut Dublin-II-Verordnung, und dann noch mit einem gefälschten Reisepass, verpflichtet sind, im Erstland Ihren Asylantrag zu stellen. Das sind die Bestimmungen.«

»Sie verschanzen sich doch hier nur hinter Ihren Paragrafen«, rief Marie aufgeregt. Frau Kroll sah das Mädchen irritiert an. Dann blätterte sie hektisch in der Akte und fuhr mit dem Zeigefinger rauf und runter.

»Sie kennen doch die Entscheidung des Bundesverfassungsgerichts, wonach Afghanen in Deutschland nicht nach Griechenland abgeschoben werden dürfen.« Dann schob Karl noch eine Erklärung hinterher: »Wegen der unhaltbaren Zustände dort.«

Frau Kroll schluckte. »Das ist ein Passvergehen, ein krimineller Akt. Da müssen die griechischen Behörden tätig werden. Das muss im europäischen Ankunftsland geahndet werden«, sagte sie, wobei ihre Stimme jetzt bereits deutlich weniger kampfeslustig klang.

»Das glaube ich nicht«, sagte Karl kühl. »Es gibt überhaupt keine Rechtsgrundlage, hören Sie, überhaupt keine, diesen Jungen, und ich betone, Jungen, abzuschieben, denn er ist minderjährig und darf allein schon deshalb nicht wieder zurückgeschickt werden. Und wenn Sie sich noch so sehr auf ein Passvergehen berufen. Das geht nicht.«

»Wer weiß denn schon, dass er minderjährig ist? Der Pass ist ja gefälscht. Vielleicht ist er auch schon achtzehn?«, entgegnete Frau Kroll.

»Ich weiß aus sicherer Quelle, dass er bereits achtundvierzig ist«, rief Marie höhnisch und erntete einen verwirrten Blick. »Er hat sich in Griechenland liften lassen.«

»Wir können die Sache auch gerne mit Ihren Vorgesetzten besprechen, Frau Kroll, falls Sie da überfordert sind«, sagte Karl spitz.

Er schob sich die Lesebrille auf die Nasenspitze und sah Frau Kroll über den Rand hinweg streng an. Sie warf ihm einen hasserfüllten Blick zu und sagte kleinlaut: »Das wird nicht nötig sein.«

Als sie wieder auf der Straße standen, konnten sie es kaum fassen. Frau Kroll hatte die Abschiebung aufgehoben. Sie nahmen sich abwechselnd in die Arme. Karl fühlte sich in diesem Moment wie hundert Jahre jünger.

»Ich lade euch jetzt alle zum Essen ein«, verkündete er und kletterte beschwingt auf den Beifahrersitz.

Sie aßen indisch, wobei Karl immer wieder sagte, sie sollten essen, was sie wollten, und sich keine Gedanken über den Preis machen. Es wurde spät und alle redeten und lachten durcheinander. Die Heimleiterin, etwas angetrunken, versuchte vor dem Restaurant noch einen Bauchtanz hinzulegen, der aber gründlich misslang, woraufhin Mildred sagte: »Solche Albernheiten sollten Sie lieber den arabischen Völkern überlassen, die haben ein ganz anderes Rhythmusgefühl. Nicht wahr, Adib? Deine Mutter kann das bestimmt viel besser.«

Adib sah sie nur genervt an.

★

Als Karl, weit nach Mitternacht, endlich im Bett lag, spürte er das Alter und die damit verbundene Schwere mit aller Macht zurückkehren. Es war, als würde sich in ihm eine Last niederlassen und ihn zu Boden drücken. Er sah zum Fenster, hinter dem die sternklare Nacht leuchtete. Das Sternbild des Pegasus war in aller Deutlichkeit zu erkennen. Karls Blick heftete sich daran fest. Pegasus stand für Aufbruch und war auch ein Symbol für den Übergang in eine andere Welt. Karl lächelte bei diesem Gedanken. Dann schlief er ein.

Auch Adib sah von seinem Fenster aus das Sternbild des Pegasus leuchten. Er strich über seine Leiste, da, wo sie ihm die Milz rausgenommen hatten. Seit Tagen hatte ihn die Narbe geschmerzt. Jetzt war der Schmerz wie weggeblasen.

23

Als Adib für einen winzigen Moment das Bewusstsein wiedererlangte, sah er eine schemenhafte Gestalt neben seinem Bett stehen. Aus seinen zugeschwollenen Augen nahm er nur Konturen wahr. Als die Gestalt bemerkte, dass Adib wach war, beugte sie sich über sein Bett. Jetzt erkannte er ein Gesicht, das langsam näher kam und über seinem eigenen schwebte. Das Gesicht war von tiefen Narben durchzogen. Wie nach einem Säureattentat, dachte Adib.

Der Mund des Narbigen öffnete sich. »Hab keine Angst, mein Junge. Dir wird es bald wieder besser gehen.« Dann schwebte das Gesicht davon, als sei es von einer Strömung erfasst worden. Adib versuchte noch etwas zu sagen, aber die Gestalt war bereits verschwunden. Dann driftete sein Geist wieder ins Dunkle.

Drei Tage später wachte er auf. Seine Mutter saß an einer Seite des Bettes, Tahir an der anderen und sie hielten je eine seiner Hände. »Was?, was?«, fragte Adib. Seine Zunge war dick und geschwollen und fühlte sich an, als hätte er mit offenem Mund stundenlang in einem Sandsturm gehockt.

Seine Mutter gab ihm vorsichtig zu trinken, wobei ihm das meiste aus den Mundwinkeln lief und das Kopfkissen nässte. Den Rest schluckte er gierig.

Später erfuhr Adib, dass er keine Milz mehr hatte. Zwei Rippen hatten sich hineingebohrt und sie aufgespießt.

»Die müssen wie die Wahnsinnigen zugetreten haben«, sagte der Arzt. »Die wollten töten.«

Ein Polizist fragte Adib, ob er die Angreifer identifizieren könne. Er schüttelte den Kopf. Er erinnerte sich nicht mal mehr an den Angriff. Sie legten ihm Fotos vor, in der Hoffnung, dadurch eine Erinnerung auszulösen. Adib sah sich die unterschiedlichen Gesichter an. Grobe Visagen, aber auch feine, kluge Gesichter. Nichts davon rührte sein Gedächtnis. Die Polizisten sagten, Adib sei wohl nur ein Zufallsopfer gewesen. Das glaubte er zwar nicht, aber er fühlte sich zu schwach, um zu widersprechen.

Dimitrios besuchte ihn, die Augen voller Tränen. Seine kräftigen Bäckerhände umklammerten eine große Tüte mit Gebäck. Er küsste Nuria auf beide Wangen und weinte mit ihr.

Am fünften Tag besuchte Adib ein Mitarbeiter einer Hilfsorganisation, die sich um Opfer rechter Gewalt kümmerte. Im Schlepptau hatte er eine Übersetzerin. »Das waren garantiert Neonazis. So was kommt dauernd vor. Rechte Schlägertrupps, die Jagd auf Migranten machen. Wir werden das öffentlich machen. Ich habe Kontakte zu Zeitungen. Und die Polizei macht die Augen zu. Die machen wir fertig«, sagte der Mann.

Adib war nicht ganz klar, ob er die Polizei oder die Neonazis fertigmachen wollte. Aber das war auch egal, denn als der Mann zu Ende geredet hatte, machte Adibs Mutter ihm klar, dass sie ihren Sohn nicht der Öffentlichkeit zum Fraß vorwerfen werde. Der Mann war ehrlich bestürzt. »Das können Sie doch nicht einfach so hinnehmen. Sie müssen sich doch wehren, kämpfen.«

»Das machen wir seit Monaten«, sagte Adibs Mutter scharf.

»Wir kämpfen darum, unsere Würde zu behalten.« Sie wandte sich ab, der Mann sollte ihre Tränen nicht sehen. Man hatte ihre Familie gedemütigt, geschlagen, hungern und dursten lassen. Sie hatte einen Sohn verloren und jetzt fast noch einen zweiten. Alles, was sie wollte, war Sicherheit und das Versprechen auf ein richtiges Leben. Nicht ein Leben in dieser Zwischenwelt, in der sie recht- und wehrlos waren.

»Ich werde das trotzdem an die Öffentlichkeit bringen. Mit oder ohne Ihre Hilfe«, sagte der Mann und ging.

Zwei Stunden später tauchten zwei Polizisten auf, ebenfalls mit einer Dolmetscherin.

»Wir haben nichts mehr zu sagen, lassen Sie meinen Sohn in Ruhe gesund werden«, versuchte Adibs Mutter die Beamten an der Tür des Krankenhauszimmers abzuwehren.

»Darum geht es nicht«, war die Antwort einer der beiden Polizisten. Er trug einen dichten Vollbart. »Es geht um den Ausweis Ihres Sohnes.« Der Polizist machte eine Pause, als warte er auf eine Reaktion. Als Adibs Mutter nicht reagierte, sagte er: »Der ist abgelaufen.« Er wartete erneut, doch als nichts kam, fügte er hinzu: »Der ist nicht mehr gültig.«

»Wir machen einen neuen«, murmelte sie zu der Dolmetscherin.

»Sie können den nicht einfach so erneuern lassen«, wies der bärtige Polizist sie zurecht. »Sie haben Asyl beantragt.«

Der andere Polizist lächelte Adib inzwischen aufmunternd zu.

»Doch«, beharrte Adibs Mutter. »Wir machen einen neuen.«

»Die Alte kapiert überhaupt nichts«, sagte der Bärtige zu seinem Kollegen. Die Dolmetscherin übersetzte automatisch.

Plötzlich brach es aus Nuria heraus. Sie verfluchte die Polizisten, wünschte ihnen Tod und Teufel an den Hals. Beschimpfte sie als arrogant und dumm. Diesmal übersetzte die Dolmetscherin nicht.

Der bärtige Polizist sagte mit kaum verborgener Wut: »Ihr Sohn hat keinen gültigen Ausweis. Wenn wir das nächste Mal kommen, nehmen wir ihn mit. Dann wird er für sechs Monate eingesperrt.« Nuria kreischte noch lauter. »Wenn Sie sich nicht beruhigen, nehmen wir Sie mit«, sagte der Polizist grimmig. Tahir weinte, und Adib versuchte, sich im Bett aufzurichten, doch die Schmerzen waren zu stark.

»Verschwindet«, rief Nuria den Polizisten immer wieder zu.

Der Bärtige tastete nach seinen Handschellen.

»Lass gut sein«, sagte sein Kollege beruhigend und legte ihm die Hand auf den Arm. »Der Junge soll erst mal gesund werden.«

»Wir kommen wieder«, sagte der Bärtige drohend, bevor er sich von seinem Kollegen widerwillig mitziehen ließ.

Das Geschrei hatte Ärzte und Pfleger angelockt. »Wir werden schon dafür sorgen, dass Adib nicht im Gefängnis landet«, beruhigte ein iranischer Arzt die weinende Nuria auf Arabisch.

Tahir und Adib klammerten sich an ihre Mutter. Eine Krankenschwester drückte Adib vorsichtig zurück auf sein Kissen. Er hatte wahnsinnige Schmerzen und warf der Krankenschwester einen dankbaren Blick zu.

Nuria wollte das Krankenhaus am Abend nicht verlassen. Sie befürchtete, dass die Polizisten zurückkommen würden, um Adib einzusperren. Ausnahmsweise gestatteten die Ärzte ihr und Tahir, die Nacht im Krankenhaus neben Adibs Bett zu verbringen.

Am Morgen rief sie die Fluchthelfer an und schilderte ihnen, was passiert war. Sie versuchten sie zu vertrösten, rieten ihr, Geduld zu haben. Doch die hatte Nuria nicht mehr, sie war irgendwo unterwegs verloren gegangen. Nuria ließ sich nicht abwimmeln, und am Ende schlug die Stimme am Telefon vor, sie zunächst allein nach Deutschland zu bringen. Wenn sie erst einmal dort wäre, könnte sie ihre Söhne ohne Probleme nachholen. Nuria war sprachlos. Am liebsten hätte sie ihren Gesprächspartner angeschrien, aber sie beherrschte sich. Sie sprach ruhig weiter und versuchte dem Mann klarzumachen, wie brenzlig die Lage der Familie war. Sie weinte nicht, sie bettelte nicht, sie trug ihren Wunsch mit fester Stimme vor. Adib hatte seine Mutter noch nie so energisch erlebt. Sie war immer eher passiv gewesen und hatte sich gefügt. Das wirkte wohl auch auf den Schlepper. Die Entschlossenheit in Nurias Stimme ließ ihn innehalten und schließlich kapitulieren. Sie erhielt das Versprechen, dass alles Erdenkliche dafür unternommen werden würde, damit sie so bald wie möglich aus Griechenland wegkämen.

»Dein Sohn braucht trotzdem einen gültigen Pass«, sagte der Schlepper am Telefon noch. »Sonst kann es passieren, dass sie ihn wieder zurückschicken.« Er gab Nuria eine Adresse, wo sie einen gefälschten Pass bekommen könnte.

»Aber woher willst du das Geld nehmen?«, sagte Tahir. »Wir haben doch nichts!«

»Das lass mal meine Sorge sein«, sagte Nuria.

»Du kannst da nicht alleine hingehen. Ich komme mit«, sagte er und versuchte, sich aus dem Bett zu erheben.

»Du gehst nirgendwohin«, sagte Nuria bestimmt. »Ich bin in ein paar Stunden wieder hier. Tahir bleibt bei dir.«

Für die beiden Brüder waren es quälende Stunden. Als ihre Mutter am Abend wiederkam, bemerkte Adib sofort, dass ihr Ring am Finger fehlte. Der Ring, den ihr Mann ihr zum Hochzeitstag geschenkt hatte und der die letzte greifbare Verbindung zu ihm war.

»Wo ist der Ring?«, fragte er.

Nuria sah stumm auf die Stelle, wo er gewesen war, bevor sie zu erzählen anfing. »Verpfändet«, sagte sie. Als Adib etwas sagen wollte, bedeutete sie ihm zu schweigen. »Der Fälscher wollte tausendfünfhundert Euro haben, aber ich habe ihn auf tausendzweihundert Euro runtergehandelt. Ich wollte ihn mit dem Ring bezahlen, aber er sagte, der wäre höchstens dreihundert wert.« Sie schwieg. Adib spürte, dass er Nuria jetzt nicht drängen durfte. Nach einer Weile redete sie weiter. »Ich bin rumgelaufen und wusste nicht, was ich tun und woher ich das Geld nehmen sollte, und ich habe mich gefragt, ob wir nicht besser zurück nach Afghanistan gehen sollten. Vielleicht, um in Kabul beim Onkel unterzuschlüpfen. Irgendwann würden uns die Taliban vergessen. Aber ich habe daran gedacht, wie sie noch nach Jahren ihre Opfer geholt hatten. Sie haben gewartet wie geduldige Raubtiere und zugeschlagen, als keiner mehr damit gerechnet hat.«

»Wie bei dem Cousin von Jaba«, warf Tahir ein.

Nuria brachte ihn mit einem Blick zum Schweigen.

»Ich musste das Geld auftreiben, es half nichts. Und dann ist mir jemand eingefallen, der uns helfen könnte.«

Die Brüder hatten vor Ungeduld die Münder offen stehen.

»Dimitrios«, sagte Nuria nach kurzem Zögern. »Erst hatte ich Angst, aus der Backstube rauchte es wie aus einem Höllenschlund und dieser böse Junge lehnte im Eingang und wollte mich nicht reinlassen.«

»Christos!«, rief Adib.

Nuria nickte. »Aber dann kam Dimitrios raus und bat mich herein.

Er war ganz freundlich und hat mir einen süßen Kringel hingehalten.

Ich wusste erst nicht, wie ich im klarmachen sollte, dass ich ihm den Ring verkaufen wollte. Ich dachte, wenn er mir wenigstens sechshundert Euro dafür gibt, dann hätte ich schon mal die Hälfte und könnte mir den Rest bei den Landsleuten zusammenleihen. Und Tahir könnte wieder Sachen auf dem Nachtmarkt verkaufen.

Erst hat Dimitrios nicht verstanden, was ich wollte, aber dann habe ich es aufgemalt.« Sie sah ihre Söhne triumphierend an.

»Aufgemalt?«, fragte Adib ungläubig.

»Ja«, bestätigte Nuria. »Ich habe auf seinem Arbeitstisch, der voller Mehl war, gemalt, wie wir drei ins Gefängnis müssen. Und dann einen Bus, der uns nach Deutschland bringt. Und dann habe ich ihm den Ring gezeigt und sechshundert Euro ins Mehl geschrieben. Und er hat es verstanden. Und dann hat er einen Mann angerufen, der Arabisch konnte, und der hat dann übersetzt. Ich wollte ihm anfangs gar nicht sagen, wie viel Geld wir für den Pass brauchen, aber Dimitrios war so nett, und so habe ich es gesagt. Und wisst ihr, was dann passiert ist?« Nuria sprach sofort voller Ungeduld weiter.

»Dimitrios hat mir das ganze Geld gegeben und er wollte nicht mal den Ring dafür. Aber ich habe gesagt, dass er ihn nehmen muss. Als Pfand und dass ich ihn einlösen würde, wenn wir in Deutschland Geld verdient hätten. So hatte ich das gesamte Geld für den Pass zusammen.« Tahir und Adib sahen sie mit großen Augen an. »In einer Woche können wir den Pass abholen«, sagte Nuria abschließend und wie nebenbei. Sie war sichtlich stolz, das Problem ganz allein gelöst zu haben. Und auch ihre beiden Söhne waren stolz auf sie, und sie feierten Nurias Heldentat mit einer großen Kanne Tee, die sie bei den Schwestern bestellten.

Adib erholte sich schnell. Er war jung, voller Energie. Außerdem hatte seine Mutter ihm eingeschärft, dass er so schnell wie möglich gesund werden müsse. All das half ihm, und am neunten Tag nach dem Überfall stand er wieder auf seinen Beinen. Wenn auch etwas wackelig.

»Morgen geht es los«, flüsterte seine Mutter ihm zu. »Du musst stark sein.«

Sie hatte am Abend zuvor einen Anruf bekommen. Drei Plätze in einem LKW seien für sie vorgesehen.

Der iranische Arzt, der Adibs Gehversuche mit angesehen hatte, sagte: »Du darfst dich nicht anstrengen. Sonst platzt die Narbe wieder auf.« Er gab Adib Schmerzmittel, Binden und Salbe mit und wünschte ihnen Glück. Adib fragte sich, ob er wohl ahnte, dass sie Griechenland verlassen würden.

24

Karl döste vor sich hin. Mehrmals war er eingeschlafen und wieder hochgeschreckt. Durch die schießschartenartigen Fenster des Stalles drangen erste Sonnenstrahlen. Sie tasteten sich vorsichtig über den Boden, krochen langsam die Wände hoch und kitzelten Karl an der Nase.

Jetzt würden sie bald kommen, um ihn zu holen. Seltsamerweise hatte er keine Angst. Er hatte schon so viel gesehen und erlebt für seine fünfzehn Jahre. Was also sollte ihm Angst machen? Der Tod? Lachhaft. Dem war er in den letzten Monaten so oft begegnet, dass er seinen Schrecken verloren hatte. Der Tod war auch nur ein Mensch.

Plötzlich hatte Karl das Gefühl, beobachtet zu werden. Er sah sich vorsichtig um und blickte einer grau getigerten Katze in die Augen, die reglos dastand. Er lockte sie, indem er seine Finger aneinanderrieb. Neugierig kam das Tier langsam näher und schnüffelte an Karls Hand. Plötzlich und ohne ersichtlichen Grund sprang die Katze weg und verschwand durch einen Spalt in der Wand. Wahrscheinlich hat sie den nahenden Tod an mir gerochen, mutmaßte Karl, hielt sich seine Finger an die Nase, ob ihm etwas auffiel, aber für ihn rochen sie nach gar nichts.

Ein Geräusch an der Tür ließ Karl aufschrecken. »Hallo? Karl?« Es war Martha. Karl erhob sich und presste ein Auge gegen einen Riss in der Tür, um hinauszusehen.

»Ja?«, fragte er vorsichtig.

Stille, als sei sie weggegangen. Karl versuchte, durch den Riss zu spähen, sah aber nur einen Misthaufen. »Martha?«, fragte er.

»Wenn ich dir aufschließe und dich rauslasse, versprichst du mir, wegzulaufen und nie wiederzukommen?«

»Ich verspreche es«, sagte Karl.

Der Schlüssel drehte sich im Schloss. Martha trat einen Schritt zurück und ließ Karl raus.

Er zögerte einen Moment. Vielleicht war das eine Falle, dachte er. Vielleicht stand Wilhelm mit dem Gewehr im Anschlag hinter der Tür. Egal. Er trat auf den Hof und schloss für einen Moment die Augen in Erwartung eines Schusses.

Als nichts passierte, öffnete er sie wieder und sah Martha an. In diesem Moment fühlte er sich mit dieser Bauersfrau wie mit einem unsichtbaren Band verbunden. Eben war Karl noch bereit zu sterben, jetzt spürte er, wie sein Herz das Blut durch die Adern presste und ihn belebte.

Martha hielt ihm einen kleinen Leinensack hin. Karl nahm ihn und fühlte eine Flasche, Brot und eine Wurst unter dem dünnen Stoff. »Danke«, sagte er mit gesenktem Kopf.

»Das war nicht recht von euch«, sagte Martha.

»Ich weiß«, sagte Karl. »Es tut mir leid.« Und ohne Martha noch einmal anzusehen, marschierte er los. Als er ein ganzes Stück gegangen war, drehte er sich um und sah Wilhelm an einem der Fenster im ersten Stock stehen und ihm nachschauen.

Bevor er die Richtung nach Leipzig einschlug, machte Karl noch einen kleinen Umweg, um die Pistole zu holen. Er reinigte sie von Dreck und Pflanzenresten und steckte sie in seinen Hosenbund. Zwar würde ihm die Waffe im Ernstfall nichts nützen, aber sie gab ihm ein gutes Gefühl. Ein Angreifer würde nicht erkennen können, dass sie nicht mehr funktionierte.

Auf der Straße nach Leipzig war nach wie vor ein Strom von Menschen unterwegs. Karl ließ sich mitreißen, und im Nu ging er darin auf und wurde ein Teil davon. Das monotone Marschieren, das Stimmengewirr, das für Karl zu einem undeutlichen Brausen anschwoll, die ständig wechselnden Gesichter von Männern, Frauen und Kindern verhinderten jeden klaren Gedanken.

Er ging mechanisch, fast wie in Trance. Am Abend, als er rastete und seine schmerzenden Füße massierte, war er kurz davor aufzugeben.

Das hatte alles keinen Sinn, dachte er. Sie waren doch alle am Ende.

Er könnte zu dem Baum dort gehen, sich einen kräftigen Ast suchen und … Er führte den Gedanken nicht zu Ende.

Er schlief traumlos, wachte mehrmals auf und brauchte jedes Mal Minuten, um sich zu erinnern, wo er war. Es dauerte quälend lange, bis er wieder einschlief.

Am nächsten Morgen jedoch, die aufgehende Sonne blinkte zaghaft durch die Baumwipfel am Wegesrand, fasste Karl neuen Mut. Was sollte denn aus Mutter und Hannah werden, wenn er nicht mehr da war, dachte er. Und aus Waschek? Wer sollte dem eine Lektion erteilen, wenn nicht er?

Während des Laufens stellte Karl sich vor, was er mit Waschek machen würde, sollte er ihm je wieder begegnen. Ganz unwahrscheinlich war es nicht. Sehr viel schneller als Karl würde auch Waschek nicht sein. Es könnte also sein, dass sie sich am Leipziger Bahnhof wiedersahen.

Karl marschierte Stunde um Stunde. Wenn er müde wurde,

fing er an zu hopsen, wie im Turnunterricht. Es war ihm egal, was die Leute von ihm dachten. Manche hatten sogar Mitleid mit ihm. Hin und wieder lud ihn eine Familie am Abend an ihr Feuer ein und Karl bekam eine gebackene Kartoffel oder wenigstens die Schalen.

Ein Pferdegespann nahm ihn bis Borna mit. Von Borna aus war es nicht mehr weit nach Leipzig und Karl legte einen Zahn zu. Er überholte Karawane um Karawane und stellte sich vor, er sei der berühmte Rennfahrer Rudolf Caracciola, der in seinem Silberpfeil die Konkurrenten hinter sich ließ. Das half ihm, das ganze Elend für eine Weile zu vergessen. Nur die Wörter »Mutter« und »Hannah« röhrten unentwegt in Karls Hinterkopf wie ein Motor und trieben ihn an. Dummerweise war da noch dieses »WaschekWaschekWaschek«, das wie ein Getriebeschaden klang.

Im Morgengrauen erreichte Karl die Leipziger Außenbezirke und versuchte sich zu orientieren. Es gab keine Straßen mehr, nur noch Trümmerfelder. Als hätte ein irrer Landwirt Steinsamen gesät und nun wären daraus riesige Klötze gewachsen. Sie steckten halb in der Erde und bildeten kleine Hügel oder Labyrinthe. Dazwischen lagen Hausrat, Müll, Kadaver, Schrott. Zwischendrin Menschen, die, wie Erntearbeiter, die Trümmer aus dem Boden gruben und auf Schubkarren luden. Beaufsichtigt wurden sie dabei von russischen Soldaten. Einer hielt Karl an und drückte ihm eine Spitzhacke in die Hand. »Arrbeit!«, sagte der Soldat. Er war ausgemergelt, nicht viel älter als Karl und seine Uniform war an vielen Stellen zerrissen. Karl sah irritiert die Spitzhacke an und dann zu dem Soldaten, der ihm grimmig zunickte. »Du Arrbeit«, sagte er. Widerwillig nahm Karl das Gerät und gesellte sich zu einer Gruppe Frauen und alter Männer, die Steine aus dem Boden klopften. Er schlug ein paar Mal mit der Hacke auf eine umgestürzte Mauer und sah dabei immer wieder zu dem jungen Soldaten, der sich eine Papirossa anzündete und den Rauch genüsslich ausstieß.

Die Zeit verging. Karl wurde ungeduldig. Er musste weiter, sonst würde er sein Treffen mit Mutter und Hannah verpassen. Die Sonne hatte fast ihren höchsten Punkt erreicht und es wurde immer heißer. In einer kleinen Pause, in der es für jedermann ein paar lauwarme Schluck Wasser gab, fragten die anderen Karl: »Wo kommst du denn her?« Aus Angst, dass ihn die Bauersleute doch angezeigt hätten und die russische Miliz ihm bereits auf den Fersen wäre, erzählte er, er sei aus Borna.

»Aus Borna«, sagte einer. »Da hab ich eine Cousine. Vielleicht kennst du sie: Anna Behlheim. Sie war Lehrerin.«

Karl schüttelte den Kopf, doch der Mann ließ nicht locker. »Kennst du bestimmt. Die hat ein weggeschossenes Ohr.« Der Mann drehte den Kopf zur Seite, fasste an sein rechtes Ohr und sagte: »Hier, das ganze Ohrläppchen weggeschossen.«

»Kenn ich nicht«, murmelte Karl.

»Oder ihre Tochter, die ist etwas älter als du, aber vielleicht kennst du sie ja trotzdem.«

»Wir sind erst '42 zugezogen«, sagte Karl. »Mein Vater hatte da Arbeit gefunden im Museum.« Er wunderte sich nicht einmal, wie leicht ihm die Lüge von den Lippen ging. Es war, als wäre in ihm eine zweite Persönlichkeit verborgen, die er nun hervorholte und wie einen Anzug über sein altes Ich zog.

Der Mann nickte mit einer Überzeugung, als wüsste er genau Bescheid. »Das ganze Ohrläppchen«, sagte er noch einmal zum Abschluss. »Peng und weg.«

»Hätte ja auch ins Auge gehen können, die Kugel«, sagte eine Frau, woraufhin eine andere hysterisch lachte.

Dann arbeiteten sie weiter, die Stunden vergingen und Karl fand keine Gelegenheit abzuhauen. Irgendwann verschwanden ihre russischen Bewacher, ohne sich weiter um sie zu kümmern.

Karl fühlte sich völlig zerschlagen und ließ sich von den anderen den Weg in die Innenstadt zeigen. Es dämmerte bereits, als Karl in Richtung Hauptbahnhof marschierte. Er musste immer wieder nach dem Weg fragen und wurde ständig in eine andere Richtung geschickt. Selbst die Einheimischen hatten Probleme, sich zurechtzufinden, da viele Orientierungspunkte einfach weggebombt worden waren.

Weit nach Mitternacht kam Karl endlich am Bahnhof an. Auch der war nur noch Schutt und Asche. Er suchte sich eine geschützte Ecke und hockte sich hin, fest entschlossen, nicht einzuschlafen, um ja nicht Mutter und Hannah zu verpassen. Doch die Erschöpfung ließ ihn augenblicklich die Augen schließen, und im Nu sank Karl in einen tiefen, traumlosen Schlaf, der eher einer kleinen Ohnmacht glich. So unsagbar müde war er.

Der Lärm weckte ihn. Rund um den Hauptbahnhof brummte es. Überall waren Leute mit Taschen, Koffern, Rucksäcken unterwegs, als spielten sie Reisende, die von der Zeit vergessen worden waren. Dabei gingen vom Leipziger Bahnhof keine Züge mehr und es kamen auch keine an. Die Leute schlichen nervös umher und sahen sich immer wieder um. Schwarzmarkt, dachte Karl. Er hatte bereits davon gehört, dass die Menschen ihren letzten Kram hergaben, um etwas zu essen oder anderes Lebensnotwendiges zu tauschen. Wurden sie dabei erwischt, gab es hohe Strafen.

Er beobachtete das Treiben auf dem Platz und versuchte, die Gesetze des Schwarzmarktes zu ergründen. Die Leute gaben sich kaum merkliche Zeichen, dann folgten sie einander, um in einer verborgenen Ecke, hinter einer halb eingestürzten Wand ihre letzten Habseligkeiten zu tauschen.

»Hast du Zigaretten?«, sprach ihn plötzlich ein Mann auf Krücken an.

»Nee«, sagte Karl.

»Was hast du denn dann?«, wollte der Mann wissen.

»Was brauchen Sie denn so?«, fragte Karl zurück. Der Mann sah ihn ungläubig an.

»Na alles«, war seine Antwort. »Einfach alles. Gibt ja nichts.«

»Ich habe noch ein Stück Wurst«, sagte Karl, holte sie aus seiner Tasche hervor und zeigte sie dem Mann.

»Bist du verrückt?«, schimpfte der. »Doch nicht hier vor aller Augen.«

Karl steckte schnell die Wurst weg. »Was geben Sie mir dafür?«, wollte er wissen.

»Seife«, sagte der Mann im Brustton der Überzeugung, als sei das in diesen Tagen das Wichtigste überhaupt.

»Was soll ich damit?«, fragte Karl. Der Mann sah ihn mitleidig an und sagte: »Was macht man wohl damit, du Dummkopf?« Als er merkte, dass Karl kein Interesse hatte, wurde er böse.

»Dann hau ab und verschwende meine Zeit nicht mit deinen Flausen.« Schimpfend humpelte er davon.

Karl wurde noch fünfmal angesprochen, ob er etwas zu tauschen hätte, doch er schüttelte jedes Mal den Kopf.

Mutter und Hannah zu treffen, war jetzt das Wichtigste. Es war bald Mittag. Angestrengt hielt Karl Ausschau. Da sah er ihn: Waschek! Er stand in einer abgewetzten Lederjacke mitten auf dem Bahnhofsvorplatz und hielt ebenfalls Ausschau. Dann war Waschek also nicht schneller gewesen, dachte Karl zufrieden. Er schlenderte auf ihn zu. Waschek schaute in eine andere Richtung und sah Karl nicht kommen.

»Herr Waschek«, sagte er betont freundlich. »Was für ein Zufall.« Waschek drehte sich um und zuckte zusammen. Doch er fasste sich schnell wieder. »Karl, mein Junge. Dem Himmel sei Dank. Du hast es also geschafft.«

»Das wundert Sie, oder? Sie hatten gehofft, ich würde vor einem russischen Standgericht enden.«

»Karl!«, sagte Waschek empört. »Wie kannst du so etwas denken! Ich habe Gott auf den Knien angefleht, er möge dich retten. Und nun sind meine Gebete erhört worden.«

Karl hätte Waschek am liebsten angespuckt.

»Ich wusste, dass die braven Bauersleute dich nicht ausliefern. Sie waren so gutherzige Menschen, das konnte man sehen. Deine liebe Mutter wird sich freuen, dich unbeschadet wiederzusehen. Und ich habe auch keinen Groll auf dich, dass du mir Stummheit angedichtet hast.« Waschek drohte Karl scherzhaft mit dem Finger. »Ich werde es auch deiner lieben Mutter gegenüber nicht erwähnen. Das bleibt unser Geheimnis.«

»Sie sind ein Schwein«, sagte Karl mit zusammengepressten Zähnen.

Waschek lächelte schief. »Du warst ohne mich viel besser dran. Wäre ich bei dir geblieben, hätten die Bauern die Russen geholt. Aber so ließen sie dich laufen. Also, was willst du? Du solltest dankbar sein, dass du noch lebst. Ich habe das schließlich für dich getan.«

»Die Bauern haben mich die ganze Nacht im Stall eingeschlossen und mich im Ungewissen gelassen.«

Waschek nickte bedächtig. »Siehe, Gott ist groß. Wo ist ein Lehrer, wie er es ist?«

»Verschonen Sie mich mit Ihren frommen Sprüchen, da steckt sowieso nichts dahinter.«

»Du solltest den Herrn nicht lästern«, sagte Waschek drohend.

Plötzlich verwandelte sich Karls Wut in etwas Kaltes, Berechnendes. Er fixierte Waschek, während er hinter seinem Rücken langsam den Revolver zog.

25

Karl, Marie und Adib saßen im Planetarium. Sie schauten hoch, verdrehten sich die Hälse, um den Titan, den Saturnmond, über die riesige Kuppel des Planetariums ziehen zu sehen. Besser gesagt, Karl versuchte es, aber sein Hals machte nicht mehr mit. Als er es probierte, knirschte und rumpelte es, als würde eine altersschwache Maschine anfahren, aber mehr tat sich nicht. Der Kopf ließ sich nicht mehr drehen, wie sein Besitzer es wollte. Karl starrte auf einen Punkt auf der Leinwand und beobachtete das Geschehen aus den Augenwinkeln. »Der Titan gilt als möglicher Kandidat für Leben«, flüsterte Karl Marie zu, die neben ihm saß. Doch sie hörte ihn gar nicht. Sie unterhielt sich angeregt mit Adib. Karl spürte, dass er nicht mehr in derselben Zeit lebte wie diese beiden. Natürlich hörten sie ihm zu und nahmen ihn ernst, aber er merkte, dass es mehr aus Höflichkeit als aus wirklichem Interesse war. Und er konnte es ihnen auch nicht verübeln. Wenn man sein ganzes Leben noch vor sich hatte, interessierte man sich nicht für die Alten. Das Alter hatte seine eigene Zeitrechnung. Nicht nur der Körper wurde langsamer, auch die Zeit verging zäher. Als ob man unter Wasser in einer Taucherglocke lebte, während um einen herum die Fische fröhlich schwammen. Und irgendwann war es sogar wichtiger, was in der Taucherglocke passierte als außen herum.

Später saßen sie in einem Lokal und aßen Suppe. »Was ist denn mit dir, Adib?«, fragte Karl, dem das Schweigen des Jungen auffiel.

Adib sah von seinem Teller auf. »Es war schön im Planetarium«, sagte er.

»Aber etwas scheint dich zu stören«, sagte Karl. Adib druckste herum, doch Marie und Karl ließen nicht locker, und plötzlich platzte es aus ihm heraus. »Meine Mutter darf nicht arbeiten. Sie lernt Deutsch, aber sie darf nichts machen. Sie will putzen oder nähen, aber sie darf nicht. Sie haben es ihr verboten. Sie sitzt den ganzen Tag im Heim. Es ist ein schrecklicher Ort.«

»Ihr müsst umziehen, unbedingt«, sagte Marie. Adib sah sie müde an.

»Wie sollen wir das machen?«, fragte er.

Im Bus auf der Heimfahrt googelte Marie in ihrem Handy. »Hier«, sagte sie schließlich zu Karl und hielt ihm den kleinen Bildschirm hin.

»Das kann ich nicht lesen, die Schrift ist zu klein«, beschwerte er sich.

»Flüchtlinge dürfen nach drei Monaten in eine eigene Wohnung ziehen«, las Marie vor. »Das Amt übernimmt sogar die Miete.«

In Karls Gehirn schlugen die Synapsen Funken. Signale wurden losgesandt, teilten sich an Kreuzungen, landeten in Sackgassen, mussten an gerissenen Leitungen umkehren, verpufften, während einige andere an ihrem Ziel andockten und Karl so seinen Gedanken formen ließen. »Bei uns im Haus ist doch eine Wohnung frei geworden. Vielleicht können sie da einziehen.« Kaum hatte er es ausgesprochen, machte ihm die Idee Angst. Es war eines, Adib hin und wieder zu treffen oder ihn und seine Familie einzuladen. Aber sie als Nachbarn zu haben, war etwas ganz anderes. In seinem Haus lebten ausschließlich deutsche Familien. Das war schon immer so gewesen. Die meisten waren mit ihm und Emmi alt geworden. Was würden die anderen denken, wenn plötzlich eine fremdländische Familie einziehen würde, und das auch noch auf seine Initiative hin? Im selben Moment schämte sich Karl. Er hatte das doch alles am eigenen Leib erfahren, damals als Flüchtling. Die alteingesessenen Berliner hatten sie Polacken genannt und sie bei jeder Gelegenheit spüren lassen, dass sie nicht dazugehörten. »Wir werden Adib und seiner Familie eine Wohnung besorgen«, sagte Karl mit fester Stimme.

26

Adib hockte auf der Ladefläche des LKW. Er kauerte schon seit Stunden in dieser Haltung. Etwas anderes kam aufgrund der Schmerzen nicht infrage. Wann immer er versuchte, sich hinzusetzen oder -zulegen, fuhr ein rot glühender Schmerz durch seine Nervenfasern und löschte jegliches Denken aus. Jede noch so kleine Unebenheit katapultierte Adib in eine unbeschreibliche Hölle aus Schmerz.

Neben ihm saß seine Mutter und hielt seine Hand. Er drückte sie dankbar, doch wirklich helfen konnte sie ihm nicht. Auf ihren Wangen, die von Schmutz und Ruß dunkel waren, zeichneten sich helle Verästelungen ab; Flussläufe, die ihre Tränen geformt hatten. Adib wusste, wie es um ihn stand, und er wusste, dass seine Mutter nicht stark genug war, um noch ein Kind zu verlieren.

Während eines Stopps hatte sie Adibs Verband gewechselt, der jedoch sofort wieder durchgeblutet war. Sie gab ihrem Sohn Wasser zu trinken, befeuchtete sein Gesicht und seine Arme. Ein anderer Flüchtling hatte Adib aus kaltem Wasser und selbst gesammelten Kräutern einen Tee gemacht, aber das Fieber ließ sich davon nicht beeindrucken.

Nach Stunden erreichten sie Thessaloniki. Der LKW quälte sich durch das Verkehrschaos auf den Hauptstraßen, bis er endlich, in der Nähe des Flughafens, einen Parkplatz anfuhr. Statt der erhofften Ruhe riefen die Schlepper: »Weiter, weiter! Kommt, kommt! Schneller!« In dem LKW waren etwa fünfzig Flüchtlinge gewesen, die man jetzt auf kleinere Autos verteilte. Adib, Nuria und Tahir bestiegen einen Wagen, der in einem unauffälligen Weißgrau lackiert war. »Schneller, schneller!«, riefen der Fahrer und sein Begleiter und schoben ihre menschliche Ware auf den Rücksitz. Weil noch ein winziges bisschen Platz war, packten sie noch einen älteren Mann dazu. Einer der Männer reichte eine leere Plastikflasche nach hinten. »Zum Pinkeln«, sagte er in ihre fragenden Gesichter. Dann fuhren sie los, rasten über die Autobahn Richtung Norden. Adib dämmerte vor sich hin. Hin und wieder sah er aus dem Fenster. Aus dem diesigen Nachmittag war ein grauer Abend geworden, der jetzt in eine glanzlose Dunkelheit überging. Ein paar vereinzelte Sterne waren aufgezogen, doch selbst die gaben nur ein müdes Licht ab. Adib presste seinen Kopf gegen die Scheibe, bis es wehtat, um sich mit dem Schmerz von dem Wüten in seinen Eingeweiden abzulenken. Er versuchte zu schlafen, aber es reichte nur für ein oberflächliches Dämmern. In der grauen Zone zwischen Wachen und Schlafen schoben sich in Adibs Kopf die Bilder seines alten und seines jetzigen Lebens ineinander wie eine Doppelbelichtung. Er sah sich vor seinem Haus in einem Schlauchboot sitzen. Dahinter stand Farid, ein Bein auf den Rand des Bootes gestemmt, der durch das offene Fenster mit einer unsichtbaren Person redete. Adib erkannte die Stimme nicht, doch ähnelte sie der seines Vaters.

Es wurde immer dunkler, bald erkannte Adib kaum noch die

Hand vor den Augen. Er hatte das Gefühl, dass er nicht mehr aufwachen würde, sollte er fest einschlafen. Er zwang sich, wach zu bleiben, sah das besorgte Gesicht seine Mutter und ließ sich daraufhin beruhigt in den Sitz sinken. Nuria wischte ihm die schweißnasse Stirn ab.

Kleine Pausen gab es nur, wenn die Fahrer das Steuer wechselten. Dann vertraten sich alle bis auf Nuria und Adib die Beine.

Die Autos fuhren in einigem Abstand voneinander, um nicht aufzufallen. Irgendwann wurden die Abstände immer größer und immer mehr Wagen verschwanden im Nichts. »Schwarzes Loch«, flüsterte Adib in seinem Fieberwahn. Nuria beugte sich ganz nah an sein Ohr, um seine schwache Stimme zu verstehen. »In eine andere Welt«, verstand sie, dann wurde seine Stimme zu leise.

Von der Fahrt selbst bekam der Junge nicht viel mit. Er schwebte zwischen Leben und Tod, schrammte immer wieder haarscharf an einer Ohnmacht vorbei, die ihn wahrscheinlich nicht mehr hätte aufwachen lassen.

Bulgarien und Rumänien hatten sie ohne Schwierigkeiten hinter sich gelassen, nun durchquerten sie Ungarn. Nuria flehte die Fahrer immer wieder an anzuhalten, damit Adib sich ausruhen könne. Doch sie ignorierten Nurias Bitten und fuhren ungerührt weiter. In einer kleinen Ortschaft besorgte der Fahrer fluchend in einer Apotheke Schmerzmittel für Adib.

Adib öffnete bereitwillig den Mund und ließ sich von seiner Mutter ein paar weiße Tabletten auf die Zunge legen. Adib merkte ihr an, dass sie nicht mehr damit rechnete, dass er die Reise überleben würde. Sie versuchte, sich im Geiste darauf vorzubereiten, aber das führte nur dazu, dass sie in Tränen ausbrach, die sie wiederum vor Adib zu verbergen versuchte.

Kurz hinter der österreichischen Grenze schmissen die Schlepper Nuria und ihre Söhne an einem Bahnhof aus dem Zug. Sie konnten ihre Wehklagen nicht mehr ertragen, und sie hatten Angst, dass Adib in ihrem Auto sterben würde.

Nuria und Tahir schleppten Adib unter den Achseln zu einem kleinen Park gegenüber des Bahnhofs, wo sie ihn auf eine Bank legten. Nuria schob ihrem Sohn noch ein Handtuch unter den Kopf, dann rief sie die Fluchthelfer an. Nuria weinte, drohte, flehte am Telefon. Umsonst, die Chefs ließen sich nicht erweichen. »Aber das Geld, das ich euch Betrügern in den Hals geworfen habe, das habt ihr gern genommen«, schimpfte sie.

»Ihr habt uns genug Probleme gemacht«, schimpfte es aus dem Handy zurück. »Sei froh, dass wir dir nicht noch mehr in Rechnung stellen. Wir sind nicht für deinen Sohn verantwortlich. Wenn er nicht transportiert werden kann, ist das nicht unser Problem.« Dann war die Verbindung unterbrochen, und Nuria stand eine Weile still da und lauschte der toten Leitung, als könnte doch noch ein Hinweis kommen.

Adib lag auf der Parkbank und sah seiner Mutter mit glänzenden Augen zu. Tahir trommelte mit einem Ast auf die Lehne, bis er von Nuria zur Ordnung gerufen wurde. Sie stellte sich ein Stück abseits unter einen Baum und weinte. Adib hätte seine Mutter gern getröstet, aber er war zu schwach zum Aufstehen. So musste er hilflos mit ansehen, wie sie schluchzend am Baum runterrutschte und mit den Händen im Boden wühlte, als wollte sie sich hineingraben und einfach verschwinden. Adib schloss die Augen.

27

Karl sah sich um und suchte nach einer Gelegenheit. Und die ließ auch nicht lange auf sich warten. Zwei Polizisten schlenderten vorbei. Als sie fast vorüber waren, zog Karl den Revolver hinter seinem Rücken hervor, warf ihn Waschek zu, der ihn instinktiv auffing, und schrie: »Vorsicht, er hat eine Pistole!« Die Leute ringsum gingen in Deckung. Ihre Instinkte waren aus dem Krieg noch geschärft. Die Polizisten schnellten herum. Einer hatte seine Waffe gezogen und zielte auf Waschek, während der andere an seiner Pistolentasche herumnestelte. »Waffe weg!«, schrie er. Waschek sah erst ihn und dann die Pistole in seiner Hand überrascht an. »Waffe weg oder ich schieße«, rief der Polizist wieder. In diesem Augenblick machte Waschek eine Bewegung. Sofort fiel ein Schuss. Die Zeit blieb für einen Moment stehen. Zumindest kam es Karl so vor, denn er sah Waschek in Zeitlupe zu Boden sinken. Waschek öffnete und schloss den Mund wie ein Fisch auf dem Trockenen. Es geschah in absoluter Stille.

Dann war es Karl, als hätte jemand den Ton wieder angestellt, und er hörte Waschek vor Schmerz brüllen. Er hörte die Befehle der Polizisten, die Waschek jetzt zu Boden drückten, wobei der eine auf seinem Rücken saß und der andere seine Arme festhielt. Ein dünner Blutfaden schlängelte sich von Waschecks Bein weg, versickerte zwischen den Ritzen des Kopfsteinpflasters und färbte das Unkraut dazwischen rot. »Mein Bein, mein Bein!«, jammerte Waschek, als die Polizisten ihn auf die Beine stellten und ihn in ihre Mitte nahmen. Waschek war weiß wie ein frisch gestärktes Laken. Er ließ sich wie betäubt mitschleifen, wobei ihm der dünne Blutfaden, einer kleinen roten Schlange gleich, folgte. Dann sah Karl, wie die drei in der Menge verschwanden.

Er spuckte aus. Ein Gefühl des Triumphes überkam ihn. Er hatte es dem blöden Waschek gezeigt. Der Kerl würde so schnell nicht wieder auftauchen und ihm das Leben schwer machen. Wahrscheinlich würden die Russen Waschek erschießen oder ihn zumindest für einige Zeit einsperren. Unterwegs hatte Karl von Männern gehört, die von den Russen nach Sibirien verschleppt worden waren, um dort für ihre ehemaligen Feinde zu arbeiten. Es konnte Waschek nicht schaden, sich mal ein bisschen die Hände schmutzig zu machen, anstatt andere für sich arbeiten zu lassen, dachte Karl, und im gleichen Moment plagte ihn ein schlechtes Gewissen, weil er an dessen Töchter dachte.

Karl zog sich in den Schatten einer Ruine zurück, von der aus er einen guten Blick über den gesamten Platz hatte. Bald mussten sie kommen. Mutter und Hannah. Wie sollte er ihnen erklären, was mit Waschek geschehen war? Dass er von Anfang an gewusst hatte, dass man sich auf Waschek nicht verlassen konnte, würde seine Mutter sicherlich nicht hören wollen. Am besten sagte er gar nichts. Er würde einfach behaupten, Waschek auf dem Weg nach Leipzig verloren zu haben.

Plötzlich hörte er jemanden seinen Namen rufen. Er drehte

sich um. Und da waren sie: Mutter, Hannah, Frau Waschek und ihre Töchter. Sie näherten sich vorsichtig dem Platz, als hätten sie Angst. Karl flog seiner Mutter in die Arme. Er wirbelte Hannah herum. Sie weinten und lachten gleichzeitig. Mitten in die Wiedersehensfreude drang die monoton klingende Stimme von Frau Waschek wie ein Störgeräusch: »Wo ist mein Mann?«

Karl sah sich um, als wäre ihm eben erst aufgefallen, dass einer von ihnen fehlte.

»Ist er nicht bei dir?«, fragte Frau Waschek ungläubig.

»Die Polizei hat ihn mitgenommen«, sagte Karl. »Wir hatten uns auf dem Weg nach Leipzig verloren und dann habe ich ihn erst heute hier vor dem Bahnhof wiederentdeckt. Aber da wurde er bereits von der Polizei abgeführt.« Hastig und ohne nachzudenken sprach er weiter, wobei er sich erneut wunderte, wie leicht ihm das Lügen fiel. »Er ist in eine Razzia geraten.« Frau Waschek machte ein ratloses Gesicht. »Schwarzmarkt«, sagte Karl verschwörerisch und machte mit dem Arm eine ausholende Geste über den Platz. Frau Waschek folgte seiner Bewegung mit den Augen, dann sah sie ihn genauso fragend wie zuvor an. Karl senkte seine Stimme. »Hier werden illegal Waren getauscht. Und ihr Mann hatte einfach Pech, dass er gerade hier war, als die Razzia stattfand. Ich meine, die merken ja schnell, dass ihr Mann ein ehrlicher Mensch ist. Kaufmann, Geistlicher.« Er log jetzt ohne Scham.

Frau Waschek liefen Tränen aus den Augen und Karl verstummte. Wie konnte er der Frau nur so einen Bären aufbinden?

Waschecks Töchter sahen Karl forschend an, als glaubten sie ihm nicht. »Am besten gehen Sie zur Polizei und fragen nach ihm«, sagte er zu Frau Waschek. Er wollte die drei so schnell wie möglich loswerden.

»Am besten gehen wir alle«, mischte sich jetzt Karls Mutter

ein. Das Zittern ihrer Hände war stärker geworden, wie Karl feststellte.

»Lieber nicht«, sagte Karl hastig. »Wir müssen doch nach Berlin.«

Seine Mutter sah ihn vorwurfsvoll an. »Wir können doch die Waschecks nicht ihrem Schicksal überlassen. Wir sind so weit miteinander gegangen und jetzt sollen wir sie alleinlassen? Das hat doch einen Grund, dass wir die Familie getroffen haben. Vielleicht steckt ein göttlicher Plan dahinter.« Karl kam es vor, als würde Herr Waschek aus dem Mund seiner Mutter zu ihm sprechen.

»Aber wir wollten doch nach Berlin«, versuchte er es noch einmal und hörte seine eigene Verzweiflung. Karl fühlte sich verraten. Zudem hatte er Angst. Was würde passieren, wenn herauskam, was er mit Waschek getan hatte? Dann würde er Mutter und Hannah sicher verlieren. Aber sie brauchten ihn doch genau wie er sie!

Widerwillig ließ er sich von seiner Mutter mitziehen, um eine Polizeiwache zu finden. Nachdem sie sich durchgefragt hatten, landeten sie vor einem Bretterverschlag, vor dem ein Polizist auf einem Stuhl saß und in Papieren blätterte. Er trug eine umgefärbte Wehrmachtsuniform und eine Armbinde, die ihn als Polizisten auswies.

»Entschuldigen Sie«, ergriff Karls Mutter das Wort, während Frau Waschek unentwegt in ihr Taschentuch schluchzte. Der Polizist sah nicht mal von seiner Tätigkeit auf. »Entschuldigen Sie«, versuchte sie es erneut. »Wir suchen den Ehemann dieser Frau.« Der Beamte blinzelte und beschattete seine Augen mit der Hand. Dann zeigte er wortlos auf die Baracke. »Danke!«, sagte Karls Mutter schnaubend und betrat, mit den anderen im Schlepptau, das Gebäude. Um einen Tisch herum saßen zwei weitere Polizisten. Auch sie in umgefärbten Uniformen. »Der

Mann dieser Frau ist von der Polizei mitgenommen worden. Wir wollen wissen, wo sie ihn hingebracht haben«, sagte sie energisch.

»Keine Ahnung, versuchen Sie es bei den Russen«, sagte einer der beiden.

»Wir haben hier nichts zu sagen«, mischte sich der andere ein. »Wir laufen nur ein bisschen rum und tun so, als ob.«

Sie wandte sich an Karl: »Aber du sagtest doch, es wären Polizisten gewesen, keine russische Militärpolizei.« Karl nickte. Er wäre am liebsten im Boden versunken. »Auf dem Bahnhofsvorplatz war es«, sagte seine Mutter. »Da haben sie ihn mitgenommen. Wir wollten ihn dort treffen. Das sind seine Frau und seine beiden kleinen Mädchen.« Sie zeigte auf die Familie Waschek.

»Gute Frau«, sagte der Polizist. »Was glauben Sie, wie viele Leute täglich verhaftet werden? Dutzende. Die müssen nur mal zur falschen Zeit am falschen Ort sein. Die müssen nicht mal was getan haben. Die Russen und die Juden haben nun das Sagen. Aber wir nicht mehr.«

»Vor dem Bahnhof, meinen Sie?«, sagte der andere, während er sich am Kinn kratzte. »Jetzt fällt es mir ein. Da haben die Kollegen einen mitgenommen, der mit einer Pistole rumgefuchtelt hat.«

Frau Waschek schrie leise auf, Karls Mutter drückte ihren Arm und sah Karl an. »Hast du eine Pistole gesehen?«, fragte sie ihn. Karl tat, als würde er überlegen, bevor er sagte: »Es könnte sein. Da war irgendwas.« Frau Waschek schluchzte erneut auf.

»In so einem Fall können wir nichts mehr tun«, sagte der andere Polizist und sah die Frauen mitleidig an. »Da sind uns gegenüber den Russen die Hände gebunden. Wir sind doch nur ihre Schoßhunde.«

Frau Waschek brach heulend zusammen. Ihre beiden Töchter

warfen sich auf die schluchzende Mutter und fingen ebenfalls an zu weinen. Was hätte Karl in diesem Moment dafür gegeben, die Zeit zurückdrehen zu können.

»Dann müssen wir es eben bei den Russen versuchen«, sagte seine Mutter, während sie den Bretterverschlag verließen und Frau Waschek gemeinsam stützten. Sie versuchte, energisch zu klingen, aber Karl bemerkte das Zittern ihrer Hände und dass sie ebenfalls Mühe hatte, sich aufrecht zu halten.

»Mutti«, sagte er leise zu ihr. »Du musst dich ausruhen. Wir suchen uns jetzt einen ruhigen Platz und dann ziehen wir nach Berlin weiter.«

»Aber was ist mit Waschecks?«, fragte seine Mutter ebenso leise zurück. Karl drehte sich zu Waschecks um, die ratlos dastanden.

»Ihr Mann war doch so beliebt«, fing er an Frau Waschek gewandt an. Bei diesen Worten wäre ihm fast die Galle hochgekommen. »Ich meine, der kannte doch Hinz und Kunz. Es muss doch in Leipzig jemanden geben, der ihren Mann kannte. Jemanden von einer Kirchengemeinde zum Beispiel. Da könnten Sie doch vielleicht hingehen und auf ihn warten.«

»Ich weiß nicht«, sagte Frau Waschek weinerlich und schüttelte den Kopf.

»Einen Bekannten, einen entfernten Bekannten?«, hakte Karl nach, als könne er allein durch die Worte jemanden heraufbeschwören. Er wollte die Waschecks um jeden Preis loswerden. Aber Frau Waschek schüttelte erneut den Kopf.

»Doch, Mutti«, sagte die jüngere der beiden Töchter. Karl sah sie verwundert an. Er war sich nicht sicher, sie schon einmal sprechen gehört zu haben »Die Matthäikirche«, fuhr das Mädchen fort. »Der Pastor dort hat sich einmal mit Vater geschrieben.«

Frau Waschek nickte langsam, als dämmerte in ihr eine Erkenntnis.

Karl schöpfte Hoffnung. »Dann bringen wir euch dahin. Die werden euch weiterhelfen.«

Frau Waschek ließ alles über sich ergehen. Karl stellte sich vor, dass das letzte bisschen Willen, das sie mal gehabt hatte, in ihrem Inneren zu einem kleinen trockenen Klümpchen zusammengeschrumpft war.

Sie fragten sich durch und standen schließlich vor einem Haufen Trümmer. Das Dach der Kirche fehlte völlig, auch die Fenster. Ein Schild an der Ruine wies sie zu einem Haus in der Nähe. Dorthin hatte sich die Gemeinde geflüchtet. Als sie das Gebäude betraten, kam ihnen eine Frau entgegen. Sie trug ein Kopftuch und hatte einen Eimer in der Hand. Karl erklärte ihr die Situation. Die Frau mit dem Kopftuch schlug die Hand vor den Mund und sagte: »Der arme Herr Waschek, natürlich kenne ich den noch. Ich habe ihn einmal in Ihrer Heimatstadt kennenlernen dürfen.« Sie machte ein betrübtes Gesicht. »Er war doch immer so fröhlich und allen zugewandt. Das mit der Pistole kann ich mir gar nicht vorstellen.« Zu Frau Waschek gewandt, sagte sie: »Dann bleiben Sie erst mal hier, Sie armes Ding. Wir werden Sie und Ihre Kleinen schon wieder aufpäppeln. Und Ihren Mann finden wir auch. Wir haben gute Kontakte zu den Russen.« Dankbar ließ sich Frau Waschek von ihr den Arm um die Schulter legen und wegführen. Die Mädchen folgten ihr. Niemand von den dreien drehte sich zum Abschied um. Karl, Hannah und ihre Mutter sahen sich verwundert an.

Kurze Zeit später waren die drei auf dem Weg nach Berlin. Auf der zerbombten Straße waren viele andere unterwegs, und bald fanden sie einen Pferdekarren, der sie ein Stück mitnahm. Er gehörte einem Bauern, der zum Lebensmitteltauschen in der Stadt gewesen war. Sie sahen ihn mit hungrigen Augen an. Karl meinte, sein knurrender Magen müsste im ganzen Universum zu hören sein.

»Ist nix mehr übrig«, sagte er. »Nur noch meine eigene Verpflegung.« Die bestand aus Brot und Mettwurst.

Seine Mutter lächelte dem Bauern freundlich zu, der daraufhin seinen Blick ungeniert über ihren Körper wandern ließ. »Vielleicht überlege ich es mir noch mal«, sagte er und legte seine Hand auf ihren Oberschenkel.

28

Adib hatte einen Job. Er klemmte Karten an Autos, auf denen Gebrauchtwagenhändler dem Besitzer Geld für seinen Wagen anboten. Ein Landsmann hatte ihm die Arbeit vermittelt. Mit einem Packen Kärtchen bewaffnet, lief Adib die Nonnendammallee entlang.

Zwar gab es nur ein paar Euro, aber immerhin konnte er etwas verdienen und war nicht mehr nur auf Almosen von den deutschen Behörden angewiesen. Er hoffte sogar, etwas von dem Geld zurücklegen zu können, um ihre Schulden bei Dimitrios und Hugo zu bezahlen.

In drei Tagen würden er, Tahir und seine Mutter einen Termin mit Karls Vermieter haben. Sie würden sich eine Wohnung im selben Haus anschauen. Adib war aufgeregt, er konnte es nicht erwarten, aus dem Heim auszuziehen. Die Enge machte ihm zu schaffen sowie der ständige Streit mit den anderen, vor allem mit den Tschetschenen. Dreimal hatte er sich inzwischen mit ihnen geprügelt. Und zweimal gewonnen. Beim dritten Mal hatten sie ihm zu viert aufgelauert und ihn zusammengeschlagen. Sein blaues Auge hatte er Marie damit erklärt, dass er gegen die Zimmertür gelaufen wäre, als er nachts, im Dunkeln, aufs Klo wollte. Er hatte ihr angesehen, dass sie ihm nicht geglaubt hatte. Stolz war er nicht darauf, dass er so schnell die Nerven verlor und zuschlug. Aber wenigstens verkroch er sich nicht wie andere im Heim. Einige verbrachten den ganzen Tag dämmernd hinter verschlossenen Vorhängen. Manche lagen den ganzen Tag im Bett, die Decke über die Augen gezogen. So einer war Adib nicht. Er ließ sich eben nicht alles gefallen. So wie von Leno. Seit dem Vorfall in der Schule hatte er ihn in Ruhe gelassen, aber Adib traute dem Jungen trotzdem nicht über den Weg.

Er klemmte gerade eine Karte an die Fahrertür eines Wagens, als sein Handy klingelte. Seine Mutter war dran, doch Adib verstand sie nicht, weil sie gleichzeitig weinte und lachte. Alles, was er mitbekam, war das Wort »Bruder«. Hoffentlich war nichts mit Tahir, dachte er bestürzt und machte sich sofort auf den Rückweg. Im Büro der Heimleiterin angekommen, fiel seine Mutter ihm um den Hals. »Er lebt!«, rief sie. »Gott sei Dank, er lebt!«

Adibs Blick wanderte verwirrt zwischen seiner Mutter und seinem kleinen Bruder hin und her. Natürlich lebte Tahir. Er stand doch da und grinste.

»Farid«, sagte seine Mutter. »Er lebt.«

»Was?«, fragte Adib ungläubig. Er hatte den Eindruck, eine Falltür hätte sich unter ihm aufgetan und er würde in rasender Geschwindigkeit hinunterstürzen. Er musste sich setzen. Erst dann konnte er sich, mit zittrigen Gliedern, den Bericht seiner Mutter anhören:

»Er ist nicht ertrunken. Die Polizisten haben ihn aus dem Wasser gezogen. Dann haben sie ihn eingesperrt. Monatelang haben sie ihn eingesperrt.« Ihre Stimme brach weg. Nach einer kurzen Pause fuhr sie fort: »Er ist dann in Istanbul geblieben und hat dort gearbeitet. Und dann ist er nach Griechenland gekommen und hat da auch gearbeitet. Er hat überall nach uns gefragt. Die Schlepper haben ihm erzählt, dass wir in Deutschland sind. Und jetzt ist er in einer Stadt nicht weit von hier.« Sie wandte sich an die Heimleiterin und fragte auf Deutsch: »Wie heißt die Stadt?«

»Brandenburg.«

»In Brandenburg«, sagte sie zu Adib. »Aber er kommt bald hierher.«

Adib kam es vor wie ein Traum. Er malte sich aus, wie er Farid Berlin zeigen würde. Wie er ihm Marie und Karl und auch Mildred vorstellen würde. Er würde ihm sein Teleskop zeigen, mit ihm Bus fahren, U- und S-Bahn, sie würden ins Kino gehen, ins Planetarium. Sie wären wieder vollzählig. Fast zumindest.

Als sie Farid vom Bahnhof abholten, hätten sie ihn beinahe nicht erkannt. Der einstmals stolze Farid, der älteste der drei Brüder, war ein Wrack. Er war abgemagert und hohlwangig, hatte die Augen halb geschlossen, als würde er sich vor der Welt um ihn herum abschirmen.

Als die drei auf ihn zustürzten, um ihn zu umarmen, wich er zurück und hob abwehrend die Hände.

»Was ist nur mit dir, mein Sohn?«, klagte Nuria und biss sich auf die Lippen. »Was haben sie mit dir gemacht?«

Das war nicht Farid, den sie ihnen da zurückgeschickt hatten, dachte Adib. Sie hatten einen Menschen aus dem Wasser gezogen, der die Grenze zwischen Leben und Tod bereits überschritten hatte und jetzt nicht mehr zurückfand.

Nach und nach bekamen sie heraus, dass Farid in verschiedenen Gefängnissen gesessen hatte. Die Türken hatten ihn als Terroristen bezeichnet, als feindlichen Spion, als Verbrecher und sonst noch was. Nach dem türkischen Gefängnis kam das griechische, das bulgarische, das rumänische und schließlich das österreichische. Er hätte einen Reiseführer über Europas Haftanstalten schreiben können. Aber der Farid, der da sprachlos in ihrem Wohnheimzimmer saß, hätte mit seinen zitternden Fingern nicht mal einen Stift halten können. Nachts wachte er schreiend auf, drückte das Kissen schützend an seine Brust und stammelte unverständliche Laute. Tagsüber schlich er wie ein Schatten durch die Anlage des Heims. Adib war in ständiger Sorge, dass Farid wieder verschwinden könnte. So plötzlich, wie er aufgetaucht war.

»Hm, hm«, machte Rainer, dem er davon erzählte. »Dit klingt ja wirklich jefährlich. Vielleicht bräuchte er mal wat zu arbeiten. Um uff andere Jedanken zu kommen.« Rainer legte sein Gesicht in Falten, als würde er stark nachdenken, um nach einer Weile zu verkünden: »Arbeit hat noch keinem geschadet.«

Und so nahm Adib ihn mit auf seine Touren und ließ Farid Kärtchen unter Scheibenwischer und an Autotüren stecken.

29

Karl griff nach dem Wasserglas, doch plötzlich blieb sein Fuß an einem Tischbein hängen und er taumelte ungeschickt vorwärts. Das Glas flog ihm aus der Hand und Karl flog hinterher. Er lag auf dem Boden wie ein angezählter Boxer. »Marie!«, rief Karl, bis ihm einfiel, dass sie in der Schule war und erst mittags kommen würde.

Resigniert blieb er liegen. Er fuhr mit dem Zeigefinger die schmalen Linien des Parkettbodens nach. Sehen aus wie Landstraßen, dachte Karl. Wo führen die wohl hin? Etwa einen Meter entfernt von der Stelle, wo er lag, befand sich der Inhalt seines Wasserglases. Die Oberfläche der Pfütze schimmerte in der Sonne. Ist das der See?, fragte sich Karl. Der See, an dem ich mit Hannah auf Mutter gewartet habe? Sie hatten dort Mettwurst gegessen. Und Brot. Es konnte nicht allzu lange gedauert haben. Mutter war zurück, noch bevor sie aufgegessen hatten. Karl sah sie vom Wagen des Bauern klettern, ihr Kleid richten und mit steifen Schritten auf die Kinder zukommen. Karl hätte am liebsten geweint, als er sie sah. Ihm schien es, dass ihre

Augenfarbe, ein funkelndes Blau, nunmehr ganz erloschen war. Wie ein ausgebrannter Stern.

Karl hielt ihr ein Stück von der Mettwurst hin, doch seine Mutter sagte nur: »Wir müssen weiter, Kinder.«

Während der nächsten Tage hoffte Karl, dass seine Mutter sich wieder fangen würde, doch als sie nach einer Woche noch immer mit erloschenen Augen neben ihren Kindern herlief, wurde ihm bewusst, dass sie von nun an auf sich gestellt waren. Dass es allein an ihm, Karl, lag, die Familie durchzubringen. Mutter bot keine Orientierung mehr. Sie schien sich aufgelöst und nur noch ihre Hülle hinterlassen zu haben. Manchmal sagte sie zu ihnen: »Ist nicht mehr weit. Da hinten, nach der Biegung, kommt gleich der Talkessel, und von da aus hat man einen wunderbaren Blick über Waldenburg.« Doch meistens fing sie sich schnell wieder, lachte und sagte: »Ich Dummchen.«

Pausen waren seiner Mutter zuwider. Immer musste sie in Bewegung bleiben, als ob Stillstand etwas Bedrohliches an sich hätte. Sie wäre endlos weitermarschiert, hätte Karl sie nicht gezwungen zu rasten.

Karl hatte Hannah aus Stöckchen, Gras und Lumpen eine Puppe gebastelt, die sie wie einen Schatz hütete und wie einen kleinen Menschen behandelte.

Als sie einmal in einem kleinen Ort um Essen bettelten, wurden ihnen die Türen vor den Nasen zugeschlagen. »Wir wollen hier keine Polacken«, hieß es. Am Ende fanden sie doch eine Bauersfrau, die ihnen ein bisschen Kartoffelsalat schenkte, mit den Worten: »Nehmt ihr es lieber, sonst kriegen es die Schweine.« Sie bedankten sich und machten von da an einen Bogen um die Ortschaften. Lieber bettelten sie bei anderen Flüchtlingen und hin und wieder stahl Karl etwas Essen oder sie kauten Wurzeln und Gräser.

»Wenn wir wieder zu Hause sind«, sagte seine Mutter, als sie wieder einmal zwei Tage gehungert hatten, »dann schlagen wir uns die Bäuche voll. Dann mache ich euch Schlesisches Himmelreich mit Kartoffelklößen und zum Nachtisch Apfelkuchen. Ihr werdet schon sehen.« Karl hatte es längst aufgegeben, seine Mutter darauf hinzuweisen, dass sie ihre Heimat wohl für eine ganze Weile nicht mehr sehen würden. So ließen Hannah und Karl sie von Waldenburg reden, und manchmal gingen sie sogar darauf ein und bestärkten ihre Mutter in dem Glauben, bald die Heimat wiederzusehen.

Durch den Bewegungsdrang ihrer Mutter angespornt, kamen sie gut voran. Sie umgingen die Militärposten, die die verschiedenen Besatzungszonen bewachten, indem sie durch die Wälder schlichen. Meist blieben sie jetzt für sich, ohne sich anderen Flüchtlingsgruppen anzuschließen, die aufgrund ihrer Größen sowieso langsamer waren. Sie machten keine Kompromisse mehr.

Und endlich, am Vormittag des 3. September, es war ein kühler und regnerischer Tag, sahen sie von Weitem die Ausläufer Berlins. Und je näher sie kamen, desto weiter blätterte sich die Stadt vor ihnen auf.

Die Schritte seiner Mutter wurden immer langsamer. Sie hatte wohl mittlerweile verstanden, dass sie nicht nach Waldenburg gingen. Karl und Hannah mussten sie die letzten Meter vorwärtsschieben. Plötzlich preschten Militärfahrzeuge an ihnen vorbei. »Das waren Engländer«, sagte Karl atemlos, dem der Anblick des ehemaligen Feindes Herzklopfen verursachte. Ein paar Monate zuvor hatte er noch auf einer Deutschlandkarte mit bunten Nadeln das Vorrücken der Alliierten gesteckt. Die Engländer waren bei ihm die grünen Nadeln gewesen. Von anderen Flüchtlingen erfuhren sie, dass auch Berlin in Zonen aufgeteilt worden war. In eine französische, eine amerikanische, eine englische und eine russische. In die russische wollten sie auf keinen Fall. Da kamen sie ja praktisch gerade her. In die französische, zum Erbfeind, wollten sie auch nicht. Und was sollten sie bei den Amerikanern? Was hatten die überhaupt in Europa zu suchen? Da Grün eine von Karls Lieblingsfarben war, entschieden sie sich für die englische Zone und schlugen sich bis nach Spandau durch. Da sollte es angeblich noch Wohnraum geben.

Sie sahen eine überfüllte Pferdebahn, die sich mühselig durch die Straßen quälte. Überall Menschen, die ameisengleich in den zerbombten Straßen ziellos herumwimmelten. Ihre Rücken waren gebeugt, wie von einer unsichtbaren Last.

Berlin selbst war ein einziges Trümmergebirge mit hohen Bergen und tiefen Tälern. Es schien noch schlimmer zerstört zu sein als Leipzig. Zwischen manchen Steinhaufen lagen schmale Durchgänge, die als Straßen dienten. Wollte eine Gruppe in die eine Richtung, mussten Entgegenkommende warten, weil es zu eng war.

Die U-Bahn-Schächte waren voller Wasser. Brücken waren zerstört. An seichten Stellen hatten die Berliner provisorische Brücken aus Eisenschrott gebaut, über die sie nun huschten, darauf bedacht, trockenen Fußes herüberzukommen.

Auf Brachen standen Zelte, davor spielten verdreckte Kinder, deren Mütter auf primitiven Feuerstellen kochten. An den wenigen noch funktionierenden Wasserpumpen standen die Menschen Schlange.

Hin und wieder wurden die drei von Soldaten angehalten, sich auszuweisen und ihre Genehmigung für die jeweilige Zone vorzuzeigen. Doch meistens fand Karl irgendeine Ausrede, und so ließen die Soldaten die dreiköpfige ausgehungerte Familie ziehen, nicht ohne sie zu ermahnen, nächstes Mal ihre Passierscheine dabeizuhaben.

Karl fiel auf, dass Frauen das Stadtbild beherrschten. Wie eine

Kolonie der Weiber, dachte er. Sie wühlten in den Trümmerbergen zerbombter Häuser, wo sie Zement- und Mörtelreste von Ziegelsteinen abkratzten, so wie er selber es in Leipzig hatte tun müssen.

In den Ruinen lebten Menschen. Mehrfach sah Karl, wie sich Leute in einer Wohnung aufhielten, deren Wand zur Straßenseite hin weggebombt worden war. Die Bewohner saßen, standen oder lagen wie Schauspieler auf einer Bühne und gingen ihren Beschäftigungen nach, wobei sie sich völlig zwanglos gaben, als seien sie unbeobachtet. Einmal sah Karl jemanden im zweiten Stock auf dem Klo sitzen und sich gerade den Hintern abputzen.

Jeder Quadratmeter, der nicht zerbombt worden war, war bewohnt: Jeder Schuppen, jedes Ladengeschäft, jede Kneipe, jeder Keller, jedes noch so erdenkliche Loch war zu einer Wohnung umfunktioniert worden.

Karl hatte gedacht, dass sie in Spandau einfach ein leer stehendes Zimmer besetzen konnten. Doch es gab keinen leer stehenden Wohnraum. Außerdem herrschten in diesem Chaos Regeln. Zwar ziemlich vage, luftige und sehr dehnbare Regeln, doch die englischen Besatzer achteten auf eine gewisse Einhaltung.

Sie gingen zur Militärbehörde, und Karl log ihnen vor, dass sie aus Spandau seien und durch die Bombardierung Wohnung und Papiere verloren hätten. Hannah und er seien von den deutschen Behörden in den letzten Kriegswochen aufs Land geschickt worden. Jetzt aber wären sie zurück und benötigten eine Wohnung.

»Eine Wohnung«, sagte ein englischer Offizier, leicht amüsiert mit britischem Akzent. »Wir haben noch eine Villa an der Havel frei. Wäre das etwas für euch?«

Karl und Hannah sahen sich verstohlen grinsend an. »Ja«, sagte Karl. »Die nehmen wir.«

»Gut«, sagte der Offizier und schrieb ihre Namen in ein großes Kaufmannsbuch. Plötzlich hielt er inne. »Ist das eure Mutter?«, fragte er, als schien er sie jetzt erst zu bemerken. Sie wirkte wie ein Geisterwesen, durch das man fast durchsehen konnte, dachte Karl. Er bejahte die Frage des Offiziers, der sich anschließend wieder seiner Schreibarbeit widmete.

Ein paar Minuten später standen sie auf der Straße und sahen sich an. »Eine Villa«, sagte Hannah begeistert. Bestimmt haben wir auch einen Garten.«

Die »Villa« entpuppte sich als ein halb ausgebranntes Mietshaus in der Spandauer Altstadt, worin ihnen ein Zimmer in einer Dreizimmer-Wohnung zugewiesen worden war. Hannah weinte vor Enttäuschung. Karl ließ sich nichts anmerken. Er würde sich nicht unterkriegen lassen. Jetzt erst recht nicht, nach all den Strapazen und Entbehrungen.

Die ersten Tage schliefen sie auf ihren Lumpen, bis Karl von einem seiner Streifzüge durch die Ruinen eine Matratze mitbrachte. Sie hatte ein paar Schimmelflecke, war ansonsten aber noch tadellos. Die Kinder ließen ihre Mutter darauf schlafen, die kaum noch sprach und das Essen verweigerte. Steckten sie ihr etwas in den Mund, spuckte sie es wieder aus und beschimpfte Hannah und Karl, sie wollten sie vergiften. Sie redeten dann mit Engelszungen auf ihre Mutter ein, bis sie sich beruhigt hatte. Dann steckten sie ihr ein Stück Brot in den Mund, auf dem sie abwesend herumkaute.

Als Toilette benutzten sie einen rostigen Topf, den sie nach dem Gebrauch ausleerten. Das Plumpsklo, eine halbe Treppe tiefer, war längst übergelaufen, und der Inhalt, mittlerweile eingetrocknet, war wie ein Wasserfall das Treppenhaus heruntergelaufen.

Ermutigt durch den Matratzenfund, ging Karl »auf Tour«, wie er es nannte. Das hieß, er streifte durch die Ruinen, in die sich wegen Einsturzgefahr kaum einer traute, und versuchte dort Dinge zu finden, die sich auf dem Schwarzmarkt zu Geld machen ließen. Manchmal stieß er auf Wohnungen, die wirkten, als seien sie erst vor Kurzem von ihren Besitzern verlassen worden. Seine Risikobereitschaft zahlte sich aus. Er fand Nachtgeschirr, Kerzenleuchter, Besteck, Bücher, Töpfe, die er gegen Essbares tauschte.

Zusammen mit den Lebensmittelmarken hatten sie auf diese Weise ausreichend zu essen, sodass sie manchmal sogar den Nachbarn etwas abgeben konnten.

Im Zimmer neben ihnen wohnte eine Frau mit vier Kindern, das fünfte war unterwegs. Dass der Vater des Ungeborenen ein Rotarmist sein musste, konnte sich sogar Karl zusammenreimen.

Im Zimmer gegenüber wohnte ein altes Ehepaar, das sie kaum zu Gesicht bekamen. Eines Morgens nahmen sie aus dem Zimmer der beiden einen süßlich-modrigen Geruch wahr. Sie wussten sofort, was hinter der Tür vor sich ging. Dieser Geruch begleitete sie schließlich seit Monaten. Als sie die Tür öffnen wollten und sie abgeschlossen fanden, holten sie von der Straße zwei englische Offiziere hoch, die die beiden Alten schließlich von der Zimmerdecke knüpften.

Kurze Zeit später zogen drei junge Leute dort ein. Die sechzehnjährige Emmi war zusammen mit ihrer älteren Schwester und deren Mann aus Danzig geflüchtet.

Die beiden Jugendlichen sahen sich verstohlen hinterher und umschlichen sich wie die Katze den sprichwörtlichen heißen Brei, bevor sie die ersten Schritte ihres Kennenlernens wagten. Nach anfänglichen zaghaften Gesprächen stellten sie fest, dass sie ähnliche Erfahrungen gemacht hatten. Aber nicht nur das. Da war noch mehr, das sie verband. Sie spürten eine Art Seelenverwandtschaft, und bald unternahmen sie Spaziergänge an der

Havel und redeten dabei stundenlang über ihre Lieblingsfilme, -bücher und -schauspieler. Sie wollten ein Theater aufmachen, auf Tournee gehen, dann wieder nach Amerika auswandern. Karl hatte gerade Jack London gelesen und schwärmte Emmi vom einfachen und doch glücklichen Leben der Goldsucher vor. Manchmal nahm er sie mit auf eine der leichteren Touren.

Einmal kamen sich ihre Münder in einer verlassenen Wohnung gefährlich nahe, doch sie machten einen Rückzieher und redeten sich ein, die Zeit sei noch nicht reif.

Anfang Oktober, an einem kalten Morgen, starb Karls Mutter. Sie hatte nur noch vor sich hin vegetiert. Nachdem Karl und Hannah den ganzen Tag bei der Leiche gesessen hatten, wickelten sie sie in ein altes Laken und schafften sie aus dem Haus. Da sie für eine richtige Bestattung kein Geld hatten, fuhren sie mit einem geliehenen Bollerwagen in der Abenddämmerung zum Friedhof und beerdigten ihre Mutter dort heimlich in einem offen stehenden Massengrab, das für die Berliner Kriegsopfer angelegt worden war. Sie betteten sie mit dem Kopf nach Osten, damit sie auf diese Weise wenigstens in Blickrichtung ihres geliebten Waldenburgs schlafen konnte.

In der Nacht darauf saßen sie zusammen mit Emmi in der Küche ihrer gemeinsamen Wohnung. Nachdem Hannah erschöpft eingeschlafen war, nahm Karl zaghaft Emmis Hand, was diese widerspruchslos geschehen ließ. Bis zum Morgengrauen saßen sie schweigend da und hielten sich aneinander fest, sicher, den anderen nie mehr loszulassen.

»Karl!«, schrie Marie entsetzt auf. Sie kniete sich neben ihn, schüttelte ihn, fühlte seinen Puls, horchte an seinem Herzen, um schließlich panisch zu Mildred zu rennen. Sie rief: »Karl ist tot. Er atmet nicht mehr.« Mildred gab der schluchzenden

Marie ein Glas Wasser, rief dann einen Krankenwagen und ging nach unten in Karls Wohnung, um zu warten.

Als der Arzt eintraf, stellte er bei Karl noch einen schwachen Puls fest, der wie ein fernes Echo vor sich hin puckerte. Sie schafften ihn ins Krankenhaus und verbanden ihn über Kabel mit einer Maschine.

Mildred stand auf einer Seite des Bettes, Marie auf der anderen. Beide weinten und hielten Karls Hände in den ihren. Die Maschine machte immer wieder *Pliingg* und zeigte eine unregelmäßige Kurve auf ihrem Monitor. Auch als die Kurve weniger ausschlug, machte ihnen der Arzt wenig Hoffnung, dass Karl wieder aufwachen könnte. Der Schlaganfall war zu stark gewesen.

Marie und Mildred redeten mit Karl, obgleich sie nicht wussten, ob noch etwas zu ihm drang oder ob er vielleicht schon in einer anderen Welt war. »Er hat doch immer von dieser Parallelwelt gesprochen«, sagte Mildred leise schluchzend.

»Ja, er meinte, da würde man nach dem Tod weiterexistieren«, führte Marie den Gedanken fort. »Dann wäre man gar nicht richtig tot. Nur eben in unserer Welt, aber nicht in der anderen.«

»Dieser alte Spinner«, sagte Mildred leise schluchzend.

30

Adib erfuhr von Karls Zusammenbruch im Bus auf dem Weg zur Schule. Er hatte sich gerade hingesetzt, als sein Handy klingelte. Marie war dran. Anfangs konnte Adib sie nicht verstehen, weil sie so jämmerlich schluchzte. Als die Nachricht dann endlich zu ihm durchgedrungen war, wurde ihm ganz kalt, als hätte jemand im Bus die Fenster aufgerissen. Adib versprach Marie, gleich nach dem Unterricht ins Krankenhaus zu kommen, dann stieg er aus, obwohl er noch zwei Stationen vor sich hatte, setzte sich auf eine Bank und weinte. Was sollte jetzt werden? Karl war ein Anker für ihn gewesen. Sein einziger Halt hier, in seinem neuen Leben, in Berlin. Klar, da war noch Marie, aber die war doch selbst noch auf der Suche.

Adib betete. Etwas, dass er lange nicht getan hatte. Er betete dafür, dass Karl sich wieder erholen oder wenigstens einen schnellen, schmerzfreien Tod haben würde.

Er erwischte sich dabei, wie er darüber nachdachte, ob die Chancen auf die Wohnung in Karls Haus durch seinen Tod wohl geschmälert werden würden. Er schämte sich für diesen

Gedanken, aber es musste etwas passieren. Ihre Situation im Heim war unerträglich geworden. Seitdem sie mit Farid in diesem Zimmer hockten, stritten die vier ständig untereinander. Farid beanspruchte seinen Platz als ältester Sohn und Oberhaupt der Familie, konnte ihn gleichzeitig jedoch nicht ausfüllen. Immer wieder fuhr er, selbst bei noch so kleinen Anlässen, aus der Haut. Erst beim Frühstück hatte er Adib erzählt, dass es in seinem Kopf schrillte, als würde eine kaputte Klingel läuten, wenn er sich aufregte. Er bekäme dann wahnsinnige Kopfschmerzen und könne nicht mehr vernünftig denken.

Adib hatte ihn mitleidig angesehen. Farid, der Starke, der unerschütterlich durchs Leben gegangen war, war jetzt nur noch ein Abziehbild seines früheren Ichs.

Im Unterricht war Adib unkonzentriert und mürrisch. Er ging Gesprächen aus dem Weg und blieb für sich. Seine Mitschüler gingen ihm eh schon seit längerer Zeit aus dem Weg. Selbst die Lehrer wirkten distanziert. Adib vermutete, dass Leno etwas im Schilde führte. Aber heute war er mit seinen Gedanken bei Karl.

Am Nachmittag fuhr er mit Marie ins Krankenhaus, um den Rest des Tages an Karls Bett zu verbringen. Mildred war bereits da.

»Ach, kommt ihr auch endlich«, sagte sie mit rauer Stimme zur Begrüßung. »Da haben wir ja Glück, nicht wahr, Karl?« Sie drehte sich zum Krankenbett und sagte: »Karl hat nämlich extra mit dem Sterben auf euch gewartet.«

»Was soll das, Mildred?«, fragte Marie genervt.

»Ich meine nur«, sagte Mildred und ordnete die Blumen in der Vase.

»Wir holen uns einen Kakao«, sagte Marie. »Wir hatten kein Mittagessen.« Mildred murmelte etwas vor sich hin.

»Man kann sich gar nicht vorstellen, dass er nicht mehr wiederkommt«, sagte Marie, als sie am Automaten standen und auf ihre Getränke warteten.

»Vielleicht wacht er wieder auf«, sagte Adib.

»Nein, das wird er nicht«, sagte Marie traurig. »Und es ist auch besser so. Wenn er wieder aufwacht, ist er nur noch eine sabbernde Hülle.« Adib sah sie erschrocken an. »Ist doch so«, sagte sie wütend. »Bringt doch nichts, sich was vorzumachen. Das hätte Karl auch so gewollt. Der hat dem Leben immer ins Auge gesehen.«

»Es ist Schicksal«, sagte Adib gleichmütig, woraufhin Marie ihn fragend ansah.

»Schicksal?«, wiederholte sie. »Das ist doch Bullshit.« Sie fing an zu weinen. »Das ist einfach nur ungerecht«, schluchzte sie. »Schicksal! Pfff! Was soll das sein? Irgendwas, hinter dem man sich versteckt, wenn man nicht mehr weiterweiß? Weißt du, was das ist?« Ohne eine Antwort abzuwarten, fuhr sie fort. »Feigheit. Das ist es. Die Menschen verstecken sich hinter dem Schicksal, Gott, dem Zufall und was auch immer. Das ist doch alles scheiße.« Sie weinte jetzt heftiger.

Adib sah betreten zu Boden. Er hätte Marie gern getröstet, doch er traute sich nicht.

»Es gibt einen Plan im Universum«, sagte er stattdessen.

»Du kannst mich mal«, gab Marie zurück und rauschte davon, wobei ihr Kakao überschwappte und eine dünne Spur auf dem Linoleumboden hinterließ.

Wenig später saßen sie in Karls Zimmer und lauschten dem hellen *Pliingg*, das Karls Überlebensmaschine regelmäßig von sich gab. Als ob es in dem alten Mann nach einem Rest Leben suchte. Der Klang löste eine Erinnerung bei Adib aus und führte ihn zurück in seine eigene Vergangenheit.

★

Adib erwachte von dem steten *Pliingg*, das sich gnadenlos in seine Gehörgänge fraß und von der Herz-Lungen-Maschine stammte, an die er angeschlossen war. Erst sah er nur verschwommen, dann nahmen die formlosen Schatten langsam feste Konturen an, und bald erkannte er seine Mutter und Tahir, die an beiden Seiten des Bettes saßen. Seine Mutter lächelte ihm aufmunternd zu.

Wie Adib später erfuhr, hatten ihn die österreichischen Polizisten sofort ins Krankenhaus gebracht. Da war es bereits höchste Zeit gewesen. Ohne Operation hätte Adib nicht überlebt.

Am Abend mussten seine Mutter und Tahir ihn leider verlassen. Die Polizei hatte sie in einer Sammelunterkunft für Asylbewerber außerhalb der Stadt untergebracht, und die anderen Bewohner hatten Nuria geraten, nicht nach Einbruch der Dunkelheit auf der Straße zu sein. Es gebe eine Bürgermiliz, die nicht gerade freundlich mit den Fremdländischen umgehe.

»Du musst so schnell wie möglich gesund werden«, hörte Adib die Stimme seiner Mutter. Sie klang gedämpft, als würde sie von weit her sprechen, was an den Schmerzmitteln lag, die er bekam. »Wir müssen doch nach Berlin.«

Das Wort »Berlin« setzte etwas in seiner Erinnerung in Gang, er kam bloß nicht darauf, was es war. Selbst nach einer Weile angestrengten Nachdenkens hallte es nur sinnlos in seinen Gedanken wider. Abends, als er allein war, wiederholte er das Wort wieder und wieder, lutschte es wie ein Bonbon, bis er endlich darauf kam: Berlin! Das war das Ziel. Dorthin mussten sie. Unbedingt. Dort gab es Freiheit und Würde für jeden.

Nach drei Wochen hatte Adib sich so weit erholt, dass ihn die Ärzte entließen. Gemeinsam mit Mutter und Bruder fuhr er in das Wohnheim, das inmitten eines Waldstücks lag. Hier waren sie in flachen Containern untergebracht und sollten bald nach Griechenland abgeschoben werden. Adibs Mutter war mittlerweile selbst zu schwach, um sich gegen das bevorstehende Unglück zu wehren. Für eine weitere Flucht war sie zu kraftlos, sie schaffte es gerade mal, für das Essen zu sorgen. So blieb es Adib und Tahir überlassen, die Zukunft zu planen.

»Wir fahren mit dem Zug nach Deutschland«, verkündete Adib eines Morgens, nachdem er die ganze Nacht wach gelegen und nachgedacht hatte. Seine Mutter sah ihn entgeistert an.

»Wie sollen wir das bezahlen?«, fragte sie.

»Gar nicht«, antwortete Adib. »Wir verstecken uns irgendwo im Zug.« Zögerlich willigte seine Mutter ein.

Die beiden Jungen bereiteten ihre Flucht aus Österreich vor, indem sie am Bahnhof die Fahrpläne studierten, wobei sie darauf achteten, nicht aufzufallen. Sie dachten daran, zu einem Grenzort in Österreich zu fahren, um von dort zu Fuß die Grenze nach Deutschland zu überqueren. Das schien ihnen am sichersten.

Einmal fuhren sie mit der Regionalbahn nach Graz, nur um auszukundschaften, wo sie sich im Zug würden verstecken können.

»Auf der Toilette«, schlug Tahir vor.

»Das ist doch viel zu auffällig«, wandte Adib ein. Sie sahen sich im Waggon um.

»Unter den Sitzen«, sagte Tahir.

»Kannst du dir Mutter vorstellen, wie sie unter die Sitze kriecht?«, fragte Adib zurück. Tahir musste lachen. »Außerdem sehen das doch andere.«

Sie brauchten eine andere Lösung. Nachdem Adib eine weitere Nacht gegrübelt hatte, überraschte er seine Mutter und Tahir am nächsten Morgen mit seiner Idee: »Wir müssen nur das Geld für eine Fahrkarte zusammenkratzen.« Mutter und Bruder blickten ihn fragend an. Adib sah von einem zum anderen, bevor er weitersprach. »Du nimmst die Karte, Mutter. Tahir und ich steigen mit dir ein und dann verstecken wir uns im Zug.« Als sie protestierte, sagte Adib: »Das ist unsere einzige Chance.«

In den darauffolgenden Tagen ging Adib in Gedanken immer wieder seinen Plan durch und weihte auch ihren Zimmernachbarn Hugo ein, einen Flüchtling aus Mosambik, der nur ein wenig älter war als er selbst und mit dem er sich angefreundet hatte.

»You are crazy!«, sagte Hugo lachend. Er erklärte Adib auf Englisch, dass sie die kleinen Orte lieber meiden sollten. Dort würden sie zu sehr auffallen. In der Großstadt sei es sicherer.

Hugo holte eine an den Falzen rissige Deutschlandkarte hervor, die speckig und abgegriffen war, und breitete sie auf seinem Bett aus. Anschließend klopfte er mit der Fingerspitze auf einen Punkt auf der Karte. »Vienna!«, sagte er nachdrücklich. Dort sollten sie hin, um mit dem Nachtzug weiter nach Hamburg zu fahren. Adib hatte Einwände, doch Hugo sagte, dass sei der sicherste Weg. Warum er es denn nicht selber auf diese Weise versucht habe, wollte Adib wissen. Hugo lachte düster. Es sei keiner mehr übrig von seiner Familie, erklärte er Adib. Alle seine Verwandten seien von Rebellen ermordet oder verschleppt worden. Nun war niemand mehr da, für den es sich weiterzumachen lohnte. Adib war bestürzt. Es war ihm schon aufgefallen, dass Hugo etwas fehlte. Er hatte nicht dieses sehnsüchtige Brennen in den Augen wie die meisten Flüchtlinge. Dieses Brennen, das fast wie ein Erkennungszeichen unter ihnen war.

Bevor Nuria, Adib und Tahir Hugos Plan in die Tat umsetzen konnten, hatten sie noch eine Hürde zu überwinden, eine ziemlich große sogar: Sie hatten kein Geld für die Fahrkarten. Hugo hatte ihnen eingeschärft, auf gar keinen Fall schwarzzufahren. Die Kontrollen seien ziemlich streng und dann wäre alles vorbei. Sie sollten lieber Geld für Fahrkarten auftreiben.

Aber wie? Auch da wusste Hugo Rat: Er arbeitete hin und wieder bei einem Schrotthändler, und der brauchte immer ein paar billige Helfer.

Also schlachteten sie Kühlschränke aus, demontierten Computer, Radios, Toaster, sortierten Schrauben und Nägel, um am Ende der Woche jeder siebzig Euro zu bekommen.

»Es waren hundert für jeden abgemacht«, beschwerte sich Adib. Der Besitzer sah ihn verächtlich an.

»Dann geh doch zur Gewerkschaft«, schimpfte er auf Englisch und warf ihn aus dem Büro. Nicht ohne ihm hinterherzurufen: »Das hat man von seiner Gutmütigkeit.«

Hugo kaufte für sie drei Fahrkarten nach Wien, und am Ende hatten sie von ihrem Verdienst noch zwanzig Euro übrig. Viel zu wenig für die Weiterfahrt nach Hamburg.

Und wieder sprang Hugo ein. »Ich habe etwas gespart, das könnt ihr haben. Ich brauche es momentan nicht.«

»Wir wissen nicht, wann wir dir das Geld zurückzahlen können«, gab Adib zu bedenken.

Hugo winkte ab. »Irgendwann. Wenn ich es brauche, melde ich mich, und bis dahin könnt ihr es in Raten abstottern.«

So wurden sie glückliche Besitzer dreier Fahrkarten für den Nachtzug Wien–Hamburg. Und niemand von ihnen würde sich unter den Sitzen verstecken und Staub fressen müssen.

31

Seit sie Waldenburg verlassen hatten, hatte Karl das Gefühl gehabt, auf einer riesigen Glasscheibe zu laufen, die bei jedem Schritt Risse bekommen und brechen könnte. Doch mit Emmi verspürte er zum ersten Mal seit Langem wieder festen und sicheren Boden unter den Füßen.

Das gab beiden eine Sicherheit, die sie nicht mehr kannten. Sie wussten, dass es jetzt darauf ankam, den ganzen Ballast, der sich in ihren Köpfen angesammelt hatte, loszuwerden. »Ordentlich durchlüften«, sagte Emmi dazu. Alles auf null stellen, hieß die Devise.

Und so zog Emmi nach einem Streit mit ihrem Schwager einfach zu Karl und Hannah ins Zimmer. Das sorgte zwar für Getuschel bei den Hausbewohnern, aber das war den beiden egal. Man redete eh schlecht über sie, weil sie Flüchtlinge aus dem Osten und keine richtigen Deutschen waren. Einmal fanden sie das Wort »Flüchtlingspack« an die Wohnungstür geschmiert.

Mehrfach musste Karl zu den Militärbehörden, weil ihn jemand als Schwarzmarkthändler und Dieb angezeigt hatte. Dreimal kamen die Polizisten sogar, um ihr Zimmer zu durchsuchen. Karl jedoch war clever genug gewesen, nichts in der Wohnung zu horten. Er setzte seine Ware sofort in Nahrungsmittel um oder in Dinge, die sie bitter nötig hatten, wie zum Beispiel Federbetten.

Doch die waren bald von Läusen besiedelt. Sie hatten sich vom Erdgeschoss systematisch die Stockwerke hochgearbeitet. Alle Vorsichtsmaßnahmen waren umsonst. Eines Morgens wachten die Bewohner der Wohnung mit juckenden Stellen am ganzen Körper auf. Karl und die beiden Mädchen schrubbten ihre Haut mit kaltem Wasser, bis sie rot blühte. Sie wuschen ihre Decken und ihre Kleider, aber es half nichts. Die Läuse wurden zu ständigen Begleitern, und irgendwann hatte man sich an die unangenehmen Hausgenossen gewöhnt und nahm sie hin wie das schlechte Wetter.

Trotz des harten Lebens und der Anfeindungen waren Karl und Emmi glücklich. Sie waren jung und die Entbehrungen machten ihnen nicht allzu viel aus. Sie waren zusammen und ergänzten sich. Und bald waren sie ein eingeschworenes Team auf dem Schwarzmarkt. Während Emmi aufpasste und vor Razzien und Spitzeln warnte, für die sie ein untrügliches Gespür hatte, war Karl für das Geschäftliche zuständig. Ihre Arbeitsteilung erwies sich als Gewinn. Während andere für einen Monat ins Gefängnis mussten, weil sie etwa mit britischen Zigaretten erwischt wurden, kamen die beiden einigermaßen unbehelligt durch die schwere Zeit.

Im November wachten sie frierend unter ihren Bettdecken auf. Die rissigen Fensterscheiben waren mit einer dünnen Eisschicht bedeckt. Sie hängten Stofffetzen davor, doch das reichte nicht aus, um die Kälte draußen zu halten. Die ausgekühlten Häuser wurden zu bewohnten Eiszapfen.

Sie legten mit ihren Zimmernachbarn die Kohlezuteilungen zusammen und schliefen von da an alle in der Küche. Die Militärbehörden hatten mittlerweile noch ein weiteres Ehepaar mit zwei Kindern in der Wohnung einquartiert. Ihr Protest hatte nichts genutzt und auch nicht der Hinweis, dass die Familie sich ein winziges, fensterloses Ankleidezimmer teilen musste. Es ärgerte Karl, dass ihre Argumente verpufften. Gleichzeitig hatte er den Eindruck, dass viele Erwachsene mit dem Leben abgeschlossen hatten und sich wie Blätter im Wind treiben ließen. Als würden sie nichts mehr erwarten außer Schlechtigkeiten. Karl verabscheute ihre negative Haltung.

In der engen Küche gab es immer häufiger Streit mit Emmis Schwager, dessen Lebensinhalt darin bestand, sich mit billigem selbst gebranntem Schnaps zu besaufen, den er sich aus irgendwelchen dubiosen Kanälen besorgte. Als auch noch Emmis Schwester ihre Schwangerschaft bekannt gab, beschlossen Karl, Hannah und Emmi auszuziehen.

Mit gefälschten Papieren vom Schwarzmarkt, seinen Kontakten und einer großen Portion Glück bekamen die drei eine winzige Dachgeschosswohnung in der Kirchgasse, in die sie kurz vor Weihnachten einzogen.

Das erschien ihnen wie ein Weihnachtsgeschenk, und als Karl Löcher in einen alten Besenstiel bohrte und Zweige und Äste hineinsteckte und diese sogar mit etwas Lametta und zwei Kerzen schmückte, hatten sie sogar einen Weihnachtsbaum.

Emmi hatte aus dem Hinterhof eines britischen Offizierskasinos Kartoffelschalen aus den Mülleimern geklaubt. Sie hatte sich mit anderen Hungrigen darum prügeln müssen und zeigte neben einem Kratzer auf der Wange stolz ihre Beute her. »Das reicht für eine Suppe«, sagte sie.

Die beiden Mädchen kriegten sich kaum ein, als Karl daraufhin drei Gänsekeulen aus seiner Jacke zog. Sie waren zwar etwas mager, aber die drei waren sich einig, noch nie etwas Köstlicheres gegessen zu haben.

Als sie anschließend vor dem in einem Ascheimer steckenden Baum saßen und den beiden Kerzen beim Niederbrennen zusahen, vermisste Karl seine Mutter. Wie schön wäre es, wenn sie mitansehen könnte, wie gut es ihren Kindern ging. Er dachte über die verschiedenen Stationen ihrer gemeinsamen Flucht nach und überlegte, ob er seiner Mutter hätte helfen können, bei Verstand zu bleiben. Wahrscheinlich nicht, dachte Karl traurig. Was wohl aus den Waschecks geworden war?, fragte er sich. Ob Frau Waschek mit den beiden Kindern jetzt alleine Weihnachten feierte? Karl wünschte, er hätte Waschek nicht ans Messer geliefert. Er würde es nie wiedergutmachen können. Mit dieser Bürde würde er leben müssen.

»Waschek!«, stöhnte Karl. Marie und Mildred sahen sich an.

»Was hat er gesagt?«, fragte Mildred.

»Klang wie *waschen*«, sagte Marie. Sie setzte sich auf Karls Bett, nahm seine Hand und beugte sich zu seinem Gesicht. »Karl«, flüsterte sie. »Was sollen wir tun?«

Karls Mund öffnete sich, als wollte er etwas sagen, aber es kam nur ein lang gezogener Laut heraus, der an das Wehklagen eines kleinen Tieres erinnerte. Dann fiel er wieder in einen tiefen Schlaf.

★

Als Adib an diesem Nachmittag zu Besuch kam und sie ihm davon erzählten, löste er das Rätsel: »Waschek. Er hat bestimmt Waschek gesagt.«

Auch Marie und Mildred ging jetzt ein Licht auf.

»Wahrscheinlich kommt er nicht zur Ruhe. Wegen dieser alten Geschichte«, sagte Marie. »Vielleicht können wir rauskriegen, was mit ihm und seiner Familie passiert ist.«

»Wie soll denn das gehen?«, warf Mildred ein. »Das ist fast siebzig Jahre her. Sollen wir jetzt nach Leipzig fahren oder wie?«

»Wir müssen nirgendwohin«, sagte Marie. »Wir machen das im Internet. Da geht nichts verloren. Wir geben einfach den Namen *Waschek* und *Leipzig* ein und dann werden garantiert ein paar Treffer kommen.«

Mildred sah sie skeptisch an.

»Lass mich mal machen«, sagte Marie.

Am Abend trafen sich Marie und Adib in Karls Wohnung. Sie forschten zwei Stunden im Netz, ohne etwas Brauchbares zu Waschecks Familie zu finden.

»Mist«, schimpfte Marie. »Es muss doch irgendwelche Spuren geben.« Sie wirkte verzweifelt. Adib hätte sie gern in den Arm genommen, doch er wusste nicht, wie Marie reagieren würde, und so legte er ihr nur die Hand auf den Unterarm. Marie ließ ihren Kopf auf Adibs Schulter sinken. »Ich glaube, ich habe Mildred unrecht getan«, sagte sie, sprang auf und rief: »Komm, wir gehen hoch und fragen sie um Rat.« Adib grinste.

Sie klingelten bei Mildred, die augenblicklich öffnete, als habe sie hinter der Tür gestanden und auf die beiden gewartet. Sie schilderten ihre ergebnislose Suche, woraufhin Mildred sagte: »Ich habe mir schon etwas überlegt.« Marie und Adib sahen sich überrascht an, und nach einer Pause, um die Spannung zu steigern, sagte Mildred: »Wir schreiben eine Emil …«

»E-Mail«, unterbrach Marie sie, woraufhin Mildred den Kopf schüttelte, als wollte sie eine lästige Fliege vertreiben, die sich auf ihrer Nase niedergelassen hatte.

»… wir schreiben also eine E-Mail an das Einwohnermeldeamt in Leipzig und fragen, ob sie etwas über die Familie Waschek wissen.« Sie sah Marie und Adib triumphierend an. »Oh«, sagte Marie. »Einwohnermeldeamt. Da bin ich nicht drauf gekommen.«

»Siehst du«, sagte Mildred. »Ganz verkalkt sind wir Alten auch nicht.«

Später im Hausflur, als Marie und Adib sich voneinander verabschiedeten, kamen sich ihre Münder gefährlich nahe, doch Adib redete sich auf der Rückfahrt ein, es sei nicht die richtige Zeit dafür. Jetzt, wo Karl im Sterben lag.

32

Es war weit nach Mitternacht. Grenzpolizisten gingen durch den Zug. Direkt vor Nurias, Tahirs und Adibs Abteil blieben sie stehen und unterhielten sich.

Die drei hielten den Atem an. Adib versuchte, etwas von ihrem Gespräch zu verstehen, doch sie redeten zu schnell und sein Deutsch war nicht gut genug. Vielleicht bewachten sie ihr Abteil bis zum nächsten Bahnhof, wo sie sie aus dem Zug holen würden, um sie dann nach Griechenland abzuschieben. Oder sie warteten auf Verstärkung, bevor sie hereinstürmten.

Die drei hielten sich an den Händen. Die Spannung war kaum auszuhalten, und Adib hoffte schon fast, sie würden endlich hereinkommen und sie festnehmen, damit diese Situation ein Ende hatte.

Doch dann hörte er die Polizisten lachen, dann ein Klatschen, als würden sie sich gegenseitig auf die Schultern schlagen. Und schließlich gingen sie weiter. Der Zug hielt im nächsten Bahnhof, und auch dort passierte nichts. Nach und nach entspannten sich die drei wieder etwas. Sie sahen sich an und konnten ihr Glück kaum fassen. Lachend pressten sie die Nasen an das Fenster, hielten sich an den Händen und sahen den Morgen herandämmern. Ein nasskalter Tag kündigte sich an und das Grau des Himmels war bereits zu erahnen.

In großer Höhe zog eine Gänseschar vorüber, die aus ihrem Winterquartier zurückkehrte. Adib konnte nur ihre Silhouetten sehen, die sich silbern vor dem schwächer werdenden Mond abzeichneten.

Der Zug ratterte dahin. Vorwärts. Immer weiter und weiter.

Am Morgen fuhren sie in Hamburg ein. Die drei taumelten übernächtigt, aber glücklich aus dem Zug. Sie bewegten sich inmitten der Reisenden, versuchten sich im Zentrum der Masse zu halten, um nicht aufzufallen. Als sie Bahnpolizisten sahen, zogen sie die Köpfe ein, doch die bemerkten sie gar nicht.

Dann standen sie vor dem Bahnhof, starr wie ein Felsen, während um sie herum die Menge brandete. Sie nahmen fremde Gerüche wahr, fremde Geräusche, selbst das Hupen der Autos klang anders. Die drei sahen sich an und lächelten. Sie hatten eine lange Reise hinter sich. Jetzt waren sie angekommen.

33

Karl stürzte durch sich selbst, mitten durch strahlende, funkelnde Erinnerungen wie in einem Traum. Gedankenfetzen fegten, wie durch einen Wirbelsturm vorangetrieben, durch seinen Geist. Dazu hörte er Laute, Geräusche, Stimmen, Töne, Melodien, die sich zu einer ungeheuren, nie gehörten Erzählung über Karls Leben verdichteten.

Karl spürte die Anwesenheit anderer Menschen. Sie waren da, um ihn zu prüfen, ihn zu wiegen. Karl fühlte sich wie mit einem Röntgenapparat durchleuchtet, bis auf die tiefsten Stellen seiner Seele.

Jemand griff nach seiner Hand. Karl sah nicht, wer es war. Aber er fühlte die Wärme und Zuneigung. Dann spürte er den Atem eines Menschen ganz nah an seinem Ohr. Jemand flüsterte. Die Stimme kam ihm bekannt vor. »Waschek hat überlebt«, sagte die Stimme. »Wir haben eine seiner Töchter ausfindig gemacht. Sie sind damals in Leipzig geblieben. Sie sagt, ihr Vater wäre von den Russen zur Zwangsarbeit verpflichtet worden. Aber nur, weil die Pistole alt und kaputt war. Sonst hätten sie ihn erschossen oder deportiert. Sie sagt, als ihr Vater wiederkam, war er nicht mehr derselbe. Aber er hat überlebt und ist erst in den Achtzigerjahren gestorben. Seine Tochter sagte auch, dass er am Ende glücklich …« Die Stimme wurde leiser, als würde sie wegtreiben. Dann hörte er nur noch Wortfetzen, die um ihn herumwirbelten und keinen Sinn ergaben. Dann war für einen Moment Stille, etwas Neues kündigte sich an, das fühlte Karl ganz deutlich.

Es begann mit einem ansteigenden feinen Vibrieren, das sich eng um seine Nervenbahnen webte und sie in einem bestimmten Rhythmus schwingen ließ, wie eine Glocke. Es war süß und verheißungsvoll, und Karl wünschte, es würde nie aufhören.

Wieder griff jemand nach Karls Hand, und eine Stimme flüsterte in sein Ohr: »Komm!«

Diesmal erkannte er die Stimme auf Anhieb. Er hätte sie unter Millionen Stimmen wiedererkannt. Auf ihren Klang hatte er jahrelang gewartet.

Karl ergriff die Hand, die ihn sanft mitzog. Er glitt wie durch eine Röhre aus feinem Gespinst, als es plötzlich stockte, als sei er mit den Füßen im Morast stecken geblieben. Dann, plötzlich, zog ihn die Hand weiter. Er spürte einen leichten Ruck und war frei. Karl fühlte eine unbeschreibliche Leichtigkeit. Er löste sich von einer Schwere, die ihm vorher nicht bewusst gewesen war.

Karl blickte noch einmal zurück, dann folgte er Emmi ins Licht.

34

Adib schlich blass und übernächtigt in die Schule. Marie hatte ihn am Vorabend angerufen und nur gesagt: »Karl ist tot«, bevor sie wieder aufgelegt hatte. Ihre Stimme hatte so tonlos geklungen, als wäre sie ebenfalls gestorben, überlegte Adib.

Am Morgen hatte Adib eigentlich im Bett bleiben wollen, seine Glieder fühlten sich bleischwer an und sein Kopf war wie leer gefegt. Aber vielleicht beobachtete Karl ihn ja von oben, hatte Adib gedacht und sich dann doch aus dem Bett geschält. In der zweiten Stunde stand eine Klassenarbeit an. Karl hätte so eine Nachlässigkeit sicherlich nicht geduldet.

Er kam gerade noch rechtzeitig, bevor Rainer das große Tor schloss. »Mann, dit is aber höchste Eisenbahn. Mach hin! Ohne dich Streber passiert ja nüscht im Unterricht.« Adib lächelte gequält.

Rainer sah ihm kopfschüttelnd nach, während Adib, mehrere Stufen auf einmal nehmend, die Treppe hochstürmte.

Er ließ sich auf seinen Sitz fallen, stellte seine Tasche unter dem Tisch ab und nickte Frau Hofberger zu, die gerade etwas an die Tafel schrieb und ihn vorwurfsvoll ansah. Adib machte eine entschuldigende Geste und nestelte an seiner Tasche herum, um einen Block herauszufischen. Als er wieder hochkam, bemerkte er Lenos giftigen Blick. Adib versuchte, ihn zu ignorieren.

Die Stunde plätscherte vor sich hin. In der zweiten schrieben sie die Klassenarbeit, und anschließend, in der großen Pause, unterhielten sich alle über die Aufgaben. Da Marie nicht da war, stellte Adib sich dazu, hörte aber nur mit halbem Ohr zu. »Scheint dich nicht zu interessieren. Denkst wohl an deine kleine Moslemtusse Marie«, kommentierte Leno.

»Lass mich in Ruhe«, sagte Adib nur, woraufhin Leno grinste.

Die nächsten beiden Stunden waren Sport. Die Jungs spielten Fußball, die Mädchen Hockey. Adib schoss ein Tor und faulte Lenos Kumpel Paul dermaßen, dass dieser den Rest der Stunde auf der Bank verbringen musste. »Arschloch!«, raunte ihm Leno zu. Adib gab vor, dem Ball hinterherzulaufen, wollte aber vermeiden, dass Leno sah, wie ihm Tränen aus den Augen liefen.

Im Umkleideraum hörte er, wie die anderen tuschelten.

In der Freistunde, die nun folgte, wusste Adib nichts mit sich anzufangen. Er holte sich einen Kakao aus der Mensa und ging in den Pausenraum. Doch dort hielt er es nicht lange aus. Er ließ seinen Rucksack liegen und stromerte ein wenig durch das Schulgebäude, wusch sich auf der Toilette die Hände und setzte sich auf den Hof, bis ihm kalt wurde. Immer wieder holte er sein Handy aus der Hosentasche, um zu gucken, ob Marie ihm eine Nachricht geschickt hatte. Als es endlich läutete, holte er seinen Rucksack aus dem Pausenraum und machte sich auf den Weg zum Klassenraum. Als ihr Deutschlehrer Herr Brandner die Klasse betrat, ebbte das Getuschel ab und eine gespannte Stille trat ein. Nur ein leises Ticken war zu hören.

»Was ist das denn?«, fragte Herr Brandner. »Hat jemand von euch seinen Wecker mitgebracht, damit er hier nicht einschläft?«, versuchte er einen Witz. Niemand lachte.

Das Mädchen in der Reihe vor Adib drehte sich zu ihm um. »Das kommt aus deiner Richtung«, sagte sie in die Stille.

»Adibs Tasche!«, rief Leno plötzlich, sprang auf und stieß seinen Stuhl dabei um.

»Eine Bombe«, schrie jemand.

Dieser Schrei scheuchte auch die anderen hoch und im Nu brach Chaos aus. Achtundzwanzig Schüler versuchten gleichzeitig, die Tür zu erreichen, und stolperten und fielen dabei übereinander. In dem Geschrei ging Herrn Brandners Stimme unter, der versuchte, etwas Ordnung in die wilde Flucht zu bringen.

Adib blieb wie betäubt sitzen. Jemand zerrte Adib hoch und zog ihn hinter sich her. Erst im Gang bemerkte er, dass es Herr Brandner war. In diesem Moment ertönte die Sirene. Laut und durchdringend erschütterte ihr Ton die gesamte Schule. Adib hielt sich die Ohren zu.

»Los, weiter«, drängte Herr Brandner. Keuchend sammelten sich alle auf dem Schulhof, wo die Lehrer versuchten, die aufgeregte Schülerschar zu beruhigen.

Kurz darauf preschte ein Löschzug der Feuerwehr, dicht gefolgt von einem Polizeiwagen, auf den Schulhof. Rainer spurtete mit hochrotem Kopf und so weit sein Körperumfang es zuließ zum Polizeiwagen und zeigte den Beamten, wo sie hinsollten. Ein weiterer Löschzug traf ein und bald darauf die Sprengstoffexperten der Bundeswehr. Die Beamten trieben Schüler und Lehrer auf die gegenüberliegende Straßenseite, wo sie dem Treiben entsetzt zusahen. Die Experten machten sich bereit und stapften in ihren Schutzanzügen ins Schulgebäude. Adib sah sich das Spektakel an, ohne zu begreifen, was da vor sich ging.

Um ihn herum war eine Lücke entstanden. Die anderen hatten sich zurückgezogen, nur Herr Brandner stand weiterhin neben ihm und hielt seinen Arm, als wollte er ihn verhaften.

Nach einer Stunde bangen Wartens gaben die Experten Entwarnung. Sie hatten zwar einen Sprengsatz gefunden, dieser sei jedoch nicht scharf gewesen, hieß es. Nur ein alter Wecker, verbunden mit ein paar Drähten und einer Spule.

Als der Direktor in Begleitung von zwei Polizisten erschien, ahnte Adib, was gleich passieren würde. »Kommen Sie bitte mit«, forderte ihn einer der Polizisten auf.

Sie fuhren ihn auf die Wache und nahmen ihn dort in die Mangel.

»Das war in deiner Tasche«, sagte einer beiden bereits zum achten Mal. Die Hartnäckigkeit der Polizisten machte Adib Angst. Sie wollten einen Schuldigen und sie würden nicht lockerlassen. Und die Frage war, wie lange er dem würde standhalten können. Womit hatte er das verdient?, fragte er sich. Hatte er sein Glück zu sehr strapaziert? Er erinnerte sich wieder einmal an Kassims Ratschlag, das Leben wie ein Theaterstück zu betrachten, in dem jeder seine Rolle hatte. Aber er wollte nicht länger der Flüchtling sein, dem man nicht traute und dem man vor allem nicht glaubte.

Wenn doch nur Karl da wäre. Als Adib bewusst wurde, dass Karl niemals wiederkommen würde, brach er zusammen. Er weinte hemmungslos, wobei sein ganzer Körper bebte, als würde Strom durch ihn hindurchjagen.

»Okay, jetzt haben wir ihn«, sagte einer der Polizisten.

»Jetzt hast du es überstanden«, sagte der andere.

Als es in diesem Moment klopfte, rief einer der Beamten unwirsch: »Herein!«

Es war Rainer, der plötzlich die Tür aufriss und wie ein Marktschreier hereinrief: »Es war nicht Adib. Auf keinen Fall. Ich weiß, wer dahintersteckt.« Die beiden Polizisten sahen sich verwirrt an. »Leno hat sich an Adibs Tasche zu schaffen gemacht. Der hat da was reingesteckt.«

Wenig später betrat Leno zusammen mit seinem Vater das Büro. Adib und Rainer mussten inzwischen auf dem Gang warten.

»Ich dachte, ich seh nicht richtig«, begann Rainer aufgeregt und rutschte mit dem dicken Hintern auf seinem Stuhl herum, als wollte er dort einen Fleck wegwischen. »Strolcht da auf einmal dieser Typ rum. Ich natürlich sofort hinterher.«

»Was für ein Typ?«, hakte Adib nach.

»Was weiß ich. So einer mit Narben im Gesicht. Alles voll. Als ob er mal ins Feuer geraten ist oder so. Kennst du so jemanden?«, fragte Rainer, als er Adibs erschrockenes Gesicht bemerkte.

»Ich glaube nicht«, sagte Adib, wobei er versuchte, das Zittern in seiner Stimme zu unterdrücken. Es würde ja wohl kaum derselbe Narbige sein, dem er auf seiner Flucht begegnet war.

»Jedenfalls geh ich dem hinterher, biege um die Ecke und der Kerl ist weg«, fuhr Rainer mit den Händen fuchtelnd fort. »Wie vom Erdboden verschluckt. Aber stattdessen seh ich, wie sich Leno im Pausenraum an deiner Tasche zu schaffen macht. Ich hab mir erst nichts dabei gedacht, aber hinterher war's mir natürlich klar: Der hat da was versteckt. Hat's ja dann auch gleich zugegeben, als ihn die Polypen auseinandergenommen haben.« Er hielt kurz inne und sprach dann leiser weiter. »Aber ich weiß immer noch nicht, woher dieser Narbige kam. Ich hatte das Tor vorne doch geschlossen.« Rainer sah Adib streng an. »Du musst mir versprechen, niemandem davon zu erzählen.« Rainer sah sich um, dann sprach er weiter. »Ich hab der Polente und dem Direktor nichts von dem Fremden erzählt. Wenn die erfahren, dass sich hier Schulfremde rumtreiben, dann kostet mich das meinen Job. Wir hatten doch im letzten Jahr schon mal so einen Fall. Da lief auch einer auf dem Schulgelände rum. Ist nix passiert, aber die haben gesagt, es wär meine Schuld gewesen, ich hätte nicht ordentlich abgeschlossen. Aber seitdem schließe ich wirklich richtig ab. Manchmal kontrolliere ich die Türen zwei Mal. Deswegen versteh ich nicht, wie der reinkam.«

Adib versprach, die Geschichte für sich zu behalten. Kurz darauf ging die Tür des Vernehmungszimmers auf, und Leno, die Hände vor das Gesicht gepresst, ließ sich schluchzend von seinem Vater wegführen. Adib sah den beiden hinterher und überlegte, Karl anzurufen, um ihm von der Geschichte zu erzählen, als ihm erneut schmerzlich bewusst wurde, dass er Karl nie wieder etwas würde erzählen können. Die Trauer riss ihn wie eine große Woge hinweg.

Seine Augen wurden feucht, doch dann musste er daran denken, wie er mit Karl über irgendwelche Wesen aus dem All herumgesponnen hatte, und er musste grinsen.

Rainer grinste ihn ebenfalls an, schlug ihm auf die Schulter und rief: »Recht so, jetzt lachste wieder. Kannst von Glück sagen, dass du Rainer hast. Sonst würdeste jetzt janz schön in der Tinte sitzen.«

Ja«, sagte Adib, »jeder sollte einen Rainer haben.« Der dicke Hausmeister sah ihn einen Moment an, dann verknautschte sich sein Gesicht zu einer einzigen Lachfalte und er lachte schallend los.

35

Der Tag von Karls Beerdigung begann mit Regen. Doch bald schon klarte es auf, Sonnenstrahlen brachen mächtig durch die Wolken, die immer durchscheinender wurden und bald ganz verschwunden waren.

Adib hatte Marie abgeholt und zusammen klingelten sie bei Mildred.

»Herrgott noch mal, ist es schon so weit«, sagte sie zur Begrüßung und winkte sie herein. Sie sah aus, als hätte sie die Nacht über nicht geschlafen. »Ich habe das Gefühl, als würde Karl hier irgendwo rumspuken und mir zusehen. Ich rede auch die ganze Zeit mit ihm.« Sie lachte. »Verrückt, was Kinder?«

»Er hört dich bestimmt«, sagte Adib. »Er ist nur in einer anderen Dimension.«

»Oh Gott«, lachte Marie und befühlte spaßeshalber Adibs Stirn. »Karl hat einen würdigen Nachfolger gefunden.«

»Aber vielleicht stimmt es ja tatsächlich«, sagte Mildred und sah sich nach allen Seiten um, bevor sie sich ihren Mantel schnappte.

Im Taxi drehte sich Mildred zur Rückbank, wo Marie und Adib saßen.

»Ich habe übrigens noch mal mit unserem Vermieter gesprochen, Adib. Er würde dich und deine Familie gern mal kennenlernen. Karls Wohnung ist ja jetzt frei. Und wer soll da sonst einziehen? Jemand Fremdes etwa?«

Sie lächelte ihn verschmitzt an und wandte sich dann Marie zu.

»Und was dich angeht: Ich habe mit deiner Oma telefoniert, mit Karls Schwester. Sie will deine Mutter überreden, dass du in Berlin bleiben darfst. Ich habe ihr vorgeschlagen, dass du vorläufig bei mir wohnst. Ich werde langsam alt und brauche Hilfe«, lachte sie. »Ich weiß zwar auch nicht, wieso ich auf so was komme, deine Mutter scheinst du ja bereits in den Wahnsinn getrieben zu haben, aber irgendwie habe ich auch das Gefühl, dass Karl noch da ist und uns zuguckt. Der wird mir die Hölle heißmachen, wenn ich dich zurückgehen lasse. Ich meine, wir waren ja schließlich so etwas wie seine Familie.« Dann drehte sie sich zu dem Taxifahrer um und blaffte: »Fahren Sie bloß keine Umwege, Freundchen. Ich kenne mich hier aus.«

Auf dem Friedhof hatten sich etwa zehn Leute eingefunden, um Karl die letzte Ehre zu erweisen. Darunter auch Nuria und Tahir.

In der Kapelle ertönte aus einem altersschwachen CD-Spieler blechern »Ich wünsch dir Liebe ohne Leiden« von Udo Jürgens, Karls und Emmis Lieblingslied.

Der Trauerredner hakte mechanisch Karls Lebensstationen ab, bevor noch ein weiteres Lied lief und die Urne mit Karls Asche hinausgetragen wurde.

Marie, Mildred und Adib marschierten direkt hinter dem kleinen metallenen Wagen mit Karls Urne darauf. Als eines der

Räder an einer Baumwurzel hängen blieb, bekam der Wagen Schlagseite, die Urne drohte zur Seite wegzukippen, und Adib, Marie und Mildred stürzten gleichzeitig vor, um sie festzuhalten.

»Puh!«, gerade noch rechtzeitig«, sagte Mildred zu Adib, der die Urne als Erster erreicht hatte. »Wenn wir Karls Asche hier einfach auf der Wiese verteilt hätten, hätte er uns das nie verziehen. Schließlich will er bei Emmi sein.«

Mildred, Marie und auch Nuria weinten während der gesamten Beisetzungszeremonie. Adib wischte sich ebenfalls ein paar Tränen weg, als ihm der Mann auffiel, der als Letzter ans Grab trat. Er stand ein paar Sekunden da, wobei seine Lippen sich im stummen Zwiegespräch bewegten, bevor er eine Handvoll Erde auf den Sarg warf.

Anschließend nickte er Adib kaum merklich zu und wandte sich zum Gehen ab. Adib sah ihm hinterher, doch der Mann mit dem narbigen Gesicht ging unbeirrt seines Weges und drehte sich nicht mehr um.

ENDE

»MAN KANN DAS RAD NICHT NEU ERFINDEN.
ABER MAN KANN IHM HIN UND WIEDER
EINEN SCHUBS GEBEN.«

Karl Riedberger,
03. April 1930 – 20. März 2013

DANKSAGUNG

Es heißt zwar, dass jeder Mensch eine Insel sei, man könnte im Sinne dieses Buches aber auch sagen, dass jeder Mensch ein Stern sei, und doch ist das nur die halbe Wahrheit. Denn schließlich bewegen wir uns alle im selben Universum. Wir berühren uns, wir ziehen uns an, stoßen uns manchmal ab und sind doch alle miteinander verbunden, brauchen einander, sind aufeinander angewiesen. Ich zum Beispiel hätte dieses Buch nie geschrieben, wenn mich einige Menschen nicht dazu inspiriert hätten.

Da ist vor allem mein Vater, der als sechsjähriger Junge die Gräuel der Vertreibung erleben musste. Und den die Sehnsucht nach der verlorenen Heimat nie losgelassen hat.

Dann ist da Omid, ein Junge, dessen Schilderungen seiner Flucht aus Afghanistan und seiner darauffolgenden siebenmonatigen Odyssee quer durch Europa mich sehr berührt haben.

Eine Inspiration war mir auch Gisela Rhein von der Stadtbibliothek Spandau. Eine Frau mit einem großen Herzen und eine unermüdliche Streiterin für die Literatur.

Danken möchte ich meiner Familie, vor allem meiner Frau, dafür, dass sie mich wieder auf die Erde geholt haben, wenn ich in Gedanken mal wieder »lost in space« gewesen bin.

Und ein besonderer Dank geht an meine Lektorin Susanne Weber, die diese Reise ins Herz der dunklen Materie mit mir zusammen unternommen hat.

bloomoon

...unendlich gut lesen

© Christiane Groß

Daniel Höra, geboren in Hannover, wuchs in einer Hochhaussiedlung am Stadtrand auf. Er machte in seiner Jugend selbst Erfahrungen mit Polizei und Justiz. Nach der Schule arbeitete er am Fließband, war Möbelträger, Altenpfleger, Taxifahrer und TV-Redakteur. Heute lebt er als freier Schriftsteller in Berlin. Ebenfalls bei bloomoon sind die Jugendbücher ***Das Ende der Welt***, ***Gedisst*** und ***Braune Erde*** erschienen.

Berlin, II.IV. Im Jahr der Sonne

Den folgenden Text fand ich im Nachlass meines Ahnen. Versteckt auf dem Boden einer Kiste, war diese Geschichte vermutlich nicht zur Veröffentlichung gedacht. Nach reiflicher Überlegung habe ich mich jedoch entschieden, ihn der Nachwelt nicht vorzuenthalten. Wir Nachgeborenen haben ein Recht auf die Wahrheit. Denn wer aus der Geschichte lernt, lernt für die Zukunft.